Fire&Ice

Band 10

Joey Parker

Allie Kinsley

Bereits erschienen:

Fire&Ice 1 - Ryan Black
Fire&Ice 2 - Tyler Moreno
Fire&Ice 3 - Shane Carter
Fire&Ice 4 - Dario Benson
Fire&Ice 5 - Brandon Hill
Fire&Ice 5.5 - Jack Dessen
Fire&Ice 6 - Chris Turner
Fire&Ice 6.5 - Gregor Zadow
Fire&Ice 7 - Logan Hunter
Fire&Ice 8 – Jonas Harper
Fire&Ice 9 – Luce Suarez
Fire&Ice 10 – Joey Parker
Fire&Ice 11 – Matthew Fox

Sweet like Candy
Divided like Destiny

Protect Me - Brian
Protect Me - Ash
Protect Me - Ray

Yearn for Adam

www.doctor-lektor.de

Cover Foto: bigstockphoto.com, Stockfoto-ID: 45741388,
Javier Sanchez Mingorance

1 PROLOG

JOEY

Nach dem Überfall auf Tia, unterhielt Joey sich mit Luce auf dem Flur des Massachusetts General Hospital. Joey bot ihm an, seine Werkstatt zu führen, bis Luces Frau wieder auf den Beinen war.

Luce war sichtlich überrumpelt von dem Angebot, schien sich aber aufrichtig zu freuen.

"Klar, gern. Wenn sonst noch was ...", sagte Joey, unterbrach sich dann mitten im Satz und sah dann über Luces Schulter hinweg dieses anbetungswürdige Wesen auf sich zukommen.

Sie war ungefähr 1,70 Meter groß und gertenschlank. Ihre dunkelbraunen, beinahe schwarzen Haare hatte sie zu einem Pferdeschwanz zusammengebunden, der bei jedem ihrer kleinen Schritte von links nach rechts pendelte.

In dem kurzen Moment, als sie aufsah, scannte er ihr Gesicht. Hohe Wangenknochen, nicht allzu volle Lippen und katzenhafte, dunkle Augen.

Sie nickte Luce im Vorbeigehen zu, wurde aber weder langsamer noch sagte sie ein Wort. Sie schien sogar einen Bogen um sie zu machen.

"Wer ist das?", fragte Joey und reckte den Hals, um ihr noch ein wenig nachsehen zu können.

Doch dann verschwand sie in Tias Krankenzimmer.

"Kyle. Du kennst sie. Julies beste Freundin."

Kennen war eindeutig übertrieben, wenn überhaupt hatte er sie einmal oder zweimal gesehen. Meist aber nur durch die Scheibe einer Autotür. "Stimmt … genau … sah sie immer schon so heiß aus?"

"Falscher Zeitpunkt für blöde Sprüche, Joey. Ich habe sie mir nie genauer angesehen, aber ich kann keine Veränderung feststellen."

"Du hast recht. Tut mir leid … wahrscheinlich bin ich einfach nur zu sehr auf der Suche nach der perfekten Frau für mich", gab er zerknirscht zurück. Manchmal hatte er wirklich kein Taktgefühl.

"Das fällt dir erst jetzt auf? Das hätte ich dir auch bei deinem Faible für Candy und Destiny schon sagen können."

"Ich habe nie ein Faible für Destiny gehabt!" Das stimmte. Destiny war für ihn nie mehr als eine gute Freundin gewesen.

Sie war einfach nur eine einsame, verletzte, junge Frau, die dringend ein wenig Hilfe benötigt hatte. Hilfe, die er ihr nur allzu gern angeboten hatte.

"Nein? Was dann?"

"Destiny ist meine Freundin. Wenn überhaupt habe ich ein Faible für … wie hieß sie gleich?" Wie konnte er überhaupt ihren Namen vergessen?

"Kyle."

"Kyle! Genau, ich habe ein Faible für Kyle. Sobald sie aus diesem Raum kommt, werde ich sie um ein Date bitten", sagte er dann.

"Zum Einen glaube ich nicht, dass das der richtige Zeitpunkt ist …"

"Warum?", unterbrach Joey ihn sofort. Da sah er einmal eine Frau, die ihn wirklich interessierte, und dann das.

"Weil Frauen im Allgemeinen sehr empathisch sind und es ihr sicher schlecht geht wegen Tia."

Joey nickte und verzog den Mund. Verdammt, Luce hatte eindeutig recht. Auch er sollte ein wenig empathischer sein! Im Normalfall konnte er sich sehr gut in Menschen hineinversetzen. Leider fiel diese Fähigkeit in manchen Momenten einfach aus.

"Sorry. Du hast recht. Tut mir leid, Mann. Ich bin nicht ganz auf der Höhe."

"Das ist leicht untertrieben!"

"Ja, wie gesagt, tut mir leid."

"Willst du das *zum Anderen* noch hören?"

"Klar, immer raus damit", sagte Joey wenig motiviert, weil er sich für sein eigenes Verhalten schämte.

"Okay. Zum Anderen ist sie bereits wieder draußen und mit dem Fahrstuhl nach unten gefahren."

"Verdammt!"

Joey drehte sich blitzschnell um, aber er sah nicht mehr als eine geschlossene Fahrstuhltür.

"Wie hast du das verdammt nochmal mitbekommen?", fragte Joey, nachdem er sich ihm wieder zugewandt hatte.

"Glaubst du im Ernst, ich lasse Tias Tür auch nur eine Sekunde aus den Augen?"

"Nein. Würde ich auch nicht."

"Eben. Verschieb deine Avancen auf ein anderes Mal. Ich muss jetzt nach meinem Mädchen sehen", sagte Luce dann, der langsam ungeduldig wirkte.

"Melde dich, wenn du etwas brauchst."

"Klar, aber mit der Werkstatt helft ihr mir mehr als je erhofft."

"Gern." Joey klopfte ihm auf die Schulter und ging dann in Richtung der Aufzüge.

Mit etwas Glück würde er Kyle noch einholen und ein wenig mit ihr reden können.

Leider war weder in der Lobby noch auf dem Parkplatz etwas von ihr zu sehen.

Verdammt!

KYLE

Sie war mehr als froh, dass sie das Krankenhaus endlich wieder verlassen konnte. Sie hasste Krankenhäuser im Allgemeinen, auch wenn sie Teil ihrer freiwilligen Arbeit bei der Seelsorge waren.

Außerdem kam sie mit all den Fire&Ice Männern, die im Moment wegen Tia dort waren, nicht sonderlich gut zurecht.

Julie hatte ihr zwar ein ums andere Mal versichert, dass egal wie furchteinflößend sie aussahen, man nichts von ihnen zu befürchten hatte. Dennoch hielt sie sich aus Prinzip von ihnen fern.

Sicher ist sicher!

Dann machte sie sich auf den Weg nach Hause. Bei dem Gedanken verkrampfte sich ihr Magen.

Julie und ihr neuer Lebensgefährte Gregor hatten sie bei sich aufgenommen. Damals war ein Zimmer frei gewesen, doch jetzt war Julie erneut schwanger und die beiden würden ihr Zimmer bald als Kinderzimmer brauchen.

Also war es an der Zeit, sich etwas Eigenes zu suchen. Eine eigene, kleine Wohnung für sich ganz allein. Ihr schauderte es, als sie daran dachte.

Stell dich nicht so an!, schalt sie sich selbst. Sie biss die Zähne zusammen und stieg in den kleinen, blauen Ford. Sie würde auf dem Rückweg bei einem Zeitungsstand anhalten und sich ein Anzeigenblatt kaufen. Dann konnte die Wohnungssuche beginnen.

2 WIEDERSEHEN – 2 MONATE SPÄTER

KYLE

Mit zitternden Fingern stellte sie den Motor des kleinen Ford Fiesta ab. Unsicher glitt ihr Blick über die neue, weiße Fassade des Gebäudes, in dem das Tattoostudio war.

Kyle träumte seit langem von einem Tattoo, hatte sich aber nie dazu überwinden können, jemanden nah genug an sich heranzulassen.

Bei einem Gespräch mit Tia hatte sie diese Information fahrlässiger Weise herausgerückt. Tia war sofort begeistert von der Idee und hatte ihr kurzerhand einen Termin in diesem Tattoostudio ausgemacht.

Sie kannte den Besitzer und hatte Kyle versprochen, dass sie sich hier absolut keine Sorgen zu machen brauchte.

Kurzfristig hatte Kyle sogar gedacht, es wäre eine gute Idee. Kurzfristig. Jetzt, so nah davor zu stehen, ließ ihren Puls in die Höhe schnellen.

Komm schon, Kyle! Versuch es einfach! Wenn es dir nicht gefällt, kannst du immer noch nein sagen! Sei tapfer, so wie du es Julie und Tia immer predigst!

Sie atmete noch einmal tief ein und streckte ihre Schultern durch.

Jetzt oder nie! Ein zweites Mal würde sie so eine Chance nicht bekommen.

Energisch stieg sie aus und ging auf den Laden zu.

Die Schaufenster waren groß und sauber. Sie konnte die Wände des Vorraums sehen, in dem jeder Zentimeter mit Fotos gepflastert zu sein schien.

Schritt für Schritt wurde sie langsamer und die neu gewonnene Motivation schwand.

Dann entdeckte sie Destiny durch das Schaufenster im Laden. Sie hatte Destiny schon das ein oder andere Mal in Netties Diner gesehen. Die junge Frau sprach mit einem großen, sehnigen Mann, der auf den ersten Blick sehr sympathisch wirkte.

Wenn Kyle das von einem Mann behauptete, dann musste das etwas heißen! War das ihr Tätowierer?

Destiny selbst hatte sie auch als eher zurückhaltend kennengelernt und auch sie schien sich in seiner Gegenwart wohlzufühlen.

Vielleicht konnte es doch noch etwas werden … mit allem ihr zur Verfügung stehenden Mut öffnete sie die Glastür zum Laden.

Ein kleines Glockenspiel ertönte und Kyle betrat zögerlich den Raum.

"Hi, willkommen bei Timeless Tattoos & Piercings", sagte der Mann und lächelte sie offen an.

"Hi … ähm … ich habe einen Termin", antwortete Kyle und sah sich unsicher um.

Destiny winkte ihr. "Hi, ich bin Destiny. Wie heißt du? Dann kann ich nachsehen."

Für Kyle war es nicht verwunderlich, dass Destiny sich nicht an sie erinnerte. Niemand erinnerte sich je an sie, darüber war Kyle mehr als froh.

Dieser Deckmantel der Unscheinbarkeit machte sie nahezu unsichtbar.

"Kyle Broke." Sie blieb neben der Tür stehen, zwang

sich aber den Griff loszulassen.

Destiny blätterte einige Male hin und her.

"Hmm … ich habe hier nichts … oder doch. Bist du Tias Freundin?"

"Ja. Sie hat einen Termin für mich ausgemacht."

"Ah super. Die Tätowierung für elf Uhr also."

Der Mann seufzte. "Schade. Ich hatte mich schon fast gefreut heute noch ein bisschen Arbeit zu bekommen."

Kyle legte den Kopf schief. "Sind Sie kein Tätowierer?"

Gleich darauf zuckte sie innerlich zusammen. Wie kam sie nur dazu, einem wildfremden Mann eine Frage zu stellen?

"Nein. Ich pierce nur. Wenn Sie also lieber ein Piercing als Farbe unter die Haut wollen, sind Sie bei mir richtig", sagte er zwinkernd.

Kyle schüttelte stumm den Kopf. Der Mann wollte gerade noch etwas sagen, als die Tür zum Nebenraum heftig aufflog.

Ein ziemlich genervt aussehender Albtraum von einem Mann kam gefolgt von einer blonden Frau heraus.

Er war groß. Bestimmt 1,90 Meter. Sein Rücken war beinahe so breit wie die Tür. Die Arme in dem viel zu engen Shirt sahen eher aus wie Oberschenkel und waren über und über mit Tätowierungen bedeckt.

"Das macht 300 Dollar. Destiny, sie braucht einen 30-Minuten-Termin zum Nachstechen in zwei Wochen", brummte er und stapfte dann durch eine Tür am anderen Ende des Raumes.

Während die junge, glücklich wirkende Frau ihre Rechnung beglich, wandte Kyle sich langsam der Tür zu. Sie hatte sich dafür entschieden, besser kein Tattoo von Mr. Stiernacken zu wollen.

"Woher kennen Sie Tia?", fragte der andere Mann und lächelte freundlich.

Sie konnte ihm ja schlecht nicht antworten und einfach davonrennen … oder?

"Freunde." Naja, viel ausgefeilter war diese Antwort

zwar nicht, aber ihr Gehirn war voll und ganz mit ihrem Fluchtplan beschäftigt.

In diesem Moment drückte sich die junge Frau an ihr vorbei und ging fröhlich pfeifend zu ihrem Wagen.

Immerhin scheint er seine Arbeit gut zu machen …, dachte sie und sah der Frau hinterher.

Natürlich machte er seine Arbeit gut, sonst hätte Tia ihn ihr nicht empfohlen!

"Ich schwöre, wenn ich diese Woche noch einen einzigen beschissenen Delfin tätowieren muss, mach ich den Laden dicht!", brummte Mr. Stiernacken, als er zurück in den Raum kam.

"Das kannst du nicht, es ist auch mein Laden und ich bin mir sicher, dass deine nächste Kundin hier keinen Delfin will. Stimmt doch, Kyle, oder?", fragte der Mann gut gelaunt.

Mr. Stiernacken drehte sich zu ihr um und erstarrte. Er sah sie einen Moment lang mit großen Augen an, dann breitete sich ein Lächeln auf seinem Gesicht aus.

Vor ihrem inneren Auge spielten sich Bilder ab, wie sie wie Road-Runner beschleunigte und zu ihrem kleinen Ford rannte.

"Kyle! Wie schön dich hier zu sehen!", sagte er und hörte sich auf einmal gut gelaunt an.

Sie stutzte einen Moment. Woher zum Teufel kannte er sie?

Mit langen Schritten kam er auf sie zu.

Automatisch wich sie schnell rückwärts aus, erst dann fiel ihr auf, dass sie sich damit von der Eingangstür weg bewegte.

Verdammt!

Dann bemerkte sie, dass er mitten in der Bewegung innegehalten hatte und sie ganz und gar nicht mehr lächelnd musterte.

"Alles okay. Komm erst mal mit, dann können wir dein Tattoo besprechen", sagte er ruhig und deutete auf den Raum, aus dem er ursprünglich gekommen war.

Mittlerweile war es beinahe unheimlich ruhig im Raum. Alle Blicke lagen auf ihr, was ihr fast noch unangenehmer war als Mr. Stiernacken gegenüberzutreten.

Kurz wägte sie ab und erinnerte sich selbst daran, dass Tia und Destiny den Mann kannten. Wenn sie nicht alles täuschte, gehörte er zu Fire&Ice, von denen Julie immer behauptete, man könnte ihnen vertrauen.

Vertrauen!, höhnte ihre innere Stimme.

Kyle beschloss, diese zu ignorieren, und ging um das Sofa herum auf den Raum zu. Stiernacken folgte ihr. Seine Präsenz in ihrem Rücken war geradezu greifbar.

Sie stellte sich hinter eine blaue Liege, die mitten im Raum stand.

Auch er betrat das Zimmer, hielt dann mit der Klinke in der Hand inne. "Ich werde sie offen lassen, wenn es für dich okay ist?"

Kyle nickte. So viel Feingefühl hätte sie dem Muskelberg nicht zugetraut, aber sie fühlte sich tatsächlich besser, wenn Destiny noch in Sichtweite war.

Er setzte sich auf einen kleinen, schwarzen Hocker mit Rollen, wirkte aber im Sitzen nicht wesentlich weniger bedrohlich.

Reiß dich zusammen, Kyle!

"Okay, nochmal von vorn", sagte er und lächelte sanft. "Ich bin Joey. Du hast einen Beratungstermin mit mir, stimmts?"

Kyle nickte. Sie musste sich einfach nur anhören, was er zu sagen hatte, danach konnte sie wieder von hier verschwinden.

Kein Problem!

"Wo möchtest du dein Tattoo?"

"Beide Unterarme, Innenseiten."

"Gut. Nicht gerade klein. Da solltest du dir sicher sein", sagte er und lächelte schief.

"Ich will mich nur informieren."

"Schon über das Motiv nachgedacht?" Sie dachte an die Kopie einer Zeichnung von einer bunten Blumenwiese, die sie dabei hatte, war sich aber nicht sicher, ob sie sie Joey zeigen wollte.

"Die eine Seite, die rechte, soll voll schwarzer Tribals sein."

Joey nickte. "Die zweite?"

Sie zögerte. "Eine Zeichnung in Farbe."

"Kann ich sie sehen? Ich brauche sie, um den Aufwand abschätzen zu können."

Sie konnte sich zumindest mal einen Preis sagen lassen.

Also holte sie die Kopie hervor und legte sie auf die Liege.

Joey runzelte die Stirn. "Eine Kinderzeichnung als Tattoo?"

Kyle nickte.

"Von ihrem?"

"Von Ethan", sagte sie schnell.

"Julies Sohn?"

"Ja."

Er drehte und wendete das Papier ein paar Mal, ehe er die Stirn runzelte.

"Kann ich mir deinen Arm einmal ansehen? Ich denke wir werden die Zeichnung ein wenig zuschneiden oder verkleinern müssen, sonst bekommen wir sie nicht schön auf den Arm."

"Verkleinern ja, zuschneiden nein."

"Okay. Also deinen Arm bitte. Am besten setzt du dich auf den Hocker und legst ihn auf die Liege."

Einen Moment zögerte sie und schielte noch einmal zu Destiny, dann zog sie den zweiten Hocker heran und legte den Arm auf die Liege.

Joey rollte näher, griff so federleicht wie sie es niemals von so einem Muskelpaket erwartet hätte nach ihrem Arm und schob dann die weite Bluse nach oben.

Die Berührung seiner rauen Finger ließ ihre Haut kribbeln. Ihr Herzschlag beschleunigte sich, aber sie war sich nicht sicher, ob aus Angst oder … oder was?

"Innenseite?", fragte er ruhig und noch bevor sie

antworten oder reagieren konnte hatte er ihre Hand bereits gedreht.

Sie spürte den Moment, in dem er die lange, senkrechte Narbe sah, die sie mit den Tätowierungen überdecken wollte.

Dann wurde sein Griff plötzlich fester. "Verdammt!", knurrte er.

Kyle zerrte an ihrem Arm, wollte ihn freibekommen, doch sein Griff war unnachgiebig wie eine Handschelle.

"Was …?", begann er, ohne Anstalten zu machen, sie loszulassen.

Blanke Angst überkam sie.

Sein Gesicht war wütend, sein Griff unerbittlich. Kyle packte ihre Handtasche fester und schlug sie ihm mit voller Kraft auf das Handgelenk.

"Autsch!"

Da lockerte sich sein Griff endlich und sie konnte ihm ihre Hand entziehen.

Schnell stand sie auf und machte einige Schritte von der Liege weg.

Das Blut rauschte durch ihre Adern und sie spürte, wie sie am ganzen Körper zitterte.

"Ich … ich habe mich anders entschieden. Danke", stotterte sie und ging dann so schnell wie möglich zur Tür. Vor Zittern wäre sie dabei beinahe über ihre eigenen Füße gefallen.

"Kyle warte! Ich wollte …"

"Schon okay. Hat sich erledigt." Sie lächelte Destiny angestrengt an und verließ fluchtartig das Gebäude. Nur schnell weg hier!

JOEY

"Kyle!" Sie stieß bereits rückwärts aus der Parklücke, als er bei ihrem Wagen ankam.

"Scheiße!", fluchte er und ging zurück in den Laden.

"Was war das denn?", fragten Mike und Destiny

gleichzeitig.

"Keine Ahnung. Gib mir bitte ihre Handynummer, De", sagte er dann und ging in die kleine Mitarbeiterküche, um sich einen Eisbeutel für sein Handgelenk zu holen.

Hatte diese Frau Steine in ihrer Handtasche? Es tat auf jeden Fall verdammt weh!

Er band sich den Beutel provisorisch mit einem Küchentuch an die rechte Hand.

"Ich hab sie nicht", sagte De, als er zurück in den Empfangsraum kam.

"Warum? Du brauchst sie doch immer für die Kartei, falls wir absagen müssen."

"Tia hat sie angemeldet und die Nummer nicht gewusst. Sorry."

"Scheiße! Wann habe ich meinen nächsten Termin?"

De sah ihn verwirrt an. "Das war der letzte für heute."

"Okay, ich bin weg. Macht ihr hier fertig?"

"Klar", antworteten beide sichtlich verwirrt, als er das Studio bereits verließ und zu seinem Auto ging.

Er hatte keine Zeit sich jetzt mit den beiden auseinander zu setzen. Er musste zu Tia und dann zu Kyle.

… *vielleicht zwischendurch auch zu Dave*, gestand er sich ein, als seine Hand beim Öffnen des Camaros höllisch schmerzte.

Zum Anlassen nahm er vorsichtshalber die linke Hand. Er verfluchte sich dafür, ein Auto mit Schaltung zu haben. Jedes Mal, wenn er hoch- oder runterschalten musste, knurrte er vor Schmerzen auf.

Gott sei Dank hatte er nur eine kurze Strecke bis zum Club zu fahren. Er parkte den Camaro auf dem Parkplatz vor dem Hintereingang und lief dann ohne zu zögern die Stufen zu Tias Wohnung hinauf.

Mit der linken Faust hämmerte er gegen die Tür.

"Was soll das?", knurrte Luce, als er die Tür öffnete.

"Wo ist Tia?"

"Warum?" Luce zog seine Augenbrauen zusammen, ohne Anstalten zu machen, nach ihr zu rufen.

"Weil ich mit ihr sprechen muss!", gab er ungeduldig zurück.

"Worüber?"

"Lass ihn schon rein, Luce. Ich bin angezogen." Tia schob Luce zur Seite und öffnete die Tür. "Sorry. Manchmal kann er wirklich anstrengend sein."

Joey konnte Luce normalerweise durchaus verstehen. Im Gegenteil, er war sogar froh, dass Tia jetzt so etwas wie einen Türsteher hatte.

Er war jedes Mal ein wenig peinlich berührt gewesen, wenn sie ihm halb nackt die Tür geöffnet hatte. Dieser Frau fehlte definitiv jedes Schamgefühl!

Nur eben jetzt hatte er keine Zeit zu warten.

"Ich brauche Kyles Handynummer!", platze er sofort heraus.

Tia zog ihre Augenbrauen nach oben.

"War sie heute nicht bei dir?" Luce ging zurück zum Sofa, setzte sich und beobachtete sie lächelnd.

"Doch, aber sie ist abgehauen."

"Warum?"

"Missverständnis. Ich hab jetzt keine Zeit das zu diskutieren, Tia!"

Sie legte den Kopf schief und musterte ihn eingehend. "Was ist mit deiner Hand?"

"Weiß ich noch nicht."

"Soll ich dir dann nicht lieber Daves Nummer geben?", fragte sie lächelnd und schien sich bestens zu amüsieren.

"Tia!", knurrte er, weil er genau wusste, dass sie ihn in den Wahnsinn treiben wollte.

"Ja, das ist mein Name", gab sie vergnügt zurück, ohne Anstalten zu machen, auf sein Anliegen einzugehen.

"Luce, pfeif deine Frau zurück, bevor ich sie erwürgen muss!"

Luce lachte aus vollem Hals. "Du kannst es versuchen, aber ich werde dich nicht retten, wenn du anfängst!"

Er atmete einige Male tief durch und sagte dann so ruhig wie möglich: "Ich wollte mir ihren Arm ansehen, daraufhin hat sie mir die Hand gebrochen und ist weggerannt. Kann ich bitte ihre Nummer haben?"

Er wusste zwar nicht, ob sie wirklich gebrochen war, aber das tat jetzt nichts zur Sache.

Tias Lächeln fiel schlagartig in sich zusammen. "Klar. Warte einen Moment." Sie ging in die Küche, schrieb eine Nummer auf einen Zettel und reichte ihn Joey dann. "Kyle ist … etwas zerbrechlicher …"

Luce schnaubte. "Etwas? Sie kommt nicht mal hier her, wenn ich da bin!"

Tia brachte ihn mit einem bösen Blick zum Schweigen. "Auf jeden Fall solltest du sie nicht zu sehr in die Ecke drängen."

Das hatte er bereits gemerkt. Es aber nochmal so bestätigt zu bekommen, war nicht gerade ermutigend.

"Okay. Danke dir."

"Kein Problem und viel Glück."

Das würde er definitiv brauchen. Da seine Hand aber mittlerweile heftig pulsierte, beschloss er erst einmal zu Dave zu fahren.

Weiter als jetzt konnte Kyle ihm sowieso nicht mehr davonlaufen, also kam es auf eine Stunde hin oder her nicht mehr an.

Er verabschiedete sich von den Beiden und machte sich dann, bei jedem Schalten fluchend, auf den Weg zu Dave.

3 PLANÄNDERUNGEN

JOEY

"Ich kann nichts machen, Joey. Ich bin mir zwar ziemlich sicher, dass es gebrochen ist, aber ohne röntgen keine definitive Diagnose."

Verdammt. Er hatte gehofft, um einen endlosen Besuch im Krankenhaus herumzukommen.

"Danke", sagte er wenig begeistert.

"Wie wärs damit: Ich rufe Dr. Totter an, wenn sie wenig zu tun haben, kann sie dich vielleicht dazwischenschieben."

"Das wäre klasse! Ich hab heute noch viel vor."

Dave verzog das Gesicht.

"Ich will dir deine Illusionen ja nicht rauben, aber wenn der Bruch nicht glatt ist, oder an der falschen Stelle, müssen sie es operieren und dann wirst du da für die Voruntersuchungen noch länger bleiben."

"Ich habe keine Zeit. Kannst du mir nicht einfach einen Verband darum machen?"

"Keine Chance. Geh zum Röntgen, dann schauen wir weiter!"

"Bei Luce bist du auch nie so zimperlich. Spritze rein

und gut."

"Bei Luce war ich genauso zimperlich bis ich die genaue Diagnose mit Röntgenbild, CT und MRT hatte. Willst du noch länger mit mir diskutieren oder schon mal vorfahren, während ich versuche das Beste für dich zu erreichen?"

"Ich fahre. Danke, Dave!"

"Kein Thema. Raus hier, ich hab noch mehr Patienten, die jetzt bestimmt alle schlecht gelaunt sind, weil ich dich vorgezogen habe."

Unter den mörderischen Blicken alter Damen und Müttern mit kleinen Kindern verließ er Daves Praxis. Ohne Dave hätten sie alle ein ziemlich großes Problem!

Wieder verfluchte er bei jedem Schalten den Camaro. Kurzfristig überlegte er sogar ihn zu verkaufen, erinnerte sich aber gerade noch rechtzeitig, dass es einer seiner wichtigsten Schätze war. Er hatte ihn vor vielen Jahren zusammen mit Lisa ausgesucht.

Lisa … selbst nach dieser langen Zeit schmerzte der Gedanke an sie sehr.

Das Hupen, das hinter ihm ertönte, riss ihn aus seinen trüben Gedanken. Die Ampel hatte auf grün geschaltet und die Schalttortur begann von Neuem.

Er war mehr als erleichtert, als er das Krankenhaus endlich erspähte.

Am Empfang angekommen hielt er seine, diesmal ein wenig professioneller gekühlte und bandagierte Hand hoch.

"Hallo. Ich bin Joey Parker, ich müsste zum Röntgen", sagte er zu der älteren Frau.

"Ah Mr. Parker, Dr. Totter wartet bereits auf Sie. Mit dem Fahrstuhl in den zweiten Stock. Zimmer A2.97."

"Danke", gab er zurück, wieder einmal froh Dave zu haben.

Dr. Totter röntgte ihn und sah sich dann die Bilder auf

einem großen Bildschirm an.

"Der Bruch ist glatt und in Köpfchennähe. Wir müssen also nicht operieren."

"Dem Himmel sei Dank!", murmelte er und stand auf, um den Raum zu verlassen. Er musste Kyle finden und diese Sache zwischen ihnen klären.

"Wohin wollen Sie? Das muss noch geschient werden!"

"Eine Schiene?"

"Ja. Die Hand muss für die Heilung ruhiggestellt werden."

"Und wie lange soll das dauern?"

"Je nach Patient drei bis sechs Wochen."

"Ich kann keine drei Wochen eine Schiene tragen!", rief er aufgebracht.

"Bis zu sechs Wochen, Mr. Parker und Ihnen wird nichts anderes übrig bleiben, wenn Sie Ihre Hand wieder schmerzfrei benutzen wollen!"

"So ein Quatsch!" Das war bestimmt wieder nur so ein Ärzte-Ding! Luce sollte auch nicht mehr kämpfen und konnte es doch bis zuletzt ohne Probleme, dank Daves Spritzen.

"Ich habe mir das nicht ausgedacht, Mr. Parker!"

Joey hörte schon nicht mehr zu. Er wählte Daves Nummer und wartete darauf, dass sein Freund ihm recht gab.

"Hey Joey, schon fertig?", fragte dieser gut gelaunt.

"Ich denke ja, aber Frau Doktor meint, ich brauche eine Schiene. Sag mir, dass das nicht nötig ist. Du gibst mir eine Spritze und fertig!"

"Gib sie mir." Dave klang ungewöhnlich ernst.

Joey reichte das Telefon weiter. "Hallo Dave … ja, gebrochen … nein, keine Op. Es ist ein glatter Bruch in Köpfchennähe." Sie hörte einen Moment lang zu, dann lachte sie. "Kannst du mir irgendwann eigentlich auch mal einsichtige Patienten schicken?" Wieder lachte sie. "Schon okay. Warte, ich reiche dich weiter", sagte sie dann und drückte Joey das Telefon in die Hand.

Bevor er auch nur einen Ton von sich geben konnte, sagte Dave: "Schiene. Drei bis sechs Wochen. Da führt kein Weg dran vorbei!"

"Wie soll ich mit einer Schiene arbeiten?", rief er frustriert.

"Gar nicht. Du kannst dir ja schon mal eine Lösung überlegen, während die Schiene angepasst wird."

"Dave, das ist nicht witzig!"

"War auch nicht als Spaß gemeint. Dir wird schon was einfallen. Ich muss jetzt weiter arbeiten."

Dann legte er einfach auf. Ein Danke hatte Dave darauf wohl gar nicht erst erwartet.

"Also gut … her mit der Schiene."

Dr. Totter hätte er für ihr Grinsen gern erwürgt.

KYLE

Eine ganze zeitlang war sie ziellos durch die Gegend gefahren, um ihren Kopf freizubekommen. Sie hatte gewusst, dass es eine schlechte Idee war, jemandem ihre Arme zu zeigen. Sie hatte aber nicht damit gerechnet, dass Joey Stiernacken sie so fest packen würde.

Dieser Griff um das Handgelenk war ihr nur allzu bekannt und löste immer eine Kurzschlussreaktion in ihrem Kopf aus.

Zuhause angekommen stellte sie ihre Handtasche auf den Glastisch im Wohnzimmer. Es klirrte extrem laut und Kyle hatte kurzfristig Angst um Julies neuen Tisch.

Dann erinnerte sie sich an die Spendendose, die sie noch immer in ihrer Tasche trug, um sie bei der Bank abzugeben.

Sie hatte zusammen mit einigen Frauen der Seelsorge den ganzen Vormittag über Kuchen vor einem Einkaufszentrum verkauft. Oder besser gesagt gegen eine Spende vergeben.

Sie hatten bestimmt mehrere Hundert Dollar eingenommen.

Erschrocken keuchte sie auf, als sie daran dachte, wie sie Joey die Handtasche mit voller Wucht auf die Hand geschlagen hatte. So schwer wie die Tasche war, würde der Arme bestimmt Schmerzen haben.

Sie schüttelte den Gedanken ab, sie sollte sich keine Sorgen um ihn machen, nur weil sie sich aus seinem völlig unpassenden Griff befreit hatte.

In diesem Moment klingelte ihr Handy. "Broke?"

"Hey Kyle, Tia hier."

Sofort bekam sie ein schlechtes Gewissen. Joey hatte seinen Frust bestimmt an Tia ausgelassen.

"Hi Tia."

"Geht's dir gut?"

"Ja. Danke. Was ist los?"

"Ähm ... naja ... Joey war hier ..."

Kyle stöhnte auf. Sie hatte es gewusst. Typen wie Joey suchten immer einen Schuldigen.

"Es tut mir leid, Tia. Ich wollte das nicht. Bei dir alles in Ordnung? Hat er dir was getan"?

"Was? Oh Gott nein! Joey doch nicht!" Sie klang wirklich verwundert.

"Was meinst du? Mr. Stiernacken hat bestimmt genug Testo gespritzt, um wegen der kleinsten Kleinigkeit auszurasten!"

"Meine Güte, Kyle! Denk doch nicht immer nur schlechtes! Glaubst du im Ernst, ich hätte dich zu ihm geschickt, wenn ich mir nicht absolut sicher wäre, dass er keiner Fliege was zu leide tun könnte? Joey ist ein überdimensionaler Kuschelbär, der Typ Ritter in strahlender Rüstung!"

Tia lachte laut auf.

"Was ist so lustig?", fragte Kyle.

Sie versuchte noch zu verarbeiten, was Tia ihr da vor die Füße geworfen hatte.

"Luce sagt, ich soll aufhören von Joey zu schwärmen, sonst muss er seine Füße in Beton gießen und ihn mafialike im Meer versenken", sagte Tia noch immer laut lachend.

Kyle fand diese Vorstellung alles andere als lustig. Luce war für sie ebenso furchteinflößend wie Joey … und Ty … und Chris … und …

Stopp!, ermahnte sie sich selbst.

Das führte schließlich zu nichts. "Tia! Hör auf zu lachen! Hinter jedem Spaß steckt ein bisschen Ernst!"

"Jetzt hör aber auf, Kyle! Du hast eindeutig wieder diesen Paranoia-Schub. Beruhige dich erst einmal. Luce versenkt niemandem im Meer und Joey lässt sich von dir lieber die Hand brechen als dir irgendwie weh zu tun."

"Ich hab ihm die Hand wirklich gebrochen?", fragte sie erschrocken.

Oh Gott, sie wollte doch nur, dass er losließ!

"Kyle, beruhige dich. Alles ist in Ordnung. Joey geht es gut, er macht sich nur Sorgen um dich. Mir geht es gut und Luce ebenso. Hast du Alkohol in der Nähe?"

"Ich trinke nicht, Tia", erinnerte sie ihre Freundin.

"Verdammt. Vielleicht wäre jetzt der richtige Moment damit anzufangen?"

"Oh Gott nein! Mein Leben ist auch so schon kompliziert genug!"

"Dann mach dir einen Kamillentee oder ein heißes Entspannungsbad oder was auch immer. Du musst dich beruhigen, Joey wird dich bald anrufen."

"Was? Warum? Woher hat er meine Nummer?"

Allein die Vorstellung, sich mit dem Muskelprotz auseinanderzusetzen, ließ ihren Puls höher schlagen.

"Weil er sich Sorgen macht. Von mir. Komm runter! Verdammt, Kyle. Du steigerst dich gerade in ein nicht existentes Problem hinein."

"Woher willst du das wissen?", zischte sie. Kyle kannte Typen wie Joey!

"Weil ich Joey wirklich kenne und ihn nicht nur nach seinem Äußeren beurteile. Nur weil jemand anders aussieht, muss er noch lange nicht anders sein!"

"Offizielle Statistiken beweisen eben das Gegenteil!

Testosteronabhängige sind deutlich aggressiver!"

"Und woher willst du wissen, dass Joey Testo spritzt?"

"Das sieht man ihm doch sofort an!"

"Eben. Vorurteile. Ich weiß, dass er das *nicht* macht. Er geht sogar maximal zweimal die Woche trainieren. Er hat lediglich seine gesamte Jugend über Hochleistungssport betrieben. Er hat viele Preise im Bankdrücken und diesem Dings gewonnen, bei dem sie die Gewichte über den Kopf heben. Sowas verliert sich nicht einfach so ... zum Glück!"

Kurz war sie still. Damit hatte sie wirklich nicht gerechnet.

"Was meinst du mit zum Glück?"

"Sonst hätte ich ja in wenigen Wochen einen Mann mit Bierbauch auf der Couch sitzen, jetzt wo er mit dem Kämpfen aufgehört hat."

Tia lachte und Kyle hörte Luces Schimpfen im Hintergrund.

"Ich weiß nicht ..."

"Kyle bitte. Vertrau mir. Ich kenne ihn. Würdest du denn jeden Übergewichtigen als faul und verfressen verurteilen?"

"Natürlich nicht!"

"Würdest du jede dünne Frau als magersüchtig oder bulimiekrank betiteln?"

"Nein!"

"Warum dann er? Ich verspreche dir, er wird dir kein Haar krümmen. Sonst hätte ich dich niemals zu ihm geschickt! Lass dir diese Chance nicht entgehen, nur weil deine Vorurteile dir im Weg stehen, Kyle."

Tias Stimme war unglaublich sanft geworden. Sanfter als Kyle sie jemals gehört hatte.

"Sag mal ... du suchst nicht etwa einen Nebenjob?", fragte Kyle spontan.

"Ich suche überhaupt einen Job. Ich lebe seit fast einem Jahr von meinen Ersparnissen."

"Ich könnte dir bei der Seelsorge etwas besorgen."

"Wirklich? Das wäre fantastisch!"

"Ja. Ich glaube, du könntest dem ein oder anderen wirklich gut tun."

"Das wäre genial! Danke, Kyle!"

JOEY

Mit einem geschienten Arm zu schalten war beinahe noch beschissener als mit einer gebrochenen Hand.

Joey war mehr als froh, endlich zu Hause anzukommen.

"Wow, was ist denn mit deiner Hand passiert?", fragte Mike, als Joey gerade durch die Tür kam.

"Gebrochen", brummte er.

"Verdammt! Wie sollen wir das machen? Was wird aus deinen Terminen?"

"Ich habe keine Ahnung."

"Aber wir brauchen jemanden!"

"Ich weiß. Ich versuche eine Freundin von mir zu erreichen. Soweit ich weiß, hat sie ihren Job gekündigt, um ein wenig zu reisen, vielleicht kann sie für mich einspringen."

Mike verzog zweifelnd das Gesicht. "Ist sie denn gut? Nicht, dass sie uns noch unsere Kundschaft vergrault!"

"Glaubst du im Ernst, ich würde sie vorschlagen, wenn ich nicht wüsste, dass sie die Beste ist?"

"Ich weiß nicht, vielleicht wollte Kyle ja einen Delfin und du hast beschlossen, dass das der beste Weg ist, um dich aus dem Geschäft zurückzuziehen."

Joey verzog das Gesicht bei dem Gedanken an Kyle. Sie war definitiv die nächste, um die er sich eingehend kümmern würde!

"Kein Delfin. Aber vielleicht hat sie gedacht, sie beugt dem vor, indem sie mir die Hand bricht."

"Diese zierliche Frau hat dir die Hand gebrochen?"

"Ich schwöre, da waren Ziegelsteine in ihrer Handtasche!"

"Weißt du, Joey, wenn du diese Glasknochenkrankheit hast, dann wäre jetzt der richtige Zeitpunkt, mir davon zu erzählen." Mike schien sich ganz und gar prächtig auf Joeys Kosten zu amüsieren.

"Ha … haha … haha. Siehst du wie unglaublich belustigt ich bin?", fragte er trocken.

"Auf jeden Fall. Du könntest fast Schauspieler werden. Halt mich auf dem Laufenden, ich geh erstmal duschen."

Nachdem Mike das Zimmer verlassen hatte, holte Joey sein Handy heraus und tippte die Nummer, die Tia ihm gegeben hatte.

Es dauerte einen Moment, dann hörte er Kyles zögerliche Stimme.

"Broke?"

"Hey Kyle. Ich bins Joey."

Die Stille, die daraufhin folgte, war drückend.

"Es tut mir leid", flüsterte sie dann.

"Ja, einfach die Zeche zu prellen ist nicht die feine Art", versuchte er zu scherzen.

"Ich bin dir auch noch Geld schuldig?", fragte sie deutlich schockiert.

"Ja. Für die Beratung und ungefähr 5000 Dollar fürs Krankenhaus." Zwar war er krankenversichert, aber das musste er ihr ja nicht auf die Nase binden. Sie sollte ruhig ein schlechtes Gewissen haben.

Wieder herrschte einen Moment lang absolute Stille.

"Ich … ich hab das nicht … ich kann dir jetzt 2000 Dollar geben und dann …", stotterte sie und klang dabei verdammt ängstlich.

Scheiße!

"Nein, nein, Gott Kyle, das war nur ein Spaß!"

"Du warst nicht im Krankenhaus?"

"Doch, das schon, aber ich bin krankenversichert. Alles in Ordnung."

Er hörte sie erleichtert aufatmen. "Und was ist mit deiner Hand?"

Verärgert sah er auf die verdammte Schiene.

"Gebrochen."

"Verdammt!"

"Kannst du laut sagen. Ich kann drei bis sechs Wochen nicht arbeiten!"

Sie zog zischend die Luft ein. "Scheiße. Das sind mehr als 5000 Dollar."

"Hör auf dir darum Gedanken zu machen. Deshalb rufe ich nicht an. Ich finde schon eine Lösung."

"Warum rufst du sonst an?"

"Ich will mit dir reden. Mich entschuldigen."

"Du willst dich entschuldigen?"

"Ja. Es war nicht gerade sehr einfühlsam von mir, dich …", sagte er und es hörte sich selbst in seinen Ohren ziemlich lasch an.

"Es gibt nichts zu entschuldigen. Mir tut es unendlich leid, dass ich dir deine Hand gebrochen habe!" Sie klang wirklich bedrückt.

"Was hast du überhaupt in dieser Tasche?!"

"Da waren die Spendeneinnahmen für die Seelsorge drin, die ich zur Bank hätte bringen müssen."

"Du kannst doch nicht so viel Geld mit dir herumschleppen! Was ist, wenn du überfallen wirst!"

Sie sagte einen Moment lang nichts und Joey ärgerte sich bereits darüber, dass er sie so scharf angesprochen hatte, als sie antwortete: "Naja … wie du am eigenen Leib erfahren musstest, kann man sich mit viel Kleingeld ziemlich gut zur Wehr setzen …"

Er lachte laut auf. Wo sie recht hatte …

"Ich würde mich gern mit dir auf einen Kaffee treffen", sagte er dann.

"Nein."

Mehr nicht. Einfach nur Nein.

"Komm schon, Kyle. Glaubst du nicht, du bist mir für die Hand etwas schuldig?" Es tat ihm leid, dass er sie so unter Druck setzen musste, aber er wollte auf jeden Fall ein Date mit ihr.

"Ich will wirklich nicht."

"Was ist schon dabei? Nur einen Kaffee. In Netties Diner? Da ist immer viel los." Er hatte eine ziemlich genaue Vorstellung davon, was ihr Problem mit einem Date war. Viele Menschen würden ihr vielleicht die nötige Sicherheit geben.

"Warum?"

"Ich will dich treffen, mit dir reden, dich kennenlernen. Ist das zu viel verlangt?"

Beinahe rechnete er mit einem Ja, aber dann seufzte sie auf.

"Nein. Okay. Wann?"

"Nachdem ich jetzt sowieso nicht arbeiten kann, bin ich flexibel."

"Das musstest du mir nochmal unter die Nase reiben, oder?"

"Ja." Joey lachte auf. "Also wann?"

"Morgen gegen zehn Uhr?"

Frühstückszeit. Dann, wenn der Laden definitiv am vollsten war.

"Hört sich gut an. Danke, Kyle."

"Bis dann." Sie legte auf, ehe er ein weiteres Wort sagen konnte.

KYLE

Einige Minuten lang starrte sie auf ihr Handy. Irgendwie hatte es Mr. Stiernacken tatsächlich geschafft, sie zu einem Kaffee zu überreden.

Allein die Tatsache, dass sie so lange mit ihm telefoniert hatte, war ein Wunder und dann das?

Verwirrt schüttelte sie den Kopf, musste aber zugeben, dass es ein sehr angenehmes Gespräch gewesen war. Wenn sie nicht wüsste, wie er aussah, könnte sie ihn durchaus sympathisch finden.

Kyle zuckte bei ihrem eigenen Gedanken zusammen. Tia hatte recht. Sie war furchtbar oberflächlich! Keinen anderen Menschen hätte sie jemals so in eine Schublade gesteckt nur wegen seines Aussehens!

Peinlich berührt schwor sie sich, Joey eine gerechte Chance zu geben. Von mehreren Seiten war ihr jetzt versichert worden, dass an ihm nichts auszusetzen war, also warum nicht?

Er hatte ihr absolut nichts getan.

Kyle war froh über ihren eigenen Entschluss. Sie wollte niemanden aufgrund seines Aussehens abwerten.

Nach einer kurzen Dusche legte sie sich ins Bett. Ihr Kopf war voll mit Bildern des Tages. Voll mit Bildern von Joey, seinen Oberschenkel-Armen und der breiten Brust in dem zu kleinen Shirt.

Immer wieder waren da auch Bilder von Joey. Wie er versuchte es ihr recht zu machen. Wie er stehen geblieben war, um ihr den Vortritt in den Behandlungsraum zu lassen. Wie er die Klinke festhielt und sich dann dafür entschied, die Tür für sie offen zu lassen.

Konnte so jemand ein schlechter Mensch sein?

4 KAFFEE-DATE

JOEY

"Was ist denn mit dir los?", fragte Mike, der mit seinem Kaffee wie jeden Morgen üblich auf dem Sofa saß.

"Ich treff mich gleich mit Kyle."

"Warum das?"

"Weil sie mir gefällt."

Mike sah ihn an, als hätte er nicht mehr alle Tassen im Schrank. "Sie hat dir die Hand gebrochen und ist dann davon gerannt. Wie deutlich brauchst du deinen Korb noch?"

"Das war ein Missverständnis."

"Du bist verrückt!"

"Das fällt dir erst jetzt auf?"

"Nein, aber das Ausmaß schockt mich jedes Mal aufs Neue."

Joey lachte. "Du wirst schon sehen. Kyle wird mich mögen, wenn sie mich erstmal kennt."

"Darauf würde ich nicht wetten!"

"Und seit wann bist du so allwissend? Wenn ich mich recht erinnere, bist du Single!"

"Nicht mehr lang!"

"Sagt wer?"

"Facebook. Noch 3 Tage und vier Stunden, dann habe ich meine Traumfrau."

"Sag du mir noch einmal, ich sei verrückt!"

Beide lachten laut auf.

"Hast du deine Kollegin erreicht?"

"Ja gerade eben. Übermorgen ist sie da."

"Perfekt. Ich sag De gleich Bescheid, dass sie die Kunden für die kommenden Wochen informiert."

"Danke dir."

"Wir müssen uns noch um die Anzeige für das WG Zimmer kümmern!"

"Mach ich. Ich muss los."

"Viel Glück!"

Das konnte er durchaus brauchen. Kyle war keine einfache Frau. Er würde alles Glück der Welt brauchen, um sie davon zu überzeugen, dass er mehr als dieses Kaffee-Date wert war!

KYLE

Wie erhofft war es zur Frühstückszeit in Netties Diner extrem voll. In weißen Ballerinas, Jeans und einer weiten Bluse fühlte sie sich wohl genug, um sich der Herausforderung zu stellen.

Vorurteile überwinden und allen Menschen die gleiche Chance geben. Das war der Plan.

Joey wartete vor der Tür auf sie. Das erste, was sie sah, war die große Schiene an seiner Hand. Sofort hatte sie wieder ein schlechtes Gewissen.

"Hey, schön, dass du gekommen bist", begrüßte er sie lächelnd. Er hatte ein wirklich nettes Lächeln. Offen, sympathisch und sehr freundlich. Es dürfte also nicht allzu schwer sein, ihn zu mögen … oder?

"Es tut mir so leid!"

Einen Moment sah er verwirrt aus, dann hob er lachend die Hand.

"Ach das? Quatsch. Einen Kaffee mit dir ist das auf jeden Fall wert."

Er schien es wirklich nicht so schlimm zu finden, also entspannte sie sich wieder ein bisschen.

Als nächstes fielen ihr erneut diese enormen Muskelberge auf.

Sie musste sich selbst ermahnen, ihn deshalb nicht wieder in eine Schublade zu stecken.

Er trug knielange Jeans und ein zu enges Shirt. Sie konzentrierte sich lieber wieder auf sein Lächeln.

"Gut. Wollen wir rein gehen?", fragte sie, nachdem die Stille zwischen ihnen unheimlich wurde.

"Es ist ziemlich voll ... wir können auch woanders hingehen."

"Nein. Hier ist gut." Voll war genau das, was sie wollte. Ohne auf seine Antwort zu warten, ging sie hinein.

Er hatte recht. Es war verdammt voll. Alle Tische waren belegt und sogar an der Theke sah es wirklich schlecht aus.

Sie zuckte zusammen, als er ihr eine Hand auf den Rücken legte und sie vorwärts schob.

"Da hinten sind noch zwei Plätze", sagte er, nahm seine Hand aber nicht wieder weg.

Und eigentlich, wenn sie ehrlich zu sich selber war, störte es sie auch gar nicht allzu sehr. Sie war eher vor der plötzlichen Berührung erschrocken, als dass es ihr etwas ausmachte.

Er wartete bis sie sich auf einen der Hocker gesetzt hatte und ließ sich dann auf den anderen nieder.

Obwohl er sichtlich bemüht war, nicht allzu viel Platz zu brauchen, drückte seine Schulter gegen ihre.

"Sorry ... die Plätze sind nicht für mich ausgelegt", sagte er zerknirscht.

Kyle lachte.

Es war ein ehrliches Lachen, das von Herzen kam, und sie selbst ein klein wenig verwunderte.

Immerhin war er sich seiner Überdimensionalität

bewusst.

"Kein Problem. Ich habe schließlich darauf bestanden, hierzubleiben."

Er lächelte und wandte sich dann der Kellnerin zu. "Einmal das große Sonntag-für-Zwei Frühstück bitte, Candy."

Sie wollte sich gerade darüber ärgern, dass er einfach für sie mitentschied, da wandte er sich zu ihr um. "Für dich?"

Sie sah ihn mit großen Augen an.

"Du willst das allein essen?"

Mit der linken Hand kratzte er sich am Hinterkopf, was seinen Oberschenkel-Oberarm nur noch größer wirken ließ.

Das Lächeln, Kyle! Denk an sein Lächeln!

"Äh … ja. Ich hab immer viel Hunger." Candy lachte leise vor sich hin.

Viel Hunger okay, aber ein großes Frühstück für zwei Personen?

Vielleicht waren das alles gar keine Muskeln, sondern Speck … kurz war sie versucht einmal in seine Brust zu pieken, um ihre Theorie zu testen, wandte sich dann aber doch lieber der Bedienung zu.

"Okay … ich hätte gern das Classic bitte."

Candy nickte und ging dann zur Küche, um die Bestellung weiterzugeben.

Bis das Frühstück kam, unterhielten sie sich über Julie, Gregor und Fire&Ice. Er schien alle sehr zu mögen und hatte die ein oder andere Geschichte auf Lager, die ihr die Männer sogar fast etwas sympathischer machte.

Wieder und wieder ertappte sie sich dabei, wie sie lachte und sich tatsächlich mit ihm amüsierte.

Die Unterhaltung wurde etwas ruhiger, als das Frühstück kam. Sie beobachtete staunend, wie mehr und mehr von den Essensbergen in ihm verschwanden, während er von seiner Freundschaft zu Mike, Candy und

Destiny erzählte.

Er schob sich das letzte Würstchen mit einem Happen in den Mund, als sie gerade ihren ersten Pancake beendete. Damit war sie eigentlich auch schon satt. Die beiden weiteren würde sie nicht mehr schaffen.

"Dann ist sie zu Julien gezogen und Mike und ich waren wieder allein."

Als er bemerkte, dass sie ihn anstarrte, fragte er: "Stimmt was nicht?", und wischte sich mit der Serviette übers Gesicht.

"Du hast das alles tatsächlich gegessen."

Er lachte über ihre fassungslose Miene.

"Klar. Hab ich doch gesagt. Ich bin mehr als das Doppelte von dir, ich brauche mehr zu essen."

Lachend schüttelte Kyle den Kopf. Das Doppelte war eigentlich noch untertrieben.

"Bestell dir doch noch einen Nachschlag", scherzte sie.

Er lächelte schief und sah damit trotz seiner Muskelberge irgendwie süß aus. "Eigentlich spekuliere ich auf deine Pancakes."

Sie sah ihn mit großen Augen an. "Ist das dein ernst?"

"Ich glaube, du wirst sie nicht aufessen."

"Werde ich auch nicht, aber du kannst doch nicht …"

"Was? Noch mehr essen?" Joey lachte auf.

Ja, noch mehr essen? Und vor allem ihr Essen auf essen, als würden sie sich wirklich kennen?

Sprachlos schob sie ihren Teller zu ihm. "Nur zu."

"Danke."

Es dauerte keine fünf Minuten, da war auch ihr Teller leer. Dann kam Candy und räumte ihre Teller ab. "Hast du genug, Joey?", fragte sie.

"Ich hör besser auf", sagte er und klopfte sich lächelnd auf den Bauch. "Bringst du uns noch Kaffee?"

Candy nickte und kam kurz darauf mit der Kanne zurück.

Kyle wunderte und freute sich noch immer über diesen gelungenen Vormittag, als Joeys Gesicht plötzlich ernst wurde.

"Weißt du, ich würde deine Arme wirklich gern tätowieren."

Sie stockte mitten in der Bewegung. Warum musste er gerade jetzt damit anfangen?

"Nein."

"Ich will nicht über die Narben sprechen. Ich weiß, woher sie stammen und dass es deine eigene Entscheidung ist, wem du deine Geschichte erzählen willst und wem nicht. Aber ich denke, dass es richtig ist, etwas Schönes daraus zu machen, wenn man die Vergangenheit nicht immer wieder vor der Nase haben will."

Er hatte recht. Genau deshalb wollte sie es so sehr. Und wenn er wirklich keine Antworten von ihr erwartete, war das eine einmalige Chance.

"Keine Fragen?"

"Keine Fragen."

"Okay."

"Du musst es nicht sofort entscheiden …"

"Doch ich will das!"

Er hob seine geschiente Hand hoch. "Ich kann sowieso frühestens in drei Wochen."

Kyle stieg das Blut in die Wagen. Was hatte sie ihm nur angetan!

"Mach nicht so ein Gesicht. Ein bisschen Urlaub tut mir ganz gut."

"Ihr wart doch gerade erst in Talin!"

"Ja, aber ich glaube dieser Urlaub wird um einiges besser!"

JOEY

Dieses Kaffee-Date lief eindeutig perfekt. Sie verstanden sich blendend und Kyle entspannte sich von Minute zu Minute mehr. Es war bereits gegen Mittag und das Lokal füllte sich mit einem neuen Schwung Menschen, als sie das erste Mal auf die schmale, goldene Uhr an ihrem

Handgelenk schaute.

"Oh Gott! Wir haben schon nach zwölf!"

Joey lächelte.

Dass sie die Zeit mit ihm vergaß, war eindeutig ein gutes Zeichen.

"Musst du los?"

"Ja, ich muss in einer halben Stunde beim Kuchenverkauf sein!"

Joey runzelte die Stirn, nach allem was sie ihm erzählt hatte, war sie dort erst gestern.

"Schon wieder?"

"Ja, die ganze Woche lang."

"Wer macht denn all diese Kuchen?", fragte er, weil er keine Ahnung von solchen Aktionen hatte.

"Freiwillige." Sie musterte ihn einen Moment lang. "Kannst du backen?", fragte sie dann.

Absolut nicht! "Natürlich!" *Was soll das, du Trottel?!*

Dann lächelte sie strahlend und er wusste, dass es die einzig richtige Antwort gewesen war. "Hast du Lust mir für morgen einen Kuchen zu backen?"

Wie zum Teufel sollte er aus dieser Nummer wieder rauskommen? "Kein Problem. Wo soll ich ihn hinbringen?" *Bist du jetzt völlig durchgeknallt?*

Sie lächelte noch strahlender. Also war es absolut die richtige Entscheidung! Und wie schwer konnte es schon sein, einen essbaren Kuchen zu backen?

"Zum Einkaufszentrum. Copley Place. 100 Huntington Ave. So gegen acht Uhr? Da bereiten wir alles vor."

Joey nickte mechanisch.

Er hatte keine Ahnung, wann er das letzte Mal vor halb zehn aufgestanden war. Aber Kyle wiederzusehen und dieses atemberaubende Lächeln auf ihrem Gesicht waren es allemal wert.

"Super. Dann vielen Dank schon mal!"

Sechs Stunden später musste er seine Aussage revidieren. Einen Kuchen zu backen war sehr wohl sehr schwer! Er hatte es wirklich versucht!

Zuerst hatte er Tina angerufen und sich die Adresse eines gut sortierten Buchhandels geben lassen.

Ihr Tipp war verdammt gut und er hatte ein tolles Backbuch mit vielen Bildern gefunden.

Er hatte sich alle Bilder angesehen und sich für einen Kuchen entschieden, der verdammt lecker aussah. Mit Sahne und Kirschen.

Schließlich wollte er sich mit seinem Kuchen nicht blamieren.

Dann hatte er sich aus einem nahegelegenen Supermarkt alle Zutaten besorgt und war dann in seine Wohnung gefahren.

Leider musste er feststellen, dass er alle Küchengeräte, die man wohl laut Backbuch benötigte, um einen Kuchen zu machen, überhaupt nicht hatte.

Er hatte Destiny angerufen. Diese hatte ihn jedoch nur ausgelacht und gefragt, ob er denn noch wüsste, dass sie bei Julien wohnte.

Gute Antwort, damit war die mögliche Existenz von Küchengeräten eindeutig geklärt.

Daraufhin war er, samt seiner Zutaten, zu Nina gefahren, weil mit ihr zu telefonieren einfach zu anstrengend war.

"Ich und backen?", war ihre einzige Reaktion.

Als er frustriert die Schultern fallen ließ, schickte sie ihn zu Maya.

Die war leider nicht zuhause. Dafür traf er unterwegs Trish, die zwar nicht backen konnte, aber eine voll ausgestattete Küche hatte.

"Warum hast du all dieses Zeug?", fragte er, als sie in ihrer alten Wohnung ankamen. Offiziell wohnte sie seit einiger Zeit bei Logan.

"Chris hat die Wohnung eingerichtet. Wahrscheinlich ist er davon ausgegangen, dass ich irgendwann mal unter die Hausfrauen gehe."

"Okay. Danke, dass du mir hilfst."

"Ach was. Wie schwer kann es schon sein einen Kuchen nach Rezept zu machen?"

Eine Stunde später hatten sie die Antwort. Es war für einen Laien nahezu unmöglich.

Die Küche sah aus wie ein Schlachtfeld. Er und Trish ebenso. Die Sahne war Butter und der Teig klumpig.

"Ich frage Nicky. Sie kann das bestimmt!"

Nur Minuten später kam sie zurück. Nicht mit Nicky, aber mit Tia.

"Mein Gott, was habt ihr denn gemacht?", fragte diese mit großen Augen.

"Versucht einen Kuchen zu backen", gab Joey frustriert zurück.

"Und wie kommt das Mehl an euch und die Schränke? Es sieht eher nach einer Essenschlacht aus."

"Die Maschine hat es verteilt."

Trish schien das Ganze nichts auszumachen, aber Joey schämte sich für seine Unfähigkeit einen einzigen verdammten Kuchen zu backen in Grund und Boden.

"Habt ihr nicht den Deckel drauf gemacht? Ach vergiss es. Ich helfe euch. Zeig mal das Rezept." Sie kam mit großen Schritten durch den Raum und zog das Backbuch über die Theke zu sich.

Tia warf einen einzigen Blick auf die geöffnete Seite im Backbuch und sah ihn dann mit zusammen gezogenen Augenbrauen an.

"Warum willst du gleich mit so einer schweren Torte anfangen?", fragte sie und klang dabei als hätte er nicht mehr alle Tassen im Schrank.

Hast du auch nicht! Spätestens klar, seit du behauptet hast, dass du backen kannst!

"Sie sah gut aus!", wehrte er sich.

"Na und? Ein fünf Gänge Menü sieht auch gut aus, dennoch fange ich erstmal mit Spaghetti an. Für was brauchst du ihn überhaupt?"

Um diese Frage war er den bisherigen Tag immer gut

herumgekommen. Die anderen hatten ihn schlicht für verrückt erklärt oder ausgelacht. Niemand wollte wissen, warum er Kuchen backen wollte.

Leider sah Tia ihn sehr auffordernd an. Sie würde die Antwort auf jeden Fall hören wollen.

"Spenden."

"Wofür?"

Nein. Um eine richtige Antwort würde er definitiv nicht herumkommen. Also wappnete er sich schon mal vor ihrem Gelächter.

"Kyle", murmelte er und Tia lachte auch schon laut los.

"Dieser ganze Aufwand für Kyle? Das ist echt süß, Joey. Aber dafür ist dieser Kuchen absolut ungeeignet. Es muss ein Kuchen sein, den man von der Hand essen kann. Komm, wir machen schnell einen hervorragenden Tia-Spezial-Cheesecake!"

Joey atmete erleichtert auf. Endlich jemand, der Ahnung von dieser Materie hatte.

Außerdem stellte sich heraus, dass Kuchen backen doch eine einfache Angelegenheit war.

Nachdem sie die Küche geputzt hatten, mussten Trish und er sich an den Tresen setzten, während Tia ganz einfach in Windeseile einen perfekten Kuchen zauberte.

Ganz einfach eben … solange er es nicht tun musste!

5 IMMER NÄHER

JOEY

Das Klingeln seines Weckers konnte er erst überhaupt nicht zuordnen. Nur ganz langsam erinnerte er sich daran, dass er Kyle versprochen hatte, den Kuchen mitten in der Nacht zu ihr zu bringen.

Mühsam und mit noch halb geschlossenen Augen taumelte er unter die Dusche und schwor sich dabei, nie wieder zu einer so unmöglichen Uhrzeit aufzustehen. Er hatte noch nie verstanden, wie Menschen um sieben Uhr nachts schon fit sein konnten!

Wenn es nach ihm ginge, würden die Tage nicht vor zwölf beginnen. Leider war das in seinem Job auch nicht immer möglich. Aber alles vor zehn war definitiv Körperverletzung!

Duschen, während ein Arm nicht nass werden sollte, stellte sich für ihn in diesem Zustand als eine schier unüberwindbare Aufgabe dar.

Irgendwie hatte er es dennoch geschafft. Der Kuchen war unbeschadet im Fußraum des Camaro gelandet und er selbst auf dem Fahrersitz.

Die Fahrt über fluchte er abwechselnd über seine verdammte Schiene und den beschissenen Berufsverkehr. Beides besserte seine Morgenmuffelstimmung absolut nicht!

Ganz im Gegensatz zu Kyle. Ein Blick auf ihr fröhliches Gesicht reichte, um seine Stimmung enorm zu heben!

KYLE

Sie hatte fast nicht damit gerechnet, dass Joey wirklich kommen würde. Aber als sie den dröhnenden Motor des Camaro hörte, aufsah und Joey entdeckte, war sie positiv überrascht.

"Guten Morgen", sagte sie lächelnd. Dass es nicht seine Uhrzeit war, sah man auf den ersten Blick. Er sah ein bisschen aus wie ein Zombie, aber er hatte tatsächlich einen Kuchen dabei.

Eigentlich hatte sie sich auf eine Ausrede wie "Mein Hund hat ihn gefressen" eingestellt.

"Guten Morgen. Cheesecake für die Damen."

"Super. Danke dir. Hast du ihn schon angeschnitten?"

Er sah sie ein wenig an, als würde sie eine fremde Sprache sprechen und antwortete dann zögerlich: "Nein?"

"Okay, dann mach ich das schnell. Sie nahm ihm die Box ab und ging zu einem der Tische hinter der gekühlten Glastheke.

Joey folgte ihr. "Und was macht ihr hier jetzt?"

"Wir verkaufen die Kuchen, um die Spendenkasse ein bisschen aufzubessern."

"Wie lang dauert das?", fragte er dann, während sie den Kuchen aus der Box nahm. Es war nicht irgendein Cheesecake. Er war mit Schoko und Himbeersirup. Kyle hätte schwören können, dass es Tias Rezept war.

Ihr gegenüber hatte sie sich strikt geweigert, das Rezept rauszugeben. Sie glaubte nicht daran, dass Tia es Joey einfach so gegeben hätte.

"Bis der Kuchen leer ist."

"Und dann? Gehst du mit mir Essen?"

Kyle lachte. Er war eindeutig noch zu müde für eine elegante Einladung.

"Dann ist es abends und ich muss noch zur Bank und die Abrechnung machen."

"Das heißt, wenn der Kuchen schon mittags leer wäre, hättest du noch Zeit."

Da der Kuchen niemals mittags leer sein würde, nickte sie.

"Gut, dann helfe ich euch beim Verkaufen." Dann drehte er sich um und ging zum Eingang des 24 Stunden Einkaufszentrums.

"Wer ist das?", fragte Dorothe, eine ältere Mitarbeiterin der Seelsorge.

"Ein Freund", antwortete Kyle. Oder zumindest könnte er das werden.

Einen Moment lang starrte sie auf den Kuchen, dann griff sie zu ihrem Handy und wählte Tias Nummer.

Es dauerte eine ganze Weile, dann hob sie ab. "Wenn es nicht wichtig ist, muss ich dich leider umbringen."

Verdammt! Sie hatte vergessen, dass Tia um diese Uhrzeit niemals wach war.

"Sorry … nein, eigentlich nicht wichtig. Es geht nur um deinen Kuchen."

"Ich habe schon einen gebacken. Frag mich das nächste Mal."

"Also ist es deiner? Der, den Joey gerade gebracht hat."

Kurz herrschte Stille in der Leitung, dann seufzte Tia. "Du kannst mich nicht mit solchen Dingen konfrontieren, wenn ich noch gar nicht wach bin. Das ist unfair, so schnell fällt mir keine Ausrede ein!"

Kyle lächelte. "Dann sag einfach die Wahrheit."

"Er war verzweifelt. Er hat Trishs Küche in ein Schlachtfeld verwandelt. Was hätte ich tun sollen? Warten bis diese beiden das Haus abfackeln?"

"Warum hat er bei Trish gebacken?"

"Glaubst du im ernst, er hat Küchengeräte?"

Nein, eigentlich nicht. "Er hätte einfach nein sagen können."

"Kyle mach die Augen auf! Joey würde wohl so ziemlich alles tun, um dir zu gefallen. Ich meine: Hallo? Er hat einen ganzen Nachmittag lang versucht einen Kuchen zu backen, obwohl du ihm die Hand gebrochen hast!"

Kyle sah auf und bemerkte die Schlange, die sich vor der Kuchentheke gebildet hatte. Das kam ihr gerade recht. Sie wollte nicht über Joey nachdenken. Egal, wie süß es von ihm war, sich so viel Mühe wegen ihr zu geben.

"Ich muss schlussmachen, viele Kunden."

"Klar. Ich muss Luce besänftigen, der mich die ganze Zeit anstarrt, als wäre ich schuld, dass du angerufen hast."

"Sorry."

"Alles gut. Viel Spaß!"

Während sie die ungewöhnlich vielen Kunden bediente, dachte sie über Tias Worte nach.

War es wirklich so? Wollte Joey mehr von ihr als nur dieses Tattoo?

Auch wenn sie sich vorgenommen hatte, ihn nicht mehr dafür zu bewerten, wie er aussah, eine Beziehung kam definitiv nicht infrage.

Nicht nur mit ihm, mit überhaupt keinem Mann! Sie hatte es versucht und es war mehr als nur schief gegangen. Eine weitere Bestätigung konnte sie absolut nicht gebrauchen.

Sie hob ihren Blick, um zu sehen, was er tat. Eigentlich wollte er ihnen beim Kuchenverkauf helfen. Jetzt wäre der richtige Zeitpunkt, wo so viele Menschen in der Schlange standen.

Joey stand noch immer vor dem Eingang und sprach mit einer Frau. Vielleicht täuschte Tia sich. Er würde wohl kaum mit einer anderen Frau sprechen, wenn er an ihr Interesse hätte.

Schnell verdrängte sie diesen Gedanken. So oder so, es

war egal!

In diesem Moment drehte er sich um und zeigte zu ihr. Die Frau nickte lächelnd und kam zu ihnen herüber. Sie stellte sich zu den anderen in die Schlange und wartete darauf, bedient zu werden.

Und Joey? Der sprach bereits mit einer kleinen Familie und deutete dann auf den Kuchenstand.

JOEY

Langsam wurde sein Mund fusselig vom vielen Reden. Irgendwann musste dieser verdammte Kuchen doch ausgehen!

"Joey!" Er drehte sich zu Kyle um. "Du hast es geschafft. Wir haben noch nicht einmal zwölf Uhr und der Kuchen ist leer."

Lächelnd ging er zu ihr. "Damit habe ich mir definitiv ein Essen verdient."

Die ältere Dame neben Kyle lachte. "Und eine Festanstellung als Marktschreier!"

"Sehr gut. Können wir los?"

"Ich muss hier noch zusammenpacken und zur Bank …", begann Kyle, doch die andere Frau unterbrach sie. "Wir sind so früh fertig und haben alle noch Zeit. Geh nur, Schätzchen. Du musst sonst immer so viel alleine machen."

"Sehr gut. Dann los. Hier im Einkaufszentrum gibt es ein gutes Restaurant. Wollen wir gleich da hin? Ich bin am Verhungern!"

Kyle sah ihn sichtlich überfordert an. "Ähm … okay. Ich habs ja versprochen."

"Genau." Er war sich definitiv nicht zu schade, dieses Versprechen einzufordern.

Er streckte ihr auffordernd den Ellenbogen entgegen und sie hängte sich sichtlich überfordert ein. Dann ging er zielstrebig zum Eingang des Einkaufszentrums.

Nach und nach schien sie sich wieder zu erholen.

Leider, denn bereits beim Betreten des Lokals entzog sie ihm ihre Hand.

Er bestellte sich etwas zu trinken und widmete sich dann sofort der Karte. Das Jumbo 800g Rumpsteak mit Potatos hörte sich verdammt gut an.

Dann brachte der Kellner ihre Getränke und Kyle erbat sich noch ein wenig Zeit zum Lesen der Karte.

"Findest du nichts?", fragte er, nachdem sie zwei Minuten später noch immer nicht aufgesehen hatte.

"Ähm … schwierig. Irgendwie scheint es hier nur Steak zu geben."

"Das beste Steak der Stadt würde ich behaupten."

Sie sah ihn irgendwie verzweifelt an. "Tja. Das ist toll. Ich esse leider kein Fleisch!"

Er musste sich beherrschen, dass seine Kinnlade nicht auf den Tisch krachte.

Verdammt! Da fand er einmal eine wirklich interessante Frau und dann das!

"Baby, sag mir, dass das nicht dein Ernst ist."

"Doch. Ich bin Vegetarierin. Manchmal spiele ich sogar mit dem Gedanken, es mal vegan zu versuchen."

Er griff sich ans Herz und lehnte sich keuchend zurück. "Wie kannst du mir das nur antun? Du brauchst Proteine, damit du stark bleibst!"

Kyle lachte. "Vielleicht solltest du weniger davon essen, dann würden dir deine Shirts auch mal passen."

Verdutzt sah er erst sie an, dann sein Shirt. Es saß perfekt. Schön eng, damit sie seine Brust und seinen Sixpack auch sehen konnte. Alles bestens.

"Es sitzt perfekt. Betont meinen Oberkörper."

Sie schien sich ein wenig unwohl zu fühlen und sagte nichts mehr.

"Was? Was stimmt nicht? Raus mit der Sprache, Kyle", forderte er.

"Naja … vielleicht solltest du das, wovon du sowieso schon viel zu viel hast, nicht auch noch betonen."

Er sah sie mit großen Augen an.

"Also ich hab ja schon viel gehört, aber über zu viel Sixpack hat sich wirklich noch keine Frau beklagt."

Sie rutschte unruhig auf ihrem Stuhl hin und her.

"Jetzt sag schon. Ich will alles hören, dann habe ich es hinter mir", sagte er grinsend.

"Es ist nicht zu viel Sixpack an sich … es ist allgemein sehr viel … Muskelmasse. Irgendwie zu viel für einen Mann. Es gibt zu viel Joey", schloss sie schließlich ihre gestammelte Ansage.

"Autsch."

"Hey, das war echt nicht böse gemeint. Ich meine, auf mich solltest du nicht hören."

"Natürlich auf dich. Auf wen sonst? Dich will ich schließlich davon überzeugen, öfter mit mir auszugehen."

Verdammt. Warum hatte er sich die einzige Frau ausgesucht, die fand, dass es zu viel von ihm gab?

"Es ist egal, Joey. Wirklich! Es kann ja zu viel von dir geben. Wir wollen ja nur Freunde werden, oder?" Sie schien sich von Wort zu Wort unwohler zu fühlen.

"Nur Freunde?"

"Ja. Puh … ähm … also …"

"Was noch, Kyle? Komm schon, wenn du gerade so gut in Fahrt bist, gib mir alles."

"Joey …"

"Los, sag schon!"

"Also … ich bin nicht an Männern interessiert, wenn es über eine Freundschaft hinausgeht."

Das wurde immer noch besser. Es gab nicht nur zu viel von ihm, er war auch zu viel Mann. "Du bist lesbisch?"

Kyle sah ihn einen Moment lang verdutzt an und er hatte schon beinahe die Hoffnung, falsch zu liegen.

Ihre vernichtende Antwort kam prompt. "Ja. Lesbisch, genau. Sorry."

"Verdammt!" Das Wort war ihm rausgerutscht, ehe er es hätte vermeiden können. Dann schüttelte er den Kopf. "Sorry. Okay. Ich brauch jetzt erstmal was zu essen. Hast du was gefunden?"

"Das einzige, was hier ohne Fleisch ist, ist der Salat, also ja." Sie lächelte unsicher.

In Gedanken versunken winkte er den Kellner zu sich. So etwas konnte auch nur ihm passieren.

Verdammt! Trottel!

Er gab die Bestellung auf und versuchte es dann mit ein wenig Smalltalk.

Gar nicht so leicht, wenn man sich innerlich weiter darüber ärgerte, dass man für die perfekte Frau das falsche Geschlecht war.

KYLE

Sie fühlte sich erstaunlich wohl in Joeys Gegenwart. Irgendwie schien diese Homo-Lüge den richtigen Rahmen für ihr Essen zu geben.

Nur Freunde und keine Aussicht auf mehr.

Joey verputzte wieder eine erschreckende Menge an Essen.

Bei so einem Kalorienbedarf musste jeder normale Haushalt pleitegehen.

"Wenn ihr mal wieder Hilfe braucht, sag Bescheid", sagte er in dem Moment, in dem er sein Glas abstellte.

Kyle war damit beschäftig gewesen, sich zu überlegen, wann die Nähte des Shirts unter der Spannkraft seines Bizeps wohl nachgeben würden.

Sie schüttelte den Gedanken ab. Sie hatte ihn definitiv schon oft genug vor den Kopf gestoßen!

"Klar. Wir brauchen immer Hilfe und Kuchenspenden." Sofort bekam sie ein schlechtes Gewissen, weil sie ihn schon wieder in diese Situation brachte.

"Gut. Morgen kann ich leider nicht, aber dann jederzeit."

Gut, dass er sich dieses Mal selber aus der Affäre zog. Er würde einfach nie wieder auftauchen und sich wahrscheinlich auch nie wieder bei ihr melden.

Für einen Mann wie Joey wäre Freundschaft auch bestimmt nicht genug.

Schade irgendwie, denn je mehr sie über ihn erfuhr, desto sympathischer wurde er ihr. Egal wie überdimensional seine Verpackung war, sein Charakter war wirklich tadellos.

Nach dem Essen begleitete er sie zu ihrem Wagen und musterte diesen skeptisch.

"Du solltest ihn mal von Luce durchchecken lassen, der sieht nicht mehr allzu verkehrstauglich aus und der Rost muss dringend weg."

Sie wusste, dass eigentlich viel an dem Wagen zu machen wäre, aber eine Reparatur war immer teuer und im Moment definitiv nicht im Budget.

"Klar. Mach ich." Würde sie nicht, aber bei Männern wie Joey kam man mit Einsichtigkeit am weitesten.

"Okay. Dann … danke. War schön."

"Danke für deine Hilfe. Bis bald."

Joey nickte lächelnd und ging dann zu seinem Camaro, der auf jeden Fall besser in Schuss war als ihr Wagen.

JOEY

Während er am nächsten Mittag am Flughafen auf seine Kollegin wartete, rief er bei Tia an. Sie war ihm noch einige Antworten schuldig!

"Warum hast du mir nicht gesagt, dass sie lesbisch ist. Ich bin mir vorgekommen wie ein Trottel!", brummte Joey ins Telefon.

Tia hätte ihn durchaus vorwarnen können, nachdem sie doch wusste für wen er den Kuchen machte.

"Kyle? Lesbisch? Kann ich mir nicht vorstellen."

"Sie hat es selbst gesagt."

"Dann hat sie dich vielleicht angelogen? Ich weiß nicht, warum sie das gesagt hat, oder ob es überhaupt stimmt. Ich würde mich aber nicht darauf verlassen. Nein."

"Nein?"

"Nein."

"Könntest du vielleicht …", begann er zögerlich. Noch einmal wollte er sich nicht blamieren.

"Nein."

"Nein?"

"Sag mal, bist du zum Papagei geworden? Oder hast du dir mehr verletzt als nur den Arm?"

"Komm schon, Tia. Ein bisschen Unterstützung könnte ich echt gebrauchen!"

"Du schaffst das sehr gut allein."

"Kannst du mir zumindest nochmal einen Kuchen machen? Für Freitag oder so?"

"Nein."

"Nein?"

"Joey!"

"Ach komm schon! Ich bin hilflos wie ein kleines Baby!"

Sie lachte laut auf. "Bist du nicht. Such dir jemand anderen, Joey!" Dann legte sie einfach auf.

Böses Weib!

Er ärgerte sich noch immer über ihre Uneinsichtigkeit, als er Antonia erspähte. Gerade so, denn mit ihren 1,63 Metern ging sie in der Menge beinahe unter.

Wie immer breit lächelnd und mit großen Schritten kam sie auf ihn zu.

"Joey!"

Sie warf sich ungestüm in seine Arme und schlang ihre um seinen Hals. Er packte sie fest um die Mitte und hob sie an, wie es bei ihrer Begrüßung zum Ritual geworden war.

"Gott, danke! Darum liebe ich dich so. In deinen Armen komme ich mir leicht wie eine Feder vor", sagte sie noch immer breit lächelnd.

Joey lachte und nahm dann ihren Koffer. "Alle anderen sind nur Schwächlinge!"

Auch Antonia lachte. Gemeinsam liefen sie zum Ausgang des Flughafens.

"Man ist kein Schwächling, nur weil man 150 Kilogramm nicht heben kann. Du hast nur den Vorteil, dass du beinahe genauso viel wiegst!"

"Hey! Das sind 135 Kilogramm reine Muskelmasse!"

Sie lachte noch lauter. "Ganz toll, Kingkong. Applaus. Bei mir ist es Speck. Das ist besser, weil es weich und kuschlig ist."

Er dachte daran, wie Kyle gesagt hatte, er hätte zu viele Muskeln. Vielleicht hatte sie recht. Die Meinung einer anderen Frau wäre definitiv angebracht.

"Habe ich zu viel Muskelmasse?", fragte er, während er ihren Koffer in den Kofferraum legte.

Sie sah ihn mit hochgezogenen Augenbrauen an. "Was ist los mit dir?"

"Nichts."

"Und warum stellst du mir dann so eine Frage?"

"Weil es mich interessiert."

"Wen soll ich erwürgen? Wer hat dir so ins Bein geschossen, dass du verzweifelt genug bist, mich um Rat zu fragen?"

"Niemand", grummelte er und bereute es bereits, diese Frage gestellt zu haben.

Er setzte sich auf den Fahrersitz ohne darauf zu warten, was Antonia machte.

"Komm schon, Joey. Ich finde es gut, dann komm ich mir mal leicht vor."

"Gut, gut? So wie: *die bevorzugte Sorte Mann* – gut?"

"Soll das eine Anmache werden?"

"Nein! Ich will nur eine Antwort." Manchmal konnte sie ihn definitiv in den Wahnsinn treiben.

"Also für mich wärst du nichts. Ich mag lieber die drahtigen Typen mit ein bisschen Muskeln. Sowas wie Adam Levine. Bad Boy mit Tattoo … schau nicht so geknickt. Was ist nur los mit dir?"

Er lenkte den Wagen über die Hauptstraße zu seiner Wohnung. "Sag mir etwas positives!"

"Was willst du hören?"

"Ich weiß nicht. Etwas aufbauendes."

"Wenn es mir schlecht geht, backe ich mir einen Kuchen und …"

"Du kannst Kuchen backen?", fragte er eindeutig besser gelaunt.

"Klar, wer kann das nicht?"

"Ich. Würdest du mir einen Kuchen backen?"

"Ähm … ja?"

"Was für Maschinen brauchen wir dafür?", fragte er und bog augenblicklich zum Einkaufzentrum ab. Nicht zu dem, bei dem Kyle arbeitete natürlich.

"Maschinen?"

"Na Küchendinger, die rühren und so. Ich habe einen Ofen."

Der funktionierte sogar. Er wusste es, weil Mike und er regelmäßig Tiefkühlpizza darin machten.

"Okay … geht es dir gut, Joey?"

"Bestens. Sag schon!"

"Ein Handrührgerät und eine Waage. So wie ich dich kenne auch einen Pinsel und eine Backform."

"Ich habe Pinsel", sagte er, verstand aber nicht wofür er die beim Backen brauchen sollte.

"Aus Silikon?"

Auf dem Parkplatz angekommen sah er sie skeptisch an. "Warum sollte ich einen Silikonpinsel haben?"

Antonia seufzte. "Vergiss es. Lass uns einkaufen."

6 FREUNDE

KYLE

Ein wenig erschöpft stand sie Freitagfrüh hinter dem Kuchenstand. Eine Woche lang Kuchen verkaufen schlauchte.

Als sie das mittlerweile schon beinahe vertraute Motordröhnen hörte, traute sie ihren Ohren nicht. Sie wandte sich um, doch es war tatsächlich Joey, der seinen Camaro auf dem Parkplatz des Einkaufszentrums parkte.

"Guten Morgen, was tust du hier?", fragte sie verwundert.

"Guten Morgen. Ich hab doch gesagt, dass ich wieder komme." Er lächelte gequält und reichte ihr dann eine Kuchenbox.

"Warum tust du dir das an? Du siehst nicht gerade fit aus." Sie trug den Kuchen nach hinten und öffnete die Box. Ein Schokokuchen mit Kirschen. Definitiv nicht Tias Handschrift. Tia hasste Kirschen.

"Alles für die Frau meiner Träume." Der Satz zog nicht so ganz, da er in einem Gähnen endete.

"Wo hast du den her?", fragte sie und musterte ihn genau.

"Wen?"

"Den Kuchen."

"Gebacken."

"Jetzt ehrlich. Den hier hat Tia nicht gemacht. Ich will wissen, woher du ihn hast."

Er sah sie verdutzt an. "Woher?"

Sie tippte sich auf die Nase. "Gut kombiniert und Tia im Halbschlaf erwischt."

Er verzog das Gesicht.

"Und jetzt, wo kommt der hier her?"

"Gebacken."

"Wo?" Tia hatte gesagt, er hätte Trishs Küche ruiniert.

"Bei mir."

"Ich dachte, du hast keine Geräte."

Er richtete sich auf und nahm die Schultern zurück. Als bräuchte sie noch eine Erinnerung daran, wie viele Muskeln er hatte. "Ich habe mir gestern alles gekauft."

"Nur um einen Kuchen zu backen?"

"Ja. Beweisstück A, der Kuchen. Vor dir! Frisch gebacken." Er sah fast ein wenig beleidigt aus.

"Von wem?"

Er druckste ein wenig um die Antwort herum, sagte aber dann: "Ich war quasi Co-Produzent."

"Und wer hat ihn dann hauptsächlich gebacken?"

"Meine Freundin Tonia. Aber ich habe ihr wirklich geholfen!"

Aus einem ihr völlig unerfindlichen Grund gefiel ihr der Gedanke, dass eine andere Frau in seiner Küche einen Kuchen buk, überhaupt nicht.

"Aha." Sie wandte sich dem Kuchen zu und begann ihn zu schneiden.

Plötzlich fühlte sie ihn ganz nah hinter sich. Dann tauchten seine riesigen Arme rechts und links von ihr an der Arbeitsplatte auf.

Sie fühlte sich eingesperrt, von diesem viel zu viel an Mann überwältigt und in die Ecke gedrängt. Augenblicklich versteifte sie sich.

Sie hatte ihm zu sehr vertraut, ihn zu nah an sich rangelassen. Das war die Quittung.

"Aha. Das ist alles?", fragte er nah an ihrem Ohr.

Panik schnürte ihr die Kehle zu. Auch wenn der rationale Teil ihres Gehirns durchaus wusste, dass er ihr hier nichts tun konnte, ihr Körper verfiel automatisch in alte Muster.

"Kein Danke, nichts, Kyle?" Er klang nicht böse, oder herausfordernd. Aber sie konnte ihn nicht einschätzen, wusste nicht, ob sie ihn ernsthaft verärgert hatte oder nicht.

"Kyle?" Plötzlich griff er nach ihrem Oberarm und drückte leicht zu.

Sie zuckte zusammen, konnte einen Aufschrei gerade noch unterdrücken.

"Kyle?" Seine Stimme klang jetzt eher besorgt. Wer besorgt ist, konnte nicht ernsthaft wütend sein, oder?

"Kyle, was ist los?" Er griff nach ihren Schultern.

Sie zuckte erneut zusammen. Dann drehte er sie zu sich um.

Sein Gesicht war ernst. Er ließ sie beinahe augenblicklich los, ging einige Schritte zurück und setzte sich auf einen Stuhl.

"Es tut mir leid", sagte er und saß scheinbar völlig entspannt da.

Was tat ihm leid?

Sie wandte sich wortlos dem Kuchen zu, mit dem dieses ganze Theater angefangen hatte, lauschte diesmal aber genau darauf, was hinter ihr passierte.

Als sie den Kuchen fertig geschnitten hatte, fühlte sie sich wieder dazu in der Lage, sich mit ihm auseinander zu setzen.

Sie drehte sich um und lächelte, auch wenn es sich zittrig anfühlte, besser als nichts.

"Danke für den Kuchen, Joey."

"Was soll das?"

"Ich habe es vorhin vergessen, es tut mir leid."

Als sie sah, dass er aufstehen wollte, schnappte sie sich schnell die Spendenflyer und ging auf die andere Seite der Theke um die Halter damit zu bestücken.

"Kannst du mir bitte eine vernünftige Antwort geben, Kyle?", brummte er hörbar verstimmt.

Als sie aufsah, saß er wieder auf dem Stuhl und hatte die Arme vor der Brust verschränkt.

"Worauf?"

"Stell dich nicht dumm!"

Das machte sie ein klein wenig wütend. Sie kannten sich nicht lang genug, dass er sowas behaupten konnte.

"Sag schon. Was war das?" Er deutete dabei auf den Tisch, auf dem sie die Kuchen schnitt.

Er wollte die schonungslose Wahrheit? Konnte er haben. "Ich will dich einfach nicht so nah bei mir haben!", zischte sie.

Wider Erwarten wurde er nicht wütend, sondern verzog nur das Gesicht. "Autsch. Weil es zu viel von mir gibt, richtig?"

"Richtig", murmelte sie. Er tat ihr ein bisschen leid. Er konnte schließlich nichts dafür, dass sie so eine Ablehnung gegen diese Sorte Männer hatte. Er hatte sie ja nicht einmal grob angefasst.

"Dreimal in drei Tagen. Langsam hat mein Ego einen Knacks."

"Dreimal?"

"Tonia hat gestern auch was in die Richtung gesagt." Er rieb sich über den Nacken und Kyle machte sich erneut Sorgen um die Ärmel seines Shirts.

Gott diese Arme sind gruslig!

"Sorry."

"Kein Ding. Ich geh jetzt mal euren Kuchen verkaufen. Da kommen sie mir zumindest zugute."

Er stand auf und positionierte sich wieder vor dem Eingang des Einkaufcenters. Es dauerte nicht lang, da hielt die erste Frau bei ihm an.

Er redete kurz mit ihr und deutete dann auf den Stand.

Sie sagte etwas, woraufhin er lachend sein Shirt hob.

Dann streichelte sie über seinen Bauch. Ihr schien der Sixpack wohl zu gefallen.

JOEY

Ein paar Schmeicheleien konnte sein Ego gerade wirklich gut gebrauchen. Aber seine Gedanken waren bei Kyle.

Ihr Verhalten war ganz und gar nicht normal gewesen. Es war eher eine Art Schockstarre. Das in Kombination mit ihren Narben gefiel ihm überhaupt nicht.

Leider hatte er keine Ahnung, wie er die Antworten aus ihr herauslocken konnte. Weder die zu ihrem Verhalten, noch zu ihren Narben, noch die wahre Geschichte hinter ihrer Homosexualität.

Seine Gedanken kreisen weiter um sie, während er mit Frauen flirtete, mit Männern fachsimpelte und Kinder fliegen ließ.

Am Ende des Vormittags war er zu dem Entschluss gekommen, dass er Kyle auf jeden Fall erst einmal davon überzeugen musste, dass sie Freunde sein konnten.

Er ging zu den Frauen hinüber. "Na, wie siehts aus?", fragte er, sah aber sofort, dass nur noch drei Stücke übrig waren. Er zog einen zwanzig Dollar Schein aus seinem Geldbeutel und steckte ihn in die Spendenbox.

"Alle drei bitte."

"Soll ich sie dir in deine Kuchenbox packen?", fragte die ältere Dame, deren Name Dorothe war.

"Nein, zum gleich Essen."

"Alle drei?", fragte sie verwundert.

"Alle drei", antwortete Kyle und ein kleines Lächeln zuckte dabei über ihre Lippen.

Sie reichte ihm den ersten Kuchen auf einem kleinen Pappteller und eine Plastikgabel dazu. Er aß den Nusskuchen, während die Frauen bereits die Sachen zusammen packten.

Kyle gab ihm den zweiten und dritten auf einmal. Einer davon sah seltsam bunt aus, wie ein Regenbogen, schmeckte aber gut. Der zweite war mit viel Obst belegt.

Dann warf er Teller und Gabel in die kleine Mülltonne neben dem Stand.

"Bereit?", fragte er an Kyle gewandt und lächelte dabei gewinnend.

"Wofür?"

"Essengehen. Wir sind mittags fertig."

Sie zögerte, doch dann schubste Dorothe sie leicht an und sagte: "Nun geh schon!"

Kyle nickte, legte ihre Schürze ab und ging mit etwas Abstand neben ihm her ins Einkaufszentrum.

"Warum tust du das?", fragte sie, nachdem sie ihre Bestellung aufgegeben hatten.

"Was?"

"Das alles. Du weißt, dass es zu nichts führt." Sie musterte ihn genau und Joey versuchte keine Miene zu verziehen.

"Ich habe Zeit. Warum nicht? Ich mag dich, du könntest eine gute Freundin werden."

"Warum? Du hast genug Freunde."

"Man hat niemals genug Freunde." Und Kyle könnte definitiv mehr für ihn werden.

KYLE

Hin- und hergerissen zwischen ihren Gefühlen versuchte sie das Essen einfach zu genießen. Gar nicht so leicht, wenn Bauch und Kopf unterschiedliche Dinge sagten.

Sie genoss seine Gegenwart die meiste Zeit über sehr. Dass er sie zwischendurch einschüchterte, war nicht sein Fehler, das wusste sie sehr wohl.

"Was steht für morgen auf dem Plan? Kuchen?"

Kyle schüttelte den Kopf.

"Nein, diese Aktion ist vorbei."

"Na dann, hast du Lust etwas zu unternehmen? Mir ist langweilig so ganz ohne Arbeit."

Das schlechte Gewissen nagte sofort an ihr. Immerhin war es ihre Schuld, dass er nicht arbeiten gehen konnte.

"Hast du jemanden für das Studio gefunden?"

"Ja, Tonia ist gestern gekommen und hat heute bereits die ersten Termine gemacht."

Wieder die Kuchenfrau. Sofort schüttelte sie den Gedanken ab. Sie hatte kein recht eifersüchtig zu sein.

"Schön, das freut mich."

Er legte den Kopf schief und sah sie musternd an. "Okay. Wie sieht es morgen aus?"

"Ich kann nicht. Ich habe versprochen als Babysitter für Ethan einzuspringen."

"Was habt ihr vor?"

"Spielplatz, denke ich."

"Bin dabei. Wann geht es los?"

Was war das denn? Warum sollte er mit auf den Spielplatz gehen wollen?

"Ähm … um neun. Aber …"

"Sehr schön. Ich hole euch bei Gregor ab." Dann winkte er den Kellner zu sich und bezahlte ihr Essen.

"Joey …"

"Mir ist langweilig, Kyle. All meine Freunde arbeiten Samstagvormittag. Was soll ich sonst tun?"

Schlafen, fernsehen, lesen … Kyles Liste für freie Tage war schier endlos lang.

Dennoch nickte sie einfach nur. Es war schöner jemand erwachsenen zum Reden dabei zu haben, wenn Ethan über den Spielplatz turnte.

"Okay … dann morgen."

Er lächelte und begleitete sie zu ihrem Wagen.

"Hast du mit Luce gesprochen?", fragte er dann.

"Ähm … nein."

"Ich treffe ihn später. Ich sage ihm, dass er sich bei dir

melden soll."

Verdammt. Jetzt musste sie sich eine Ausrede für den nächsten überdimensionalen Kerl einfallen lassen.

"Musst du nicht …"

"Klar doch. Bis Morgen."

JOEY

Er war alles andere als wach, als er die Stufen zu dem kleinen Häuschen von Julie und Gregor hinaufstieg.

Er klopfte und Kyle öffnete augenblicklich. Sie hatte Ethan bereits auf dem Arm und sah aus, als hätte sie bereits auf ihn gewartet.

"Guten Morgen, bin ich zu spät?"

"Nein. Ethan war nur schon früh wach." Joey nahm ihr den Kindersitz ab. Gemeinsam gingen sie zum Wagen.

"Früh?"

Mühsam versuchte er den großen Kindersitz auf die Rückbank zu bekommen.

"So um fünf."

"Fünf?", rief er schockiert, riss seinen Kopf nach oben und schlug sich hart am Türrahmen an. "Verdammte Scheiße!", fluchte er.

Kyle sah ihn aus zusammen gekniffenen Augen an. "Keine Schimpfworte!", zischte sie und funkelte ihn böse an.

"Sorry", brummte er. "Echt jetzt? Seit fünf seid ihr auf?" Fünf Uhr! Eine Uhrzeit, zu der man ins Bett ging, aber doch nicht aufstand!

Kyle lachte. "Nimm ihn, ich mach den Sitz fest."

Ethan sah ihn interessiert an, als er ihn wie Kyle auf seine Hüfte setzte. Die großen braunen Augen schienen jeden Zentimeter von ihm zu scannen … irgendwie unheimlich.

"Fertig." Kyle tauchte wieder aus dem Wagen auf und nahm ihm Ethan ab.

Jetzt wo sie samt Kind in den Wagen gebeugt dastand,

hatte er Zeit ihren süßen, kleinen Arsch zu bewundern. Lieber noch würde er ihn anfassen, aber das stand im Moment definitiv nicht zur Debatte.

Als sie sich wieder aufrichtete, schaute er schnell in eine andere Richtung.

Kyle ging um den Wagen herum und setzte sich auf den Beifahrersitz. Joey klappte seinen Sitz zurück und stieg ebenfalls ein.

Dann fuhr er zu dem von ihr genannten Park und unterhielt sich angeregt mit Kyle, bis diese sich Ethan zuwandte.

Konnte man eifersüchtig auf ein Kind sein?

Er war froh, als sie am Spielplatz ankamen. Schnell stieg er aus und klappte den Sitz nach vorn.

"Verdammte Scheiße!"

"Joey!"

Kyles Tadel kam augenblicklich. Aber sie hatte auch nicht entdeckt, was er bereits gesehen hatte.

Kleine schlammige Fußabdrücke an der Rückseite seines Autositzes! Und kleine Spucke-Handabdrücke an seinem Fenster!

"Dieses Auto ist absolut kinderungeeignet", brummte sie, als sie zusammen mit Ethan aus dem Wagen auftauchte.

"Absolut!" Der Camaro war sein Baby und diese Misshandlung tat ihm in der Seele weh.

"Man kommt da hinten ja kaum rein, um den Kleinen an- oder abzuschnallen!"

Kein Wort über die Verwüstung, die der Kleine darin angerichtet hatte?

Sie setzte den Zwerg ab und dieser rannte voraus, während sie ihm folgten.

"Nicht in die Pfützen springen!", schrie sie Ethan hinterher.

Joey gab ihr absolut recht. Wenn trockene Füße schon so etwas anrichten konnten, was würden nasse seinem Auto dann antun? Doch noch bevor er sich über Kyles

Verständnis freuen konnte, fügte sie hinzu: "Du wirst nur krank, Kleiner!"

Verdammt!

Ethan kletterte ein wenig ungeschickt auf das Gerüst in der Mitte des Spielplatzes.

Joey blickte sich nach einer Bank um, auf der sie sich unterhalten konnten, doch Kyle stellte sich neben das Gerüst.

Ethans kurze Beine sahen in der Jeans-Latzhose sehr witzig aus. Aber irgendwie schienen Stummelbeine bei Kindern Mode zu sein.

"Wie lang willst du bleiben?", fragte er, um ein Gespräch zu beginnen.

"Mal sehen, wie lang er Lust hat. Gregor und Julie kommen erst spät abends zurück. Sie sind zu einem Vortrag über gesunde Ernährung nach Newton gefahren."

Sie unterhielten sich eine Weile über die beiden, dann schwenkte er das Thema unauffällig auf ihre Tattoos.

"Ich möchte die Enden der Tribals spitz, weißt du? Wie Dornen oder so."

"Ich kann es mir vorstellen. Ich zeichne einen Entwurf, sobald meine Hand wieder funktioniert und …"

Der Schrei einer Frau unterbrach ihn.

Dann griff er reflexartig nach etwas, das neben ihm herunterfiel, und hatte Ethan plötzlich an seinen Hosenträgern hängen.

"Oh mein Gott!", kreischte Kyle und streckte die Arme nach ihm aus.

Ethan lachte ausgelassen und zappelte dabei in der Luft bis Kyle ihn an sich genommen hatte.

"Oh mein Gott! Was hast du gemacht?"

Im ersten Moment dachte Joey, sie hätte ihn gemeint, doch dann schimpfte sie weiter mit Ethan, dessen Lachen einer ernsten Miene gewichen war.

Eine Frau kam zu ihnen und erzählte aufgeregt, wie sie gesehen hatte, dass Ethan durch das Fenster des kleinen Turms nach draußen geklettert war.

Es dauerte bestimmt 15 Minuten bis sich alle wieder einigermaßen beruhigt hatten.

"Für heute ist Schluss mit Klettern, Ethan! Du hast mir einen ganz schönen Schrecken eingejagt."

Damit war Joey auch einverstanden. Zuhause konnten sie vielleicht entspannter reden.

Leider steuerte Kyle nicht den Parkplatz, sondern den Sandkasten an. Ihm schwante böses und er überlegte fieberhaft, wo er einen großen stabilen Müllsack her bekam, in den er Ethan stecken konnte. Den Kopf natürlich draußen lassend. Eher als eine Form Plastikschlafsack, um die schlimmsten Folgen seines Aufenthalts im Auto zu vermeiden.

Leider schien Ethan sich im Sandkasten sehr wohl zu fühlen und benutzte jedes verfügbare Körperteil, um mit dem Sand zu spielen.

"Komm, hier ist eine Bank", sagte Kyle lächelnd. Dieses Lächeln entschädigte ihn fast für seine Strapazen.

Zwar hatte sie ihr ganzes Gespräch über immer ein Auge auf Ethan gerichtet, dafür war sie so entspannt, wie noch bei keinem ihrer Gespräche. Es gab kein Zögern oder wohl überdachte Worte. Es war offen, freundlich und Kyle lachte sehr oft mit ihm.

Plötzlich zog sie ihre Augenbrauen zusammen. "Ist das nicht Shane?", fragte sie.

Joey wandte sich um und sah ihn am Eingang des Spielplatzes. Dann verstand er auch Kyles verwirrten Blick.

Shane hatte tief sitzende Jeanshosen an, bei denen der Rand seiner weißen Shorts herausschaute. Sein Oberkörper war nackt und die weiße Cappy hatte er sich tief ins Gesicht gezogen. Das weiße Shirt baumelte aus seiner hinteren Hosentasche.

Als wäre das nicht Anblick genug auf einem Spielplatz mit überwiegend weiblichem Klientel gewesen, hatte er seinen 17 Monate alten Sohn an der Hand, der genau gleich gekleidet war. Nur dass es bei ihm die weiße Windel war, die unter der Jeans hervorblitzte.

"Hey Joey! Was machst du denn hier?", rief er fröhlich und kam langsam zu ihnen.

"Mit Kyle Babysitten. Was ist das für ein Aufzug?"

"Wir machen unseren ersten Männerausflug. Noa muss früh lernen, was die Frauen sehen wollen", gab er lachend zurück.

"Willst du ihm das Shirt nicht lieber anziehen?", fragte Kyle vorsichtig.

"Ich hab ihn eingecremt, keine Sorge." Noa ging zu den anderen Kindern in den Sandkasten und Shane ließ sich zu ihnen auf die Bank fallen.

"Meinst du, das würde Maya gefallen?", fragte Joey. Nicht nur im Hinblick auf Noa, auch weil Shane halb nackt unter einem Haufen Frauen herum lief.

Shane winkte ab. "Maya weiß, dass ich sie liebe und mal ehrlich, welche dieser Frauen könnte schon mit ihr mithalten? Außerdem geht es hier um unseren Sohn! Er muss früh lernen, worauf es ankommt!"

Joey bezweifelte stark, dass Maya die Erziehungsmaßnahmen ihres Mannes gutheißen würde, aber Shane sah nicht so aus, als würde er sich von etwas anderem überzeugen lassen.

KYLE

Alles in allem war dieser Ausflug besser als gedacht. Noch im Auto hatte sie sich Sorgen darüber gemacht, da sie sich immer wieder dabei ertappt hatte, wie sie ihn musterte und Dinge an ihm entdeckte, die ihr tatsächlich richtig gut gefielen.

Sein Lächeln, einige seiner Tattoos, seine offene Art und seine Bemühungen um sie.

Als sie sich bei dem Gedanken ertappte, wie weich seine Lippen sich wohl anfühlen würden, lenkte sie ihre Aufmerksamkeit vorsichtshalber wieder auf ihren geliebten Ethan.

Auch jetzt war sie froh, durch Shanes Auftauchen nicht

mehr völlig im Fokus von Joeys Aufmerksamkeit zu stehen. Seine Blicke beunruhigten sie, da es sich einfach zu gut anfühlte, von ihm bemerkt zu werden.

Sie amüsierte sich köstlich über das Fachsimpeln der beiden Männer, die Noas Annäherungsversuche an ein kleines Mädchen kommentierten.

Kyle war sich ziemlich sicher, dass Noa nur die glitzernden Haarspangen toll fand, aber sie wollte Shane in seinem väterlichen Stolz nicht kränken.

"Verdammt! Ja, der erste Korb tut weh", sagte Shane, als Noa weinend zu ihm kam, weil das größere Mädchen ihn geschubst hatte.

Shane nahm ihn liebevoll in die Arme und streichelte seinen Rücken bis er sich beruhigt hatte.

"Hast du einen Stift, Kyle?", fragte er dann unvermittelt.

"Ähm … einen Kajal?"

"Perfekt. Her damit!"

Unsicher darüber, was er vorhatte, reichte sie ihm den Stift aus ihrer Tasche.

"Halt Noa mal, Joey."

Joey drehte ihr den Rücken zu und nahm Noa auf seinen Schoß. Beinahe hätte sie sich zu ihm gelehnt und über seine Schulter gespäht, so neugierig war sie, was die beiden da fabrizierten.

"Meinst du im Ernst das funktioniert?"

"Das funktioniert immer! Und die sind alle noch zu klein, um zu verstehen, was echt ist und was nicht!", antwortete Shane abwesend.

"Dann mach hier und da noch einen Strich. DAS funktioniert immer."

"Du hast recht, warte … ja so. Und jetzt geh und schnapp sie dir Tiger!" Shane setzte Noa ab, der sofort zum Sandkasten lief.

Dann drehte er sich um und winkte … und Kyle wären beinahe die Augen herausgefallen.

"Das ist doch nicht euer Ernst!", sagte sie fassungslos,

als sie den aufgemalten Sixpack sah.

"Du wirst sehen, das zieht immer!", antwortete Shane siegessicher und Joey nickte sogar zustimmend.

Kyle sah ihn mit zusammengezogenen Augenbrauen an. "Hatten wir dieses Thema nicht erst? Nicht alle Frauen mögen Muskelberge."

Auf Shanes fassungslosen Blick hin schüttelte Joey den Kopf. "Hör nicht auf sie. Sie hat keine Ahnung. Schau! Dein Sohn ist der Beweis!"

Alle drei sahen zum Sandkasten. Das Mädchen, das Noa zuvor geschubst hatte, stand jetzt vor ihm und inspizierte die Malerei.

"Sie wundert sich, was sein Daddy da für einen Blödsinn gemacht hat!"

"Du kommst mit einer Niederlage nur nicht zurecht, Kyle. Gib auf, wir haben gewonnen!"

Die beiden Männer klatschten sich ab und diskutierten dann wirre Theorien über Frauen und Muskeln.

Kyle schüttelte lediglich lächelnd den Kopf. Sie war erstaunt, wie wohl sie sich mit Joey fühlte, obwohl er dem Horror ihrer Vergangenheit so nah kam.

JOEY

Später hatte Shane sich verabschiedet, weil er Noa baden wollte, bevor Maya zurückkam … so viel zum Thema, wie es Maya wohl gefallen würde …

Auf dem Weg zum Auto überlegte er fieberhaft, wie er Kyle beibringen sollte, dass Ethan so voller Sand und Schlamm auf keinen Fall in sein Auto steigen konnte.

Sie würde sehr wenig Verständnis dafür haben, befürchtete er.

Ethan rannte vor ihnen her. Er schien einen nahezu endlosen Vorrat an Kraft und Energie zu haben. Fast schon beneidenswert.

Es waren nur noch wenige Meter bis zum Auto. Langsam sollte ihm etwas einfallen.

Ethan lachte, sprang mit beiden Beinen in eine Pfütze, rutschte aus und fiel ganz hinein. Augenblicklich begann er zu weinen und Kyle lief zu ihm.

"Oh je, du Armer!", sagte Kyle und wischte ihm mit einem Taschentuch Schlammspritzer und Tränen von den Augen.

Der Kleine war völlig durchnässt und verdammt dreckig.

"Ähm … vielleicht sollten wir ihn ausziehen … ähm … damit er nicht krank wird", versuchte Joey das ihm schwanende Übel abzuwenden.

"Dann hat er gar nichts mehr zum Anziehen", sagte Kyle, klang aber zumindest nicht abgeneigt.

"Er kann mein Shirt haben bis wir bei euch sind!" Innerlich schüttelte er den Kopf. Er sollte nicht ganz so euphorisch klingen. Kyle würde vom Anblick seines nackten Oberkörpers bestimmt nicht hingerissen sein.

"Okay. Na komm Ethan, wir gehen nur noch schnell zum Auto." Ethan nahm ihre Hand.

Vor dem Wagen angekommen, zog Kyle ihn bis auf die Unterhose aus und Joey gab ihm sein Shirt, das groß genug war, um ihn wirklich wie in einen Schlafsack zu hüllen.

"Perfekt."

Kyle setzte Ethan in den Kindersitz. Joey klappte den Sitz zurück und wollte gerade einsteigen, da rief Kyle: "Wie geht denn der Kofferraum auf?"

Er richtete sich wieder auf und sah sie vorsichtig über das Wagendach hinweg an. "Warum?"

"Wir müssen Ethans Sachen hineintun."

Der Gedanke an Ethans nasse, schlammige, sandige Sachen die neben seinem Verstärker und den Boxen lagen, ließ ihn beinahe aufstöhnen.

Zögerlich näherte er sich Kyle und den Klamotten.

"Gott sei Dank!", stieß er aus, als er sah, dass Kyle alles in einen Plastiksack gepackt hatte.

Er ignorierte ihren verwirrten Blick und packte die Tüte in den Kofferraum.

Joey war froh endlich zurück zuhause zu sein und schwor sich, nie wieder ein Kind in diesem Auto mitzunehmen.

Kyle hob Ethan aus dem Wagen und dieser rannte sofort zum Haus, dann kümmerte sie sich um den Kindersitz. Joey holte unterdessen die Tüte mit der Kleidung aus seinem Kofferraum.

Plötzlich schrie Ethan auf. Kyle rannte sofort zu ihm und Joey folgte ihr. Noch bevor er ankam, hatte sie ihn bereits auf den Arm genommen und lief schnell zur Haustür.

"Was ist denn los?", rief Joey ihr nach.

"Er ist in eine Biene getreten", rief sie über sein Geschrei hinweg in Richtung Joey und verschwand in der Küche.

Sie setzte Ethan auf einem Küchenstuhl ab.

"Was hast du vor?", fragte Joey und trat neben Kyle. Sie riss die Tür zu einem der Oberschränke auf und knallte sie mit voller Wucht gegen seinen Kopf.

"Autsch … verdammt!", schrie er und taumelte einige Schritte zurück.

"Entschuldigung. Ich suche das Kirschwasser für seinen Fuß. Ah hier ist es ja."

Sie nahm die kleine, braune Flasche und ging zu dem weinenden Ethan.

Joey hätte auch gern geheult. Seine Augenbraue tat verdammt weh. Der Schlag mit dem Schrank hatte verdammt viel Wucht gehabt.

Dann wurde Ethans Heulen leiser. "Ich geh ihn umziehen und lege ihn zum Mittagsschlaf hin. Bin gleich zurück."

Joey nickte und schloss die Augen. Das Pochen in seinem Kopf war wirklich unangenehm.

"So, jetzt … oh verdammt." Er öffnete die Augen, als er Kyles Stimme hörte.

"Hm?"

"Ich glaube dein Auge schwillt an."

"Verdammt."

Vorsichtig betastete er es. Es war ein wenig schmerzempfindlich, aber es würde gehen.

"Warte, du musst es kühlen."

Sie ging zum Kühlschrank und holte ein Icepack. Dann stellte sie sich dicht vor ihn, wickelte es in sein Shirt und hielt es sanft auf seine Augenbraue.

Ihr war es nicht aufgefallen, doch sie stand direkt zwischen seinen gespreizten Beinen. Er tat sich schwer, seine Hände bei sich zu behalten.

"Es tut mir leid, Joey", murmelte sie, beugte sich näher zu ihm und sah sich die Schwellung genau an.

"Kein Ding", gab er rau zurück und konnte nur noch auf ihre Lippen starren. Lippen, die er so unglaublich gerne küssen würde. Lippen, die so nah waren, dass er sie schon fast berühren konnte.

"Doch ich …" Sie verstummte, als er sich langsam aufrichtete, um die kleine Distanz zwischen ihren Lippen zu überbrücken.

Er fühlte sich von ihren Lippen wie von einem Magneten magisch angezogen.

Millimeter bevor sie sich berührten, hielt er noch einmal inne.

"Kyle …"

Sie antwortete nicht. Stattdessen drückte sie ihre Lippen federleicht auf seine.

Er hielt still, genoss den Augenblick. Ihre Lippen waren warm, weich und nachgiebig. Gern hätte er sie geschmeckt, traute sich aber nicht, um den Moment nicht zu ruinieren.

Viel zu schnell löste sie ihre Lippen von seinen. Sie brachte aber keinen Abstand zwischen sie, also schob er seine Hand langsam in ihren Nacken und zog sie zurück an seinen Mund.

Sie wehrte sich nicht, erwiderte seinen Kuss und stützte

sich federleicht auf seinen Schultern ab.

Ihre Hände auf seiner Haut zu spüren, fühlte sich atemberaubend an. Er konnte sich nicht mehr beherrschen, musste sie schmecken.

Vorsichtig strich er mit seiner Zunge über ihre Lippen. Sie schmeckten süß und nach dem Orangensaft, den sie im Auto noch getrunken hatte.

Ihre Hände spannten sich ein klein wenig an, doch dann öffnete sie ihren Mund und schob ihre Zunge zögerlich in seinen.

Ihr Kuss war vorsichtig. Sanft und fragend streichelte sie mit ihrer Zunge die seine.

Joeys zweite Hand wanderte wie von selbst auf ihren Oberschenkel. Mit den Fingerspitzen fühlte er den straffen Schenkel unter der engen Stoffhose.

Dann löste sie sich von ihm. Diesmal ging sie mehrere Schritte zurück, entzog sich ihm völlig.

Er hätte sie so gern festgehalten, wusste aber im selben Moment, dass es sein größter Fehler gewesen wäre.

"Ich … ähm … es tut mir leid", stammelte sie.

"Ich hoffe nicht. Mir tut es absolut nicht leid."

Kyles Blick war viel zu hektisch, dann begann sie die Sachen von Ethans und seiner Behandlung aufzuräumen. Joey blieb still sitzen, gab ihr ein bisschen Zeit zu geben, um sich wieder zu fangen.

Als sie die Küche verließ, musste er sich zwingen ihr nicht hinterherzulaufen. Kurz darauf hörte er sie im Flur hantieren.

Fünf Minuten später tauchte sie wieder in der Küche auf und sah ihn dabei so an, als wäre sie verwundert, dass er noch immer dort saß.

"Ja, ich bin noch da."

"Ich hab die Sachen aus dem Auto. Du kannst also los", sagte sie, ohne ihn anzusehen, und räumte dann das übrig gebliebene Proviant in den Kühlschrank.

"Ich habe nicht vor jetzt einfach zu fahren."

"Warum nicht?" Sie sortierte den gut strukturierten

Kühlschrank.

"Vielleicht sollten wir das hier kurz besprechen?", fragte er und wunderte sich wieder einmal, warum er immer an solche Frauen geriet, für die Reden ein Fremdwort zu sein schien.

"Ich kann jetzt nicht ..." Er wollte gerade zu einer Antwort ansetzten, als sie ein "Bitte" hinterherschob.

Sie stand mit hängenden Schultern vor dem offenen Kühlschrank und Joey entschied, dass es wohl wirklich besser war, ihr ein wenig Zeit zu geben.

Er ging zu ihr und blieb hinter ihr stehen. "Okay. Morgen?"

Sie nickte. Er lehnte sich nach vorn und küsste sie auf die Wange, ehe er das Haus wortlos verließ.

Immerhin ein Stückchen näher am Ziel.

7 GESPRÄCHE

JOEY

Am nächsten Tag war er sogar vor seinem Wecker wach gewesen. Er freute sich so sehr darauf, Kyle wiederzusehen, dass er ungewöhnlich fit war, obwohl es noch nicht einmal zehn Uhr morgens war.

Nach einer kurzen Dusche, bei der er zum gefühlt tausendsten Mal über seine Schiene fluchte, ging er in die Küche, um sich einen Kaffee zu machen.

"Guten Morgen", sagte er zu Tonia, die wie immer schon putzmunter am Küchentisch saß. Ihr kastanienbraunes Haar hatte sie zu einem Knoten nach oben gebunden und ihre grün-braunen Augen funkelten vergnügt.

"Guten Morgen, ich hab euch Frühstück gemacht", sagte sie und deutete auf eine große Pfanne voller Rührei.

"Das ist lieb, aber ich glaube nicht, dass Mike vor zwölf Uhr …" In diesem Moment erschien sein Freund in der Küche. Bestens gelaunt und sichtbar wach.

"Das duftet köstlich! Du bist die Beste!", sagte er, ging zu Tonia und küsste sie auf die runde Wange.

Was hab ich denn verpasst?

"Für euch immer." Aber die Art und Weise, wie sie dabei Mike anstrahlte, machte klar, dass es absolut nicht um ihn ging.

Sie war gerade einmal drei Tage da und hatte seinen besten Freund bereits um den Finger gewickelt!

Joey konnte es durchaus verstehen. Tonia war ein richtiges Goldstück!

Sie war temperamentvoll, lustig, ehrlich, hilfsbereit, locker und offen. Man verstand sich sofort gut mit ihr, wenn man mit ihrer direkten und manchmal auch lauten Art zurechtkam.

Aber das war genau Mikes Kaliber. Mit ruhig und zurückhaltend konnte er nichts anfangen.

Als die beiden sich über den Tisch hinweg anhimmelten, entschied er, dass es besser war, so schnell wie möglich das Weite zu suchen.

"Ich bin weg", sagte er und ging zur Tür.

"Vergiss nicht, dass wir am Freitag zu dieser Tattoo-Convention nach Newton fahren", rief Mike ihm nach.

Verdammt! Das hatte er wirklich vergessen. Vor lauter Kyle war in seinem Kopf kein Platz mehr für irgendetwas anderes.

"Shit! Ich habe für Samstag die Anzeige für das Zimmer bei uns aufgegeben."

"Ich bin doch da. Ich kann den Leuten erklären um was es geht und ihnen die Wohnung zeigen. Der Shop ist über dieses Wochenende doch eh geschlossen", sagte Tonia, sah dabei aber weiter nur Mike an.

"Hab ich schon erwähnt, dass du ein Schatz bist?"

Joey schüttelte über die Turteltauben nur den Kopf und verließ schnellstens die Wohnung.

Er hatte sowieso wichtigeres zu tun. Er musste Kyle davon überzeugen, dass er genau der Richtige für sie war.

Bei Gregors Haus angekommen, klingelte er, doch niemand öffnete. Alles war finster und es schien nicht so, als wäre jemand zuhause.

Er versuchte es mehrfach bei Kyle, doch ihr Handy war die ganze Zeit aus.

Er rief Tia an, doch auch sie konnte ihm nicht sagen, wo Kyle war.

Sie versprach ihm, sich zu melden, sobald sie sie erreicht hatte. Enttäuscht ging er nach Hause.

Am Montagmittag versuchte er es erneut. Leider traf er nur Julie an, die nicht wusste, wo Kyle war.

Sie konnte ihm nur sagen, dass sie das Haus bereits früh verlassen hatte.

"Verdammt."

"Ich richte ihr aus, dass du da warst, okay?", fragte Julie, eindeutig bemüht ihn fröhlicher zu stimmen.

"Ich weiß nicht, ob es das besser macht."

Julie lächelte ein wenig mitleidig, was seine Vermutung nur noch bestätigte.

Auch von Tia bekam er keine Neuigkeiten, dafür Kyles Geschäftsnummer. Nur leider ging sie auch nach mehreren Versuchen den Tag über nicht an dieses Telefon. Ihr privates war noch immer aus.

Langsam war er sich sicher, dass sie sich um ein Gespräch mit ihm drückte.

Am Dienstag versuchte er es gegen Abend bei Kyle zuhause.

"Hey, wieder da?", fragte Julie, die ihm lächelnd die Tür öffnete.

Er lächelte ebenfalls. "Klar, so schnell gebe ich nicht auf."

"Gut", gab sie zwinkernd zurück.

"Ist Kyle da?"

"Nein. Leider nicht."

"Weißt du …"

Julie schüttelte den Kopf. "Sorry."

Er versuchte es wieder mehrfach auf beiden Handys, hatte aber keinen Erfolg.

Niedergeschlagen legte er sich auf das Sofa und zappte durch die Programme.

Dass Mike und Tonia sich den ganzen Tag über anhimmelten, machte seine Laune nicht unbedingt besser.

Er freute sich für die beiden. Sie waren lange Singles gewesen und schienen jetzt richtig ineinander verknallt zu sein.

Äußerlich absolut verschieden, waren sie innerlich doch wie füreinander geschaffen. Der große, schlanke Mike und die kleine Knutschkugel Tonia. Das hatte er nicht erwartet und dafür schien es umso besser zu funktionieren.

Tja, wenigstens bei jemandem. Für ihn selber schien es mehr als beschissen zu laufen.

Er hatte seine Traumfrau gefunden, doch sie wehrte sich mit Händen und Füßen gegen ihn. Naja, eigentlich wehrte sie sich noch nicht einmal richtig, sie versteckte sich schlichtweg.

Mittwochabend versuchte er es wieder bei Gregor.

"Es tut mir leid, Joey." Julie schien beinahe so niedergeschlagen zu sein wie er sich fühlte.

"Kein Problem. Irgendwann wird sie mit mir sprechen, oder?"

Julie biss sich unsicher auf die Unterlippe, nickte aber.

Joey fuhr ins Meets. Allein diesmal. Früher war er immer mit Mike und Julien hier gewesen. Beide waren jetzt schon fast nervtötend glücklich und er saß allein mit seinem Bier an der Bar.

Armselig!

"Eric. Ich bin armselig!", erklärte er dem Stammbarkeeper nach seinem fünften Bier.

"Oh nein mein Freund. Ich habe hier schon wirklich armselige Männer gesehen. Wütende, sich selbst bemitleidende, vor Liebeskummer vergehende Männer. Du bist nur ein klein wenig niedergeschlagen. Du stehst an der Spitze der Kreaturen, die hierherkommen, um sich einsam zu betrinken."

"Wow. Du hast ja eine Bombenmeinung von deinen Kunden."

"Ich bin Realist, das ist alles! Würdet ihr aufhören, euch immer in irgendwelche Weiber zu verknallen, dann … nein, nein, warte, dann würde ich pleitegehen!"

"Ist das dein Laden?", fragte Joey verwirrt.

"Klar, was denkst du, warum ich immer hier rum hänge?"

Joey nickte. Nach einem weiteren Bier entschloss er sich dazu, morgen Abend einfach so lange vor ihrem Haus zu warten bis sie zurückkam.

KYLE

"Schluss jetzt! Ich werde dich keinen verdammten Tag mehr verleugnen!"

Verdammt! Julie klang wirklich sauer!

Fast eine Woche lang hatte Kyle es geschafft, Joey aus dem Weg zu gehen. Mehrfach war sie deshalb mit Tia und Julie zusammengerasselt, weil er die beiden abwechselnd nervte.

"Komm schon, Julie! Ich hab für dich damals das gleiche gemacht!"

"Hast du nicht! Du hast gesagt, ich soll mich nicht so anstellen und ein bisschen Spaß haben!"

Julie hatte recht, aber in der Theorie hatte das irgendwie viel einfacher geklungen als es selbst zu tun.

"Du kannst Gregor Smartguy wohl kaum mit Joey Stiernacken vergleichen."

Sie ärgerte sich über sich selbst, weil sie schon wieder damit begann, ihn auf sein Äußeres zu reduzieren. Aber alte Angewohnheiten waren nun mal schwer abzulegen.

Hätte sie ihn nur nie geküsst! Hätte sich sein verdammter Kuss nur nicht so gut angefühlt! Dieser Kuss … dieser ganze verdammte Mann schwirrte ständig in ihrem Kopf herum.

Leider nicht nur, weil er sich nicht abwimmeln ließ …

Sie konnte ihn noch immer auf ihren Lippen schmecken, seine Zunge und seine Hände fühlen. Alles in allem war es viel zu perfekt gewesen, um es jemals wieder zu vergessen.

Verdammt!

Er hatte sich so verdammt gut angefühlt, dass sie sogar sein Shirt behalten hatte, dass er auf dem Küchentisch vergessen hatte.

Es roch gut. Nach Joey, männlich und frisch. Manchmal, wenn die Erinnerungen an ihren Kuss sie übermannten, roch sie daran, ehe sie es wieder zurück in ihren Schrank legte.

"Kann ich sehr wohl! Joey ist ein toller Mensch, der mehr als nur geduldig mit dir ist. Im Moment sitzt er seit über zwei Stunden auf der Verandatreppe und wartet darauf, dass du nach Hause kommst, obwohl du dich hier drin verkrochen hast!"

Kyle ließ die Schultern hängen. Ihr war durchaus klar, dass es keinen Sinn machte, sich einfach verleugnen zu lassen und nicht ans Telefon zu gehen, aber es war so viel leichter als sich mit etwas auseinander zu setzen, für das sie keine Lösung hatte.

Kyle nickte geschlagen und ging die Stufen ins Erdgeschoss hinunter. Ihre Gedanken rasten auf der Suche nach einer Lösung für ihr Dilemma.

Irgendwie musste sie Joey begreiflich machen, dass sie an einer Beziehung nicht interessiert war. Eigentlich an gar nichts, das über Freundschaft hinausging.

Leise öffnete sie die Tür zur Veranda.

"Ich warte noch ein bisschen, Julie", sagte Joey, ohne aufzusehen.

Er saß auf der obersten Stufe, die Ellenbogen auf die Knie gestützt und den Blick geradeaus gerichtet.

Sie sagte nichts, setzte sich nur neben ihn und umschlang ihre Knie mit ihren Armen.

"Irgendwie wusste ich, dass du da bist", sagte er leise und ließ den Kopf hängen.

"Woher weißt du, dass ich jetzt neben dir sitze?"

"Weil es nach Kuchen riecht, wo du bist. Süß und lecker. Genauso wie dein Mund schmeckt."

"Es tut mir leid, Joey, ich …"

"Was?"

Er drehte seinen Kopf zu ihr. Seine Augen wirkten müde.

"Das hier …" Sie deutete zwischen ihnen beiden hin und her. "Es wird nicht funktionieren."

"Warum? Wir verstehen uns, ich mag dich und …"

"Ich … ich kann das nicht, ich …"

Er ließ sie nicht ausreden, blitzschnell hatte er sich zu ihr gedreht, eine Hand in ihren Nacken geschoben und seine Lippen auf ihre gepresst.

Es fühlte sich genauso atemberaubend an wie beim ersten Mal. Sie liebte seinen Mund und die weiche und doch dominante Art, mit der er sie küsste.

Als seine Zunge über ihre Lippen strich, seufzte sie leise. Er nutzte den Moment und schob seine Zunge in ihren Mund.

Es war noch besser. Sie wollte noch mehr von ihm schmecken, noch mehr von seiner Wärme spüren.

Sie rutschte ein Stückchen zu ihm, und schlang ihre Arme um seinen Hals. Joey küsste sie noch intensiver, dann schlang er beide Arme um sie und zog sie an seine Brust.

Erstaunlicherweise machte ihr seine Kraft keine Angst. Sie fühlte sich gut in seinen Armen, geborgen und sicher.

Sie schmiegte sich noch mehr an ihn und als er sie auf seinen Schoß zog, hob sie ihr Bein, damit sie rittlings auf ihm zum Sitzen kam.

Nach viel zu kurzer Zeit unterbrach er den Kuss. Seine Augen waren trüb, als er schweratmend in ihre sah.

"Es kann funktionieren, wenn du es zulässt", flüsterte er. Sie öffnete den Mund, um ihm zu antworten, doch Joey brachte sie mit einem weiteren, kurzen Kuss zum Schweigen.

Dann stand er mit ihr in den Armen auf und ging zur Tür.

"Nein, sag jetzt nichts. Denk einfach nach, okay? Ich will nichts weiter als einen Versuch."

Er stellte sie vor der Tür ab. Wieder wollte sie antworten, doch er legte zwei Finger auf ihre Lippen.

"Ich bin übers Wochenende weg. Ich komme Montagabend vorbei." Joey lächelte. "Es wäre schön, wenn du dich nicht verleugnen lässt."

Sie nickte.

"Okay. Gute Nacht, Kyle", sagte er dann leise und küsste sie auf die Wange. Dann wandte er sich um und ging zurück zu seinem Wagen.

Kyles Augen brannten. Irgendwie hatte dieser Idiot es geschafft, dass sie sich in ihn verliebt hatte. Und das, obwohl sie sich doch geschworen hatte, dass ein Leben ohne Männer für sie das richtige war.

Verdammt!

JOEY

Einfach zu gehen, nicht sofort eine Antwort zu fordern oder sie einfach über die Schulter zu werfen und nach Hause zu bringen, war wirklich verdammt schwer gewesen.

Kyle war perfekt und er wollte sie unter allen Umständen für sich haben.

Ihm war klar, dass es nicht einfach werden würde. Kyle verbarg etwas, das nicht nur Narben auf ihrem Körper, sondern sich auch auf ihrer Seele hinterlassen hatte.

Niemand entschied sich dafür, sein Leben zu beenden, wenn es keinen triftigen Grund dafür gab.

Als er zurück in die Wohnung kam, fand er weder Mike noch Tonia. Aber er hörte beide leise sprechen und lachen. Nur dass Tonias Zimmer offen war und Mikes zu, woraus er schloss, dass die beiden wirklich mehr miteinander hatten.

Er freute sich für die beiden. Sie hatten es verdient

glücklich zu werden, aber irgendwie hätte er jetzt gern seinen Kumpel bei sich gehabt.

Ein paar Bierchen im Meets oder Football schauen. Männersachen eben.

Da Mike nicht zur Verfügung stand und er nicht schon wieder so armselig allein im Meets sitzen wollte, ging er in sein Zimmer und legte sich ins Bett.

Das Bett, das er damals für Lisa und sich gekauft hatte.

Wie immer schmerzte ihn die Erinnerung an Lisa. Sie war seine erste große Liebe. Ihr zuzusehen, wie sie unter dem Druck ihrer Familie zerbrach, war das Schlimmste, was er jemals hatte erleben müssen.

Ihre Entwicklung von der lebenslustigen jungen Frau zu der mit den toten Augen war erschreckend gewesen.

Er hasste sich noch heute dafür, nicht früher eingegriffen zu haben. Er hätte sie da rausholen müssen und Candy einfach mit. Gesetze hin oder her.

Er hätte mehr tun müssen. Weil er nicht rechtzeitig reagiert hatte, musste er dabei zusehen, wie Lisa beerdigt wurde und Candy ganz langsam daran zerbrach.

Er hatte versucht sie zu retten, doch in seinem eigenen Strudel aus Leid, Wut und Hilflosigkeit hatte er ihr noch mehr geschadet.

Im Nachhinein betrachtet war er froh, dass Candy Justin gefunden hatte. Jeder hatte seinen Seelenpartner verdient. Ganz egal, wie viel Zeit einem mit ihm blieb, es war immer besser ihn zu finden als denjenigen niemals getroffen zu haben.

Joey freute sich über jeden noch so kleinen Moment, an dem er sich an Lisa erinnern konnte. Jede Minute war sein eigenes kleines Geschenk.

Er drehte sich zur Seite und starrte auf ihr Bild, das vom Mondschein erhellt wurde und nach all den Jahren noch immer auf seinem Nachtkästchen stand.

Ein Bild aus besseren Zeiten. Lisa, Candy, Mike und er, kurz bevor alles in die Brüche ging.

Die Liebe zu ihr war noch immer da, aber er hatte

gelernt, weiter zu leben, weiter zu lieben und sein Herz nicht zu verschließen.

"Du würdest mich verstehen", sagte er leise in die Dunkelheit.

Zum ersten Mal seit Lisa von ihm gegangen war, hatte er das Gefühl, genau das richtige zu tun. Kyle war die richtige für ihn.

Sie war so anders als Lisa und doch so ähnlich. Es fühlte sich an, als würden die beiden unterschiedliche Teile seiner selbst ansprechen.

Er liebte Lisa auf eine besondere Art immer noch und er würde Kyle lieben können, wenn sie es zuließ. Da war er sich sicher.

8 VERÄNDERUNGEN

KYLE

Lange hatte sie noch wach gelegen und darüber nachgedacht, was Joey zu ihr gesagt hatte.

Auch heute war sie schon wieder früh wach, saß mit einer Tasse Tee vor dem Fenster und starrte in den regnerischen Tag hinaus.

"Alles in Ordnung mit dir?", fragte Julie und streichelte ihr dabei sanft über den Rücken.

Kyle sah zu ihr auf und lächelte. "Ja, alles in Ordnung. Ich denke nur über mein Leben nach."

Ganz stimmte das nicht. Die meiste Zeit kreisten ihre Gedanken um Joey, um die Gefühle, die er so unerwartet in ihr auslöste. Aber sie war noch nicht bereit dazu, mit Julie darüber zu reden.

Erst einmal musste sie selbst klar kommen.

"Wegen Joey?"

"Auch. Darüber, was ich aus meinem Leben mache und was ich mehr machen könnte. Ich habe mich nicht für das Leben entschieden, um mich jetzt hier einzuigeln, oder?"

"Du hast recht, aber du kannst dich hier jederzeit

verkriechen, das weißt du."

"Und dafür bin ich dir unendlich dankbar, aber ich denke, es ist an der Zeit, hinauszugehen und neue Wege zu bestreiten. Mehr zu sehen, mehr zu leben."

"Willst du mir etwa sagen, du wirst doch noch auf deine Therapeutin hören?"

Julie grinste zwar, doch Kyle sah den Ernst und den Schmerz in ihrem Blick.

"Ich will es versuchen. Dir brauche ich nicht zu erzählen, wie schwer das ist."

"Nein. Absolut nicht. Aber es hat sich gelohnt, weißt du?"

Kyle nickte, dann sah sie wieder in den Regen hinaus.

"Womit willst du anfangen?", fragte Julie, nachdem sie sich einen Kaffee gemacht hatte.

"Ich denke, ich suche mir eine Wohnung."

"Bist du sicher? Nicht vielleicht … ich weiß nicht, erstmal mehr Kontakt zu Menschen außerhalb der Seelsorge und uns?"

"Nein. Ich muss aus meiner Komfortzone heraus." Kyle war sich sicher, dass der erste Schritt zu ihrem neuen Leben mit mehr Selbstständigkeit beginnen musste.

"Okay. Ich bring dir die Zeitung." Julie klang nicht begeistert, aber Kyle war es wichtig.

Eine ganze Weile durchsuchte sie die Anzeigen. Es war gar nicht so leicht, eine Wohnung zu finden, die in ihrem Budget lag. Schließlich gab sie die Hoffnung auf und suchte nach einer WG. Mit einem Fremden unter einem Dach zu leben war vielleicht genau das richtige.

Neue Leute kennenzulernen stand sowieso auf ihrem Programm.

Schließlich fand sie eine Anzeige, die sich gut anhörte. Bevor sie es sich anders überlegen konnte, wählte sie die dazugehörige Nummer.

Nach kurzer Zeit meldete sich eine Frau. "Antonia."

"Hallo, mein Name ist Kyle Broke, ich rufe wegen

Ihrer Anzeige in der Zeitung an."

"Ah, hallo!"

"Ich würde mir die Wohnung gern einmal ansehen."

"Natürlich. Wann hätten Sie Zeit?"

"Ich bin flexibel."

"Heute Vormittag?"

Kyle stutzte. Das ging schneller als sie erwartet hatte.

"Ähm … ja, gerne. Ich könnte in einer halben Stunde da sein."

"Perfekt. Dann bis später."

Kyle starte einen Moment auf das Telefon.

Die Frau klang offen und sehr nett. Vielleicht war es ja ein Glücksgriff und gleich die erste Wohnung wäre die richtige?

Schnell sprang sie unter die Dusche, machte sich ein wenig zurecht und fuhr dann zu der angegeben Adresse.

Es war eine ruhige Gegend. Nicht ganz so weit draußen, wie Gregor und Julie wohnten, aber immer noch grün.

Das Gebäude sah gepflegt aus und auf den ersten Eindruck gefiel es ihr sofort.

Sie klingelte bei Miller&Parker, wie es in der Anzeige stand. Beinahe augenblicklich ging der Summer.

Kyle öffnete die Tür und ging die Treppen nach oben bis sie eine rundliche Frau in einer Wohnungstür stehen sah.

"Kyle? Ich bin Antonia", sagte die Frau fröhlich und kam mit kleinen, schnellen Schritten auf sie zu.

"Ja, hallo." Sie nahm Antonias Hand und schüttelte sie kräftig.

"Komm rein, komm rein."

Kyle fühlte sich in ihrer Gegenwart sofort wohl. Sie strahlte so viel Lebensfreude aus. Ihr Lächeln war beinahe ansteckend.

"Allzu viel gibt es nicht zu sehen. Das ist das Wohnzimmer, hier drüben ist die Küche", fuhr die Frau in Windeseile fort.

Antonia flitzte durch die beiden Räume. Alles war sauber und ordentlich. Genauso wie sie es bevorzugte.

"Hier das Badezimmer."

Neben einer Dusche, gab es auch eine Badewanne und Tageslicht, was Kyle sehr zu schätzen wusste.

"Das ist das Zimmer, das zu vermieten wäre. Es ist möbliert, nur die Klamotten musst du dir wegdenken, die habe ich hier zwischengelagert. Ich werde in den kommenden Tagen alles in das Zimmer nebenan räumen, dann ist dieses frei."

Es war ein schönes, helles Zimmer, wenn auch nicht sehr groß. Sowohl Bett, als auch der Kleiderschrank waren schlicht und weiß. Unter dem Fenster stand sogar ein kleiner Schreibtisch.

"Und das dritte Zimmer?", fragte Kyle und deutete auf die Tür, die direkt neben dem Eingang lag.

"Gehört einem Freund von mir. Er ist gerade übers Wochenende weg. Wenn du Interesse hast, musst du Montagabend nochmal vorbeikommen und mit ihnen sprechen."

Uff … und da war auch schon der Haken an diesem Prachtstück einer WG. Neue Leute kennenlernen gut und recht, aber gleich mit einem Mann in eine Wohnung zu ziehen?

"Mach dir keine Gedanken. Er ist wirklich nett und auch kaum hier, wenn er nicht gerade arbeitet, rennt er seiner Angebeteten hinterher."

Antonia grinste verschmitzt. Der Gedanke an ihren Mitbewohner schien sie sehr zu erheitern.

Dass er vergeben war, hörte sich ein klein wenig besser an. Vielleicht sollte sie ihn zumindest einmal kennenlernen, bevor sie gleich nein sagte?

Kyle gab sich einen Ruck.

"Okay, es gefällt mir wirklich hier. Ich würde gern am Montag nochmal vorbei kommen."

"Super!" Antonia suchte einen Kalender hervor. "Komm am besten gleich um fünf Uhr, dann bist du die erste."

"Gern. Danke dir."

JOEY

Völlig abgekämpft von der Convention ließ er sich am Montagnachmittag auf das Sofa fallen.

"Musstest du sie wirklich gleich alle für heute bestellen?", fragte Mike und sah nicht begeisterter aus als Joey sich fühlte.

Er wollte gar nichts mehr tun als heiß zu duschen und dann zu Kyle zu fahren. Er hatte sie vermisst und musste sich jeden Abend davon abhalten, nicht einfach bei ihr anzurufen und eine Antwort zu fordern.

"Stellt euch nicht so an. Immerhin hab ich euer Problem gelöst, oder? Und ich habe sie sortiert. Von gut bis schlecht. Wenn euch gleich die erste Kandidatin zusagt, könnt ihr alle anderen anrufen und absagen."

Das System klang gut, aber er war sich nicht sicher, ob er wirklich eine Frau in der Wohnung haben wollte. Also eine Frau außer Tonia, denn sie sah nicht so aus, als würde sie demnächst wieder abreisen.

Ganz im Gegenteil, so wie die beiden sich ansahen, würde sie wahrscheinlich für immer bleiben.

Auch gut. Sie konnten Hilfe im Studio gut gebrauchen und Mike schien sie wirklich gern zu haben.

"Okay. Wie viel Zeit haben wir?", fragte Joey und gab sich geschlagen.

"Eine halbe Stunde. Zeigt euch von eurer besten Seite, sie klang nicht so begeistert bei dem Gedanken an männliche Mitbewohner."

Joey verzog das Gesicht. Er würde sich ganz bestimmt nicht verstellen, nur weil die Anwärterin auf das Zimmer Prinzessin spielte.

Niemals!

Wenn sie ihr jetzt schon Honig ums Maul schmieren mussten, würde das nur für ewig so weiter gehen. Er hatte weder die Nerven noch die Zeit für eine Prinzessin wie Theresa. Wie Dave es mit ihr aushielt, war ihm immer wieder ein Rätsel.

KYLE

Endlich war es Montag. Nicht nur, dass sie gespannt darauf war, wie der zweite WG Bewohner wohl sein würde und ob sie überhaupt eine Chance auf das Zimmer hatte, sie freute sich vor allem darauf, Joey später wiederzusehen.

Joey, der ihr einfach nicht mehr aus dem Kopf gehen wollte. Sie hatte ihn vermisst. Ihn, sein Lächeln, seine warmen, weichen Lippen. Sie hatte seine Küsse vermisst, bei denen sie immer das Gefühl hatte, etwas Besonderes zu sein.

Sie wollte ihn sehen und herausfinden, ob er noch immer so unglaublich gut roch und schmeckte.

Doch zuerst musste sie das Gespräch mit ihrem unter Umständen neuen WG-Partner hinter sich bringen. Dann würde sie einfach bei Joey anrufen und fragen, ob er bereits zurück war, damit sie ihm endlich ihre Entscheidung mitteilen konnte.

Ein wenig nervös klingelte sie erneut bei Miller&Parker. Diesmal wusste sie bereits in welchem Stock die Wohnung lag, also nahm sie den Aufzug nach oben.

Antonia empfing sie wieder lächelnd an der Tür. Kyle betete innerlich, dass ihr Antonias Mitbewohner genauso sympathisch sein würde. Es würde ihr hier wirklich gut gefallen.

"Sie sind noch ein wenig fertig von der Reise, also mach dir keine Gedanken, wenn sie ein bisschen brummig sind."

"Sie?" Kyle hatte nur mit einem Mann gerechnet. Wann war denn ein zweiter dazu gekommen?

"Ja, komm."

Antonia zog sie am Arm ins Wohnzimmer, bevor Kyle

auch nur einen Moment nachdenken konnte.

Dort angekommen erstarrte sie mitten in der Bewegung.

"Joey?", fragte sie fassungslos, als sie den ihr nur allzu bekannten Mann auf dem Sofa sitzen sah.

"Kyle!"

Ein strahlendes Lächeln erschien auf seinem Gesicht und er stand blitzschnell auf.

"Oh, ihr kennt euch?"

"Ich … ähm …", stotterte Kyle. Ihr Kopf war wie leer gefegt. Dafür schienen in ihrem Bauch schlagartig 100 Schmetterlinge zum Leben zu erwachen.

Das ganze Wochenende über hatten sie die Gedanken an ihn mehr oder weniger in den Wahnsinn getrieben. Jetzt wo er vor ihr stand, wurde ihr klar, wie sehr sie ihn wirklich vermisst hatte.

Joey kam dicht vor ihr zum Stehen. Seine Augen schienen jeden Millimeter von ihr abzutasten und auch sie sog seinen Anblick in sich auf. Schließlich hob er langsam eine Hand und legte sie ihr sanft auf die Wange.

"Kyle … ich …"

Die Schmetterlinge gewannen den Kampf gegen ihren Kopf. Sie konnte keine Sekunde länger warten. Sie stellte sich auf die Zehenspitzen und drückte ihre Lippen auf seine.

Augenblicklich schlossen sich seine Arme um ihre Mitte. Sie fühlte sich nicht gefangen oder erdrückt, sondern beschützt und begehrt.

Ihre Hände klammerten sich automatisch an seinen breiten Schultern fest.

Viel zu schnell löste er seine Lippen von ihren und zog sie an seine Brust. Sie genoss seine Wärme und seinen Geruch. Seine Nähe bedeutete ihr mehr als sie erwartet hätte.

"Sag mir, dass wir es versuchen werden", flüsterte er in ihre Haare. Sie hätte nicht gedacht, dass er noch zweifeln würde.

Zu mehr als einem Nicken war sie nicht in der Lage. Zu gut fühlte es sich an, ihn endlich wieder nah bei sich zu haben.

Wann zum Teufel hatte sie sich so in Joey verliebt? In einen Mann, der ihrem schlimmsten Albtraum nicht ähnlicher sein konnte?

JOEY

Erleichtert atmete er auf. Er hatte sich diese Antwort so sehr gewünscht.

"Danke", sagte er leise und küsste sie auf die Schläfe. "Bleibst du noch ein bisschen?"

Er machte sich keine Illusionen, Kyle würde niemals hier einziehen, nachdem sie wusste, wer hier wohnte.

Sie nickte und schien sich erst dann wieder daran zu erinnern, wo sie eigentlich war.

"Ich … äh … wegen der Wohnung …"

"Ich weiß. Du willst das Zimmer nicht." Noch nicht, fügte er in Gedanken hinzu. Er wünschte sich, dass sie es sich irgendwann anders überlegen würde.

Sie lächelte vorsichtig. Joey beugte sich zu ihr und küsste sie erneut. Er brauchte ein klein wenig mehr von ihren Lippen.

Sie wurde weicher in seinen Armen, schmiegte sich an ihn und erwiderte den Kuss zärtlich.

Dann löste er sich widerwillig von ihr und zog sie zum Sofa. Mike und Tonia hatten sich in ihr Zimmer verzogen und er war ihnen für ein bisschen Privatsphäre sehr dankbar, gerade weil er wusste, wie neugierig die beiden auf Kyle waren.

Kyle wirkte nervös, aber sie lächelte. Um die Stimmung ein wenig aufzulockern, erzählte er ihr von der Tattoo-Convention. Auf seinem Handy zeigte er ihr Bilder von Tribals, die er fotografiert hatte, weil er sich Kyles Wunsch-Tribal so vorgestellt hatte.

Sein Favorit gefiel auch ihr am besten. Ihre Augen

funkelten, während sie das Bild betrachtete.

"Wann können wir das machen?", fragte sie aufgeregt und lächelte ihn strahlend an.

Er hob seine geschiente Hand hoch. "Ich habe morgen einen Kontrolltermin. Dann kann ich dir hoffentlich sagen wann."

"Verdammt. Das habe ich schon wieder vergessen." Schuldbewusst fuhr sie über die Hand.

"Es hat sich gelohnt. So hatte ich wenigstens ein Druckmittel für unser erstes Date."

Kyle lächelte und beugte sich zu ihm. Spielerisch küsste sie ihn und zwickte dabei immer wieder in seine Unterlippe.

Er schloss seine Arme um ihre Mitte und zog sie rittlings auf seinen Schoß. Ihr Kuss wurde ein klein wenig leidenschaftlicher und inniger. Sie fühlte sich federleicht, zerbrechlich und schmal in seinen Armen an.

Ihr Kuss, ihre Nähe und ihr Duft machten ihn unglaublich an. Er spürte, wie immer mehr Blut in seine Lenden floss. Er wollte sie, aber nicht so.

Er wollte sie mit beiden Händen fühlen und verwöhnen können. Wollte sich Zeit lassen und ihr erstes Mal zu etwas Besonderem machen.

Dennoch wollte er sie nicht gehen lassen. Er wollte sie nah bei sich haben, mehr von ihr kennenlernen.

Er löste seine Lippen von ihren und legte seinen Kopf schwer atmend an ihren Hals.

"Bleib bei mir", flüsterte er.

Sie versteifte sich kaum merklich. "Ich kann nicht."

"Nur so, Kyle. Nur ein bisschen reden, mehr nicht."

Er streichelte ihre Hüfte, während sie immer noch zögernd schwieg.

"Du wolltest es versuchen, oder?", versuchte er sie zu überzeugen.

Sie zögerte noch einen kleinen Moment. Joey nahm seinen Kopf zurück um in ihre dunkelbraunen Augen zu sehen. Schließlich seufzte sie. "Ja."

"Ja, du bleibst?", fragte er und bewunderte das Funkeln in ihren Augen.

"Ja, beides", sagte sie lächelnd.

Er reckte sich ihr entgegen und küsste sie erneut. Zärtlich und leicht, um sie ja nicht zu einem Rückzug zu bewegen.

Dann klingelte es an der Tür. Tonia steckte den Kopf aus Mikes Zimmer und lächelte gequält.

"Der nächste Interessent."

"Oh … ich …", stammelte Kyle. Sie wusste sichtlich nicht, was sie jetzt tun sollte.

"Du kannst uns gleich bei der Auswahl helfen", sagte Joey grinsend.

Kyle rutschte von seinem Schoß und sah ihn unschlüssig an.

"Nachdem du nicht zugesagt hast, musst du jetzt mit uns leiden." Er zwinkerte ihr glücklich zu und legte ihr einen Arm um die Schultern, als Tonia einen jungen Mann ins Zimmer führte.

Mit Kyle an seiner Seite machte ihm diese Interessentenrunde gleich viel weniger aus.

KYLE

Nach scheinbar endlosen Stunden und sieben weiteren Wohnungsinteressenten verkündete Tonia endlich, dass dies der letzte gewesen sei.

"Also ich weiß nicht wie es euch geht, aber ich bin nicht überzeugt von ihnen", sagte Mike und gähnte lang.

"Nein, absolut nicht", stimmte Joey zu und streichelte sanft über Kyles Nacken. Sie liebte es, wie sanft seine Berührungen waren und das Kribbeln, das sie auf ihrer Haut auslösten.

Wann war sie nur so süchtig danach geworden?

"Wenn ihr euch nicht sicher seid, würde ich es lieber sein lassen. In einer WG muss es schon zu einhundert Prozent passen!"

Tonia hatte recht, aber Kyle hätte diesen beiden Männern niemals so offen Vorschriften gemacht.

Dennoch nickten beide sofort.

"Wir versuchen es einfach in ein paar Wochen nochmal", entschied Joey und Mike schien der gleichen Meinung zu sein.

"Zeit ins Bett zu gehen!", sagte Mike dann und zog Tonia an ihrer Hand nach oben.

Joey streichelte stumm über ihren Rücken, bis die beiden verschwunden waren.

"Ich bin hundemüde", sagte er dann und gähnte, ohne sich die Hand vor den Mund zu halten.

Dann stand er auf und ließ sie allein auf dem Sofa zurück, nur um Sekunden später mit Kleidung in der Hand zurückzukommen.

"Hier. Da ist das Bad, wenn du dich dort umziehen willst."

Kyles Blick folgte ihm hin und hergerissen, als er zurück in sein Zimmer ging. Sie hatte genau drei Möglichkeiten.

1) Die Klamotten aufs Sofa werfen und das Weite suchen, wobei er ihr sofort folgen würde, um sie zum Bleiben zu überzeugen. Was, wenn sie ehrlich zu sich selbst war, nicht allzu schwer war, sobald er in ihrer Nähe war.
2) Zu Joey zu gehen und ihm klar zu machen, dass sie nicht über Nacht bleiben würde, was absolut sinnlos wäre, da er sie doch zum Bleiben überreden würde.
3) Julie anzurufen und ihr zu sagen, dass sie über Nacht bei Joey blieb.

Da Möglichkeit eins und zwei sowieso nur auf Möglichkeit drei hinauslaufen würden, zog sie ihr Telefon hervor und rief Julie an.

Während sie telefonierte, ging Kyle ins Bad und zog die Shorts und das Shirt an, das Joey ihr gegeben hatte.

"Bist du dir sicher?", fragte ihre Freundin, nachdem sie

ihr gesagt hatte, dass sie bei Joey bleiben würde.

"Ja, bin ich … im Moment." Sie könnte immer noch gehen, wenn sie das Gefühl hätte, dass es ihr zu viel wurde.

"Ich freue mich, Kyle. Wirklich. Du wirst es nicht bereuen!"

Das hoffte sie, sagte aber nur: "Glaube ich auch. Gute Nacht, Julie."

"Gute Nacht, Süße!"

Dann atmete sie noch einmal tief durch und ging hinüber zu der schweren Holztür.

Etwas unsicher betrat Kyle Joeys Zimmer. Unbehaglich zupfte sie an dem Shirt und den Shorts.

Joey lag bereits unter der Decke. Einen Arm hatte er hinter seinen Kopf gelegt, was seinen Bizeps nur noch mehr betonte. Er sah immer noch aus wie ein Oberschenkel, wirkte dank Joeys sanftem Wesen aber nicht mehr halb so bedrohlich.

Er lächelte und klopfte mit der freien Hand neben sich auf das Bett.

"Kommst du?"

Sie atmete einmal tief durch und nickte dann, ehe sie die Tür hinter sich schloss und zu ihm ging. Nachdem sie unter die Decke gekrochen war, legte sie sich auf den Rücken.

Joey löschte das kleine Licht auf dem Nachttisch und flüsterte dann: "Ich will dich nur bei mir haben, Kyle. Mehr nicht."

"Okay." Sie wusste nicht, was sie sagen oder tun sollte, wusste nicht, wie sie eine Nacht mit diesem Mann schaffen konnte.

Aber sie war sich sicher, dass sie hier sein wollte. Dass es sich richtig anfühlte, wenn sie bei ihm war, auch wenn sie nicht wusste warum.

Sie drehte sich auf die Seite. Im fahlen Mondlicht konnte sie seine Gesichtszüge kaum erkennen, aber es reichte aus, um zu sehen, dass er sie beobachtete.

Mit ernster Miene streckte er seinen Arm aus und legte

ihn über ihrem Kopf ab. Eine stumme Einladung näher zu kommen.

Sie wusste nicht warum, aber sie sehnte sich beinahe danach in seinen Armen zu liegen.

Vorsichtig rutschte sie näher, bis ihr Kopf auf seiner Brust zum Liegen kam.

Joey legte seine Hand leicht auf ihren Rücken und drückte seine Lippen auf ihren Scheitel.

"Schlaf gut, Süße", murmelte er in ihr Haar.

Es fühlte sich gut an. Seine Wärme, seine Stärke, das Gefühl von ihm beschützt zu werden.

Auch wenn es eigentlich unmöglich sein sollte, wenn sie sich niemals so wohl fühlen dürfte, dieser Moment war einfach perfekt.

"Schlaf gut", flüsterte sie und legte eine Hand auf seine breite Brust.

Sie spürte das gleichmäßige Schlagen seines Herzens unter ihrer Handfläche und ließ sich von dem rhythmischen Geräusch in den Schlaf begleiten.

9 EIN ANFANG

JOEY

Er lag schon einige Zeit lang wach und beobachtete Kyle beim Schlafen. Sie sah so unglaublich entspannt aus. Er wollte sie streicheln, ihre weiche Haut berühren, hatte aber Angst, dass sie dann aufwachen und vor ihm davonlaufen würde.

Mike und Tonia hörte er schon eine ganze Weile, doch in diesem Moment erklang ein lautes Scheppern, gefolgt von leisen Flüchen aus der Küche.

Joey hätte ebenfalls gern geflucht, da Kyle sich deshalb zu regen begann. Ihre Wimpern flatterten und sie kuschelte sich fester an seine Brust, ehe sie erstarrte.

Seinen Ärger wollte er sich nicht anmerken lassen, also streichelte er nur sanft über ihren Rücken und drückte seine Lippen auf ihr Haar.

"Guten Morgen."

Sie entspannte sich wieder, sah zu ihm auf und lächelte leicht. "Guten Morgen."

Dann fiel ihr Blick auf seine Lippen und Joey konnte nicht anders, als seine sanft auf ihre zu legen. Kyle erwiderte seinen Kuss erst vorsichtig, dann gieriger.

Joey zog sie fest an sich, sodass sie halb auf seiner Brust zum Liegen kam.

Sie fühlte sich so gut an. Warm und weich. Ihre Lippen schmeckten süß und nach mehr.

Er konnte sich nicht davon abhalten, ein ums andere Mal mit seiner Zunge darüber zu streichen, bis sie ihren Mund für ihn öffnete.

Kyles Körper bewegte sich unruhig an seinem, ihre kleinen Hände griffen fester zu und erregten ihn ungemein.

Krampfhaft versuchte er seine Hüfte von ihr weg zu drehen, damit sie nicht mitbekam, wie steif sein Schwanz bereits war.

So weit waren sie einfach noch nicht. Es war alles zu frisch und Kyle ganz bestimmt nicht die Art Frau, mit der man sofort ins Bett stieg.

Doch dann rutschte ihr Oberschenkel zwischen seine Beine und landete an seinem besten Stück.

Das Aufstöhnen konnte er genauso wenig unterdrücken wie das Verstärken seines Griffs um ihre Mitte.

Kyle erstarrte augenblicklich. Er wollte sie festhalten und wusste doch genau, dass das das Schlimmste wäre, was er in diesem Moment hätte tun können.

Also ließ er seine Hand in dem Moment fallen, als sie sich von ihm weg schob.

Sie setzte sich auf, schwang ihre Beine über den Bettrand und stand dann auf.

"Ich … äh … muss ins Bad", stammelte sie und verließ das Zimmer ohne einen weiteren Blick zurück.

Joey seufzte, als die Tür hinter ihr ins Schloss fiel. Er war sich sicher, dass sie jetzt schnellst möglich das Weite suchen würde.

Es war zu viel, zu schnell. Er wusste es. Er hatte sie doch gerade erst dazu überredet, es zu versuchen, Sex lag noch nicht im Bereich des Möglichen.

Da sie jeder Konfrontation auswich, war die einzig

logische Schlussfolgerung, dass sie die Wohnung verließ, bevor sie darüber sprechen konnten.

Das einzige, was ihn aufheiterte, war, dass er sich sicher war, dass sie wiederkommen würde.

Also stand er ebenfalls auf und zog sich an. Er würde sie zumindest bis zu ihrem Auto begleiten.

Nachdem er sich angezogen hatte, wartete er im Wohnzimmer auf sie, damit sie sich nicht heimlich aus der Wohnung schlich.

Mike und Tonia hatten sich mittlerweile zum Tattoostudio begeben und die Wohnung beinahe gespenstisch still hinterlassen.

"Ich fahr dann besser nach Hause", sagte Kyle, als sie aus dem Bad trat.

Sie sah ihn nicht an und ging zielstrebig zu ihren Schuhen. Joey trat neben sie und öffnete die Haustür.

Schweigend gingen sie nebeneinander her die Stufen hinunter und dann nach draußen auf die Straße.

Er ärgerte sich darüber, dass er sich selbst so wenig hatte im Zaum halten können. Dieses unerträgliche Schweigen zwischen ihnen war allein seine Schuld.

Sie hielt neben ihrem rostigen Auto an. Joey ermahnte sich selbst, Luce noch einmal deswegen anzurufen, während sie bereits die Fahrertür aufsperrte.

"Okay … also dann …", sagte sie und öffnete die Wagentür.

"Ich rufe dich später an", antwortete er und hielt ihr die Tür auf, während sie einstieg.

Sie nickte und steckte den Schlüssel in das Zündschloss.

Joey zwang sich dazu, nicht wie ein liebeskranker Trottel die Wagentür festzuklammern. Er schloss sie hinter ihr und wandte sich ab.

Sie brauchte nur Zeit, sie würde wiederkommen. Er wusste es und doch fiel es ihm unglaublich schwer, einen Schritt nach dem anderen vom Wagen wegzugehen.

Er war erst wenige Schritte weit gekommen, als das

Schlagen einer Autotür ihn innehalten ließ.

Langsam drehte er sich um und sah Kyle auf ihn zu rennen.

Er konnte die Arme noch gerade rechtzeitig ausstrecken, um sie aufzufangen, dann lagen ihre Lippen bereits auf seinen.

Ihr Kuss war nicht leidenschaftlich, dafür süßer als alles, was er jemals erlebt hatte. Ihre Lippen waren warm und weich wie ihr schmaler Körper, der so nah an seiner Brust lag.

Im Vergleich zu ihm kam sie ihm winzig und zerbrechlich vor und doch passte sie perfekt in seine Arme.

Viel zu schnell löste sie sich wieder von ihm.

Sie ließ sich zurück auf ihre Fersen fallen und sah ihn staunend an.

"Ich danke dir", sagte sie und ließ ihre Hände von seinem Hals zu seinen Oberarmen wandern.

"Es gibt nichts zu danken, Kyle."

Lächelnd schüttelte sie den Kopf. "Du rufst mich an?", fragte sie und löste sich ganz aus seiner Umarmung.

"Du könntest mich nicht davon abhalten", gab er ebenfalls lächelnd zurück. Er hätte sie zu gern zurück in seine Arme gezogen und noch lieber zurück in seine Wohnung gebracht.

Sie braucht Zeit. Lass sie ihr!, ermahnte er sich selbst und vergrub seine Hände in seinen Hosentaschen.

Auch wenn das mit der Schiene mehr schlecht als recht funktionierte und sicher dämlich aussah, so konnte er sich wenigsten davon abhalten, erneut nach ihr zu greifen.

Sie zögerte noch einen Moment, dann wandte sie sich um und ging zurück zu ihrem Wagen.

Diesmal konnte er sich nicht dazu überwinden einfach zu gehen.

Wenn Mike oder einer der anderen Jungs ihn sehen würden, würden sie ihn auslachen, weil er ihr wie ein liebeskranker Trottel hinterherstarrte.

Er ging erst, als ihr Wagen bereits um die Ecke bog und sie aus seinem Sichtfeld verschwand.

KYLE

"Du siehst glücklich aus", sagte Julie, die mit Ethan auf dem Arm bereits an der Haustür wartete.

"Bin ich auch."

"Keine Details?" Ihr Tonfall war neckend, aber Kyle wusste, dass Julie sich Sorgen machte, sich aber auch sehr für sie freute.

Kyle schüttelte den Kopf. Sie musste ihre Gedanken erst einmal selbst sortieren.

Sie wusste, dass sie Julie nach dem kurzen Telefonat gestern einige Erklärungen schuldig war, aber im Moment war sie dazu nicht in der Lage.

"Noch nicht."

"Okay … ich bin immer da für dich, das weißt du, oder?"

"Ja, danke." Um das Thema zu wechseln fügte sie hinzu: "Außer morgen, oder? Ich habe gehört, du hast einen Arzttermin."

Julie strahlte über beide Ohren. "Ja, Ultraschall. Gregor kommt mit mir. Könntest du vielleicht auf Ethan aufpassen?"

"Natürlich." Nichts lieber als das. Sie streckte ihre Arme nach dem kleinen Racker aus und setzte ihn dann auf ihre Hüfte, ehe sie zusammen mit Julie das Haus betrat.

"Du bleibst also noch ein bisschen bei uns?", fragte Julie, als sie in der Küche ankamen.

Sie schaltete den Wasserkocher ein und bereitete für sie einen Tee zu.

"Ein bisschen … zu Joey in die WG zu ziehen kommt nicht infrage und etwas anderes habe ich nicht gefunden."

"Es eilt doch nicht. Ich habe noch einige Monate

Schwangerschaft vor mir und für den Anfang bekommen wir das auf jeden Fall auch so hin. Wir haben dich gern bei uns, das weißt du, Kyle."

"Danke."

Während sie sich weiter mit Julie unterhielt, spielte sie mit Ethan und seinen Bauklötzen.

Es fiel ihr schwer sich zu konzentrieren, da ihre Gedanken immer wieder zurück zu Joey wanderten.

Joey, der sie im Arm hielt. Joey, der ihr Shorts und ein Shirt reichte, der nicht erwartete, dass sie mit ihm schlief. Joey, der sie wortlos zu verstehen schien, der wusste, wann sie Zeit für sich brauchte.

Joey, Joey, Joey. Ihr Kopf war voll von ihm und die Schmetterlinge in ihrem Bauch wollten absolut keine Ruhe geben.

Er war perfekt. Zu perfekt. Es gab keine so perfekten Menschen und sie fürchtete sich vor dem Tag, an dem sie den großen Haken entdecken würde.

Nachdem sie Ethan zum Mittagschlaf in seinen Lieblings-Batman-Schlafanzug gesteckt hatten und er endlich eingeschlafen war, legte Kyle sich in die Badewanne, um ihre Gedanken zu sortieren.

Die Ereignisse an diesem Morgen hatten sich einfach überschlagen. Sie fühlte sich überrumpelt. Weniger von Joeys eindeutiger Erregtheit, eher davon, dass sie sich selbst hatte so hinreißen lassen.

Seine Erektion zu spüren war lediglich was sie schließlich wachgerüttelt hatte.

Sie wollte ihn. Das stand außer Frage. Aber konnte sie das wirklich zulassen? Sie kannte sich gut genug, um zu wissen, dass Sex sie unweigerlich zu tieferen Gefühlen bringen würde.

Kyle schüttelte über sich selbst den Kopf. Wem wollte sie denn etwas vormachen? Sie war bereits Hals über Kopf in Joey Parker verknallt. Diesen übergroßen Mann, dessen Charakter so gar nicht zu seinem Aussehen passte.

Seufzend legte sie den Kopf an den Wannenrand. Diese Entscheidung hatte ihr Herz ihr bereits abgenommen. Es war sinnlos sich darüber Gedanken zu machen, sie sollte es einfach auf sich zukommen lassen.

JOEY

Um sich abzulenken fuhr er erst einmal ins Tattoostudio. Mike und er hatten keine Gelegenheit mehr gehabt, um über ihren neuen Mitbewohner zu sprechen.

Sowohl Mike als auch Tonia waren bereits mit ihren ersten Terminen beschäftigt.

Der Empfang war leer, da Destiny nur noch am Wochenende für sie arbeitete. Er beantwortete die Anfragen auf dem Anrufbeantworter und arbeitete die E-Mails ab, während er auf Mike wartete.

Joey hasste diese Arbeit, aber um sich von Kyle abzulenken, hätte er beinahe alles getan.

Es dauerte noch weitere 15 Minuten, dann ging die Tür zu Mikes Zimmer endlich auf.

"In den nächsten Tagen solltest du keine Milchprodukte zu dir nehmen. Am besten du isst viel Wassereis, damit die Zunge nicht zu stark anschwillt." Das Mädchen nickte eifrig bei seinen Ausführungen.

Mike zog eine Augenbraue nach oben, als er Joey hinter dem Tresen entdeckte, nickte ihm dann aber nur grüßend zu und kümmerte sich weiter um seine Kundin.

Nachdem sie bezahlt und den Laden verlassen hatte, wandte Mike sich an ihn. "Was treibt dich denn hier her? Solltest du nicht mit Kyle im Bett liegen?"

Joey schüttelte den Kopf. "Sie musste weg. Wir telefonieren später."

"Musste oder wollte?", hakte Mike nach.

"Macht das einen Unterschied?"

"Ja. Einen Unterschied mit dem Ergebnis Liebeskummer."

"In dem Fall eher musste. Sie braucht Zeit."

"Etwas mit dem du dich auskennst …" Mike musterte ihn nachdenklich. "Weißt du, du könntest dir auch einfach mal eine Frau wie Tonia suchen. Eine mit der man Spaß haben und das Leben genießen kann."

"Wenn ich Kyle erst einmal davon überzeugt habe, dass ich der perfekte Mann für sie bin, werde ich mein Leben mehr als nur genießen!"

Mike schüttelte zweifelnd den Kopf.

"Findest du, einer von den Kandidaten gestern passt zu uns?", fragte Joey dann, um Mike vom Thema Kyle abzulenken und das übermüdete Gespräch vom Vorabend abzuschließen.

"Nein, absolut nicht. Lass uns lieber weiter suchen bis der oder die perfekte dabei ist."

Joey nickte. "Fragst du Tonia, ob sie den Kandidaten absagt?"

"Warum fragst du sie nicht selbst?"

"Dich mag sie lieber", gab Joey lachend zurück und flüchtete aus dem Studio.

Ungeduldig starrte er auf die Uhr auf seinem Handy. Er hatte sich selbst geschworen nicht vor fünf Uhr nachmittags bei ihr anzurufen. Er wollte ihr Zeit geben und seine eigenen Bedürfnisse zurückstecken.

Gar nicht so einfach, so quälend langsam wie die Stunden vergingen. Und das, obwohl er sich erst im Tattoostudio und dann bei seinem Kontrolltermin bei Dave abgelenkt hatte.

Dave war zufrieden, wollte aber noch auf die endgültigen Röntgenaufnahmen am Tag darauf warten.

Noch zwei Minuten. Er klopfte mit dem Handy auf seinen Oberschenkel. Zwei Minuten waren nicht mehr lang. Er hatte Stunden überstanden. Da waren zwei Minuten quasi nichts! 180 Sekunden, die einfach nicht vergehen wollten.

Nur eine ganz kurze Zeit und doch waren es die

längsten zwei Minuten seines Lebens.

Er stöhnte, als die Anzeige von zwei auf eine Minute umsprang und starrte sein Handy böse an, als wäre es dessen Schuld, dass die Zeit so langsam verging.

Dann endlich war es fünf Uhr.

Sofort tippten seine Finger ihre Nummer.

Kyle ging bereits beim ersten Läuten ran.

"Broke?"

"Kyle, ich bins, Joey."

"Joey!", rief sie hörbar erfreut. Er lächelte. Es fühlte sich gut an, dass sie sich über seinen Anruf freute.

"Hey … Lust etwas essen zu gehen?", fragte er ruhiger.

"Ähm … gern. Wo?"

"Ich hole dich ab", sagte er und grinste dabei über das ganze Gesicht.

"Okay. Wann?"

"15 Minuten?" Länger würde er bis zu Gregors Haus nicht brauchen.

"Ja." Während sie sich verabschiedeten, zog er sich bereits Schuhe und Jacke an, dann rannte er die Stufen hinunter und hinaus auf die Straße zu seinem Camy.

Obwohl er viel zu früh am Haus ankam, wartete Kyle bereits. Sie kam die wenigen Stufen schnell hinunter und erreichte ihn, als er gerade die Beifahrertür öffnete.

"Hey", sagte sie lächelnd.

"Hey Süße", gab er zurück, völlig versunken in den Anblick ihrer Lippen. Er konnte nicht länger warten, musste sie wieder küssen. Er schob seine Hand sanft in ihren Nacken und hielt sie fest, während er seinen Mund auf ihren drückte.

Ihre Hände krallten sich auf seiner Brust in sein Shirt und sie erwiderte den Kuss augenblicklich. Er wollte mehr von ihr, brauchte mehr und doch zwang er sich dazu den Kuss zu beenden, blieb aber mit seinen Lippen nah bei ihren.

"Hey", flüsterte er.

Sie lächelte. "Hey …" Ihr Atem strich dabei über seine

Lippen und verführte ihn dazu sie sofort wieder zu küssen.

"Essen?", versuchte er sich auf das eigentliche Ziel zu besinnen.

"Mhm ..."

Er wollte sie ausführen, doch noch lieber wollte er sie für sich allein haben. "Pizza bei mir?"

Sie zögerte einen Moment und er befürchtete bereits, zu weit gegangen zu sein, doch dann nickte sie.

Erleichtert bedeutete er ihr einzusteigen und schloss dann die Tür hinter ihr.

KYLE

Es fühlte sich komisch an, so selbstverständlich neben Joey die Treppen nach oben zu seiner Wohnung zu gehen. Irgendwie so, als hätte sie etwas in ihrem Leben verpasst. Das Ereignis, das es normal machte, mit zu einem überdimensional großen Mann nach Hause zu gehen.

Aber war es nicht genau das, was sie so dringend wollte? Zurück in ein normales Leben finden? Ein Leben ohne Angst und Vorurteile?

Das war ihre Chance. Sie musste lediglich zugreifen und annehmen, was dieser wunderbare Mann ihr anbot.

"Du bist sehr still", sagte er, während er die Wohnung aufschloss.

"In Gedanken" gab sie zurück und lächelte, um ihre Worte abzumildern, als er die Augenbrauen zusammenzog.

"Ich hoffe, das wird gut für mich ausgehen." Er schloss die Tür und steuerte auf die Küche zu.

Das hoffte sie auch. Nicht nur für ihn, vor allem für sich selbst. Sie wünschte sich ein Happyend, jemanden, mit dem sie glücklich sein konnte.

Sie nickte und strich mit ihrer Hand sanft über seinen Unterarm, als sie an ihm vorbei zum Küchentisch ging.

Er stellte die Pizzaschachtel, die sie unterwegs besorgt hatten, auf dem Tisch ab und sah sie mit zusammen gezogenen Augenbrauen an.

Ehe sie ihm eine beruhigende Antwort geben konnte, ging die Haustür erneut auf und Tonia stolperte zusammen mit Mike lachend herein.

"Hey, Hallo!", rief Tonia und winkte ihnen fröhlich.

"Zwei Dumme, ein Gedanke", sagte Mike und hob zwei Pizzaschachteln nach oben.

"Ein Doppelpizzadate." Tonia schien dieser Gedanke zu gefallen. Joey eher weniger. Er sah ein wenig genervt aus.

"Ist das okay für dich?", fragte er dann an Kyle gewandt.

"Klar."

Sie mochte Tonia und Mike. Die beiden waren ein perfektes Paar und Kyle fühlte sich in ihrer Gegenwart mehr als wohl.

Joey war während des ganzen Essens sehr still. Er hörte Mike und Tonia zu, die von ihrem Tag im Tattoostudio erzählten, gab hier und da eine Antwort, versuchte aber nicht wirklich etwas zu dem Gespräch beizutragen.

Er schien unzufrieden zu sein, oder in Gedanken, so genau konnte Kyle ihn noch nicht deuten.

Kyle selbst erzählte auf Tonias Nachfrage von ihrem Job bei der Seelsorge, lauschte aber sonst nur dem angeregten Gespräch.

Je mehr Zeit sie mit Tonia und sogar mit Mike verbrachte, desto sympathischer wurden die beiden ihr. Kyle konnte sich gut vorstellen, dass hieraus eine richtige Freundschaft entstehen konnte.

Nach dem Essen scheuchte Tonia sie und Joey aus der Küche. Joey schien sichtlich erleichtert und zog sie eilig an der Hand aufs Sofa.

"Alles okay bei dir?", fragte Kyle unsicher.

"Ja. Ich bin nur froh, dich endlich für mich zu haben. So habe ich mir den Abend nicht vorgestellt." Er grinste schief, legte ihr einen Arm um die Schulter und zog sie dann an seine Brust.

Wieder erstaunte es sie, wie wohl sie sich in seiner

starken Umarmung fühlte und schmiegte sich noch enger an ihn.

"Bleibst du?", fragte er nach einigen Minuten des Schweigens.

Sie hob ihr Kinn und sah ihn fragend an.

"Heute Nacht", präzisierte er.

Sie überlegte einen Moment. Sie wollte bleiben, war aber noch nicht bereit für mehr.

Doch das schien er auch nicht zu erwarten. Er schien es genauso wie sie lieber langsam angehen zu lassen, was es ihr leichter machte, sich auf ihn einzulassen.

Noch ehe sie ihm Antworten konnte, sagte er: "Schau nicht so sorgenvoll. Nur schlafen, dich im Arm halten und ein bisschen reden."

"Okay. Ich muss aber früh los", stimmte sie schließlich zu. Sie wollte es versuchen, wollte ein eigenes Leben und wenn es mit einem Mann an ihrer Seite klappen würde, dann mit ihm.

"Wohin?"

"Ich habe Julie versprochen auf Ethan aufzupassen, während sie bei ihrem Arzttermin ist."

Joey küsste sie auf den Scheitel. Sie liebte das. Wenn sie ehrlich zu sich selbst war, liebte sie so ziemlich jede dieser liebevollen Gesten, mit denen Joey sie bedachte.

"Ich könnte dir Gesellschaft leisten." Er sah ein klein wenig unschlüssig aus, als würde er gern die ein oder andere Einschränkung hinterherschieben.

"Wenn du willst …"

"Ja", antwortete er aber ohne Zögern und sagte dann: "Wie wäre es jetzt mit einem Film?"

Auf ihr Nicken hin griff er nach der Fernbedienung und startete Apple-TV.

Er wählte eine Komödie. Genau das richtige für diesen Abend.

Wenig später gesellten sich auch Tonia und Mike zu ihnen. Kyle hätte sich nicht wohler fühlen können. Es war wie in einer richtigen WG. Gute Freunde, einen Mann an ihrer Seite und viel Spaß.

Wenn sie ehrlich zu sich selbst war, gefiel es ihr sogar besser als bei Julie zuhause. Dort kam sie sich oft so vor wie das fünfte Rad am Wagen.

Sie war der Eindringling in dieser kleinen, perfekten Familie.

Julie lag immer in Gregors Armen, genauso wie sie es in diesem Moment bei Joey tat.

Ethan schmiegte sich meistens an seine Mutter und Kyle saß allein in einem Sessel und bestaunte dieses Familienglück.

Julie hatte es geschafft. Julie hatte den Teufelskreis durchbrochen und sich ihr eigenes Glück gesucht.

In diesem Moment war Kyle entschlossener denn je, ihr Leben jetzt neu zu beginnen.

10 GESTÄNDNISSE

JOEY

Als er aus dem Bad zurück in sein Schlafzimmer kam, saß Kyle bereits umgezogen am Bettrand.

Sie gefiel ihm verdammt gut in seinen Klamotten. Zwar waren ihr die Sachen viel zu groß, aber sie waren von ihm und das gab ihm ein gutes Gefühl.

Als sie ihn bemerkte, sah sie auf und lächelte. Joey trat ins Zimmer und schloss die Tür hinter sich.

"Wer ist das?", fragte sie und deutete auf das Bild, das auf dem Nachttisch stand.

Joeys Herz krampfte sich sofort zusammen.

Er wollte jetzt nicht an Lisa und die Vergangenheit denken. Er wollte seine Zeit mit Kyle genießen und vergessen, was ihm vor Jahren das Herz in Stücke gerissen hatte.

Aber er wusste, dass er um dieses Thema nicht herum kommen würde. Dafür war es ein viel zu großer Teil von ihm selbst.

Widerwillig setzte er sich neben Kyle und nahm das Bild in die Hand.

Er sah es sich einen Augenblick schweigend an und spürte, wie sein Herz schwer wurde.

Er deutete auf eine zehn Jahre jüngere Version von sich selbst. "Das bin ich."

Kyle sah ihn mit großen Augen an. "Mein Gott, von dir gab es ja mal noch mehr!"

Joey lachte auf. "Ja, da stand ich mitten im Training." Sanft streichelte er über den Holzrahmen des Bildes.

"Das ist Mike", fuhr er dann fort.

"Puh … gut, dass er sich die Haare geschnitten hat!"

"Ja, ist noch gar nicht so lange her."

Er lächelte, als er Mike mit seinen langen Fransen auf dem Bild ansah. Dann deutete er auf ein junges Mädchen mit langen blonden Locken. "Das ist Candy. Du kennst sie, glaube ich."

Kyle nickte. "Ja, damals sah sie noch viel süßer aus als heute. So unbeschwert."

"Sag ihr das nicht, darauf reagiert sie allergisch", gab er zurück und lachte, obwohl es die Wahrheit war.

Süß war für Candy der Inbegriff dessen, was ihr Leben ruiniert hat.

"Ich wusste nicht, dass ihr euch schon so lange kennt", sagte Kyle lächelnd.

"Ja, ich kenne sie schon mein halbes Leben."

"Und wer ist das?", fragte sie dann und deutete auf Lisa.

Joeys Herz zog sich zusammen. Es fiel ihm unglaublich schwer über Lisa und das, was passiert war, zu sprechen. "Das … das ist Lisa."

Kyle schien zu bemerken, dass das ein heikles Thema war, denn das zauberhafte Lächeln auf ihrem Gesicht war verschwunden.

"Sie ist … sie war Candys große Schwester und … " Er atmete einmal tief durch, dann ein zweites Mal. "Und meine erste große Liebe."

Kyle versteifte sich merklich neben ihm, doch jetzt konnte er nicht mehr zurück. Sie musste es erfahren, musste alles wissen.

"Sie und Candy, sie hatten keine leichte Kindheit. Lisa hat alles getan, um Candy zu beschützen, und ist schlussendlich daran zerbrochen."

"Ich verstehe dich nicht", sagte Kyle leise. Wie sollte sie auch?

"Sie hat sie immer in Schutz genommen, von ihr abgelenkt und alles ertragen, was ihre Eltern ihr zumuteten. Ich … ich habe gesehen, wie sie innerlich daran zerbrach. Ich wollte sie da rausholen. Beide!"

Joey bemerkte erst, dass seine Arme vor Anspannung zitterten, als Kyle beruhigend über seine Hand strich.

Er atmete tief durch, versuchte sich zu beruhigen und den Schmerz nicht zu nah an sich heranzulassen.

"Ich wollte sie mitnehmen, mit ihnen durchbrennen. Aber Lisa wollte warten, bis Candy 16 ist. Ich habe dabei zugesehen, wie es ihr Woche um Woche schlechter ging. Ich habe einfach nur dafür gebetet, dass die Zeit schnell vorbeigeht, damit wir endlich wegkönnen."

Noch einmal holte er tief Luft. "Lisa hat sich immer weiter vor uns allen zurückgezogen. Ich habe überhaupt nicht mitbekommen, dass sie angefangen hatte Drogen zu nehmen. Erst zu spät. Wir haben uns heftig gestritten, immer wieder. Es war mein Fehler. Ich hätte Verständnis haben müssen …"

"Du wolltest doch nur das Beste für sie", flüsterte Kyle, hob ihre Hand und streichelte sanft über seinen Nacken.

"Ja, aber … ich habe ihr noch zusätzlich Druck gemacht. Das zusammen mit der immer schlimmer werdenden Situation zuhause hat sie nur noch weiter in die Sucht getrieben. Bis sie … bis …"

Er schluckte krampfhaft und presste schließlich mühsam ein einziges Wort hervor. "Überdosis."

Kyles Finger an seinem Nacken verkrampften sich und er hörte wie sie scharf Luft holte.

"Mein Gott …"

Er nickte nur und spürte das vertraute Brennen in

seinen Augen, immer wenn er an Lisas Tod dachte.

Sein Herz schlug so hart in seiner Brust, dass es sich anfühlte, als würde es ihm mit jedem Schlag aus der Brust springen.

Er schüttelte die Gedanken ab. Er musste das hinter sich bringen. Kyle musste es wissen, aber er wollte es schnell enden lassen. Er konnte sich nicht so lange in seinen Erinnerungen aufhalten.

Tief durchatmend fuhr er fort. "Ich habe ein paar Wochen gebraucht, für mich … um klarzukommen. Dann habe ich mir Candy geschnappt und bin mit ihr und Mike abgehauen. Wir hatten schon alles vorbereitet. Eine Wohnung in einem anderen Stadtteil, alles, was wir brauchen würden. Möbel, die wir schon mit Lisa ausgesucht hatten. Genug Ersparnisse. Alles, außer Lisa. Aber ich schwor mir, dass ich Candy nicht verlieren würde."

Kyle begann wieder ihn zu streicheln. Es fühlte sich verdammt gut an. Ihre Wärme, ihr Verständnis. Er hoffte, dass sie noch immer bei ihm sein würde, wenn sie auch den Rest kannte. "Aber ich hätte sie beinahe auch verloren. Ich war so besessen davon sie zu beschützen, alles von ihr zu wissen, jeden Gedankengang, jedes Gefühl, alles, dass ich sie beinahe damit erdrückt hätte."

"Es geht ihr gut", sagte Kyle leise.

"Aber nicht dank mir. Ich hätte sie beinahe gebrochen. Wäre sie nicht vor mir davongelaufen …"

"Du wolltest nur ihr bestes!"

Joey schluckte hart. Das hatte er damals auch gedacht. Heute war er sich da nicht mehr so sicher.

"Ich weiß es nicht … vielleicht … vielleicht war ich auch einfach nur selbstsüchtig und wollte mir das einzige bewahren, was mir von Lisa noch geblieben war."

"So bist du nicht, Joey."

"Nein? Ich weiß es selbst nicht. Aber ich bin froh, dass sie jetzt Justin hat. Dass sie glücklich ist und diesen grauenhaften Teil ihrer Vergangenheit überwinden konnte."

"Und du?", flüsterte Kyle.

"Ich?"

"Hast du ihn überwunden?"

"Ich habe meinen Frieden gefunden. Es tut weh an das alles zu denken, aber ich kann mein Leben genießen."

Als er aufsah, sah er, dass Kyle verständnisvoll nickte. "Du bist ein starker Mann, Joey."

Er grinste schief. "Meistens, wenn du das sagst, ist es nicht gerade ein Kompliment."

Sie lächelte und tippte dann mit einem Finger auf seine Brust, direkt über seinem Herzen. "Hier bist du stark und dafür bewundere ich dich."

Er beugte sich zu ihr und küsste sie sanft. Sie wusste nicht, wie stark sie selbst war. Er hatte die langen senkrechten Narben an ihren Unterarmen gesehen. Sie war so weit gewesen, ihrem Leben ein Ende zu setzen und hatte es doch zurückgeschafft.

Irgendwann würden sie auch darüber sprechen müssen, aber Kyle war noch nicht so weit. Da er wusste, wie schwer es war, sich mit der Vergangenheit auseinander zu setzen, würde er sie niemals dazu drängen.

Sie selbst würde entscheiden, wann es soweit war.

Ihre Entscheidung, die Narben durch etwas Schönes zu ersetzen, war das richtige.

Er freute sich darauf, die Tätowierungen über die Narben zu stechen, bei ihr zu sein, wenn sie einen weiteren Schritt in ihr neues Leben ging.

Er selbst würde es genauso machen, wenn es möglich wäre, die Narben auf seiner Seele mit Tinte zu tränken.

Sein Blick fiel wieder auf das Bild, das ihn seit Jahren begleitete.

Vielleicht war das der Anfang. Er atmete tief durch und stellte das Bild nicht auf seinen angestammten Platz auf dem Nachttisch, sondern legte es vorsichtig in die Schublade darunter.

Es war Zeit loszulassen.

Kyle beobachtete ihn genau.

Er konnte in ihrem Gesicht sehen, dass sie nicht sicher war, ob er das richtige tat. Aber *er* war sich sicher.

"Komm, lass uns schlafen", sagte er dann sanft, schlüpfte unter die Decke und breitete seinen Arm aus, damit sie sich wieder an ihn schmiegen konnte.

Kyle zögerte noch einem Moment, doch dann legte sie sich zu ihm.

Ja, es war genau das richtige. Jetzt begann sein neues Leben. Zusammen mit Kyle.

KYLE

"Danke", sagte sie leise, nachdem sie einige Minuten schweigend aneinander gekuschelt da gelegen hatten.

"Danke, dass du mir zugehört hast", gab er ebenso leise zurück.

Sie stemmte sich auf den Ellenbogen und beugte sich über ihn. Sie wollte ihn küssen, spüren, dass er bei ihr war und nicht in der Erinnerung versunken. Sie wusste, wie schnell man sich dort verlieren konnte.

Sanft legte sie ihre Lippen auf seine, streichelte darüber, bis er den Kuss genauso vorsichtig erwiderte. Als sie mit ihrer Zunge über seinen weichen Mund fuhr, öffnete er ihn sofort.

Er schmeckte frisch, nach Minze und Joey. Seine Zunge war weich und warm. Sie würde ihn endlos lange küssen können, sich in ihm verlieren.

Er streichelte ihren Rücken, ihre Hüfte und umfasste schließlich ihren Po, um sie näher an sich zu ziehen.

Es fühlte sich gut an. So gut, dass sie mehr von ihm spüren wollte. Seinen warmen, starken Körper an ihrem und ihre Brust an seine gedrückt.

Ihr Kuss wurde inniger und sein Griff fester, doch sie fühlte sich noch immer nicht unwohl. Im Gegenteil, sie fühlte sich lebendiger als in den ganzen letzten Jahren.

Als Joeys Lippen über ihre Wange zu ihrem Hals

wanderten, stöhnte sie leise auf.

"Wir sollten aufhören, Babe", raunte er, ohne seine streichelnden Hände von ihrem Po zu nehmen.

Das Wissen, dass er jederzeit für sie zurückstecken würde und die Art, wie er mit ihrem letzten Rückzieher umgegangen war, verliehen ihr die notwendige Sicherheit weiter zu gehen. Sie wollte ein klein wenig mehr von ihm spüren, mehr von ihm erforschen und ihre eigenen Grenzen austesten.

Vor allem aber wollte sie nicht, dass er aufhörte. Sie genoss das Prickeln, dass er durch ihren ganzen Körper schickte.

Ohne weiter darüber nachzudenken, schwang sie ein Bein über ihn und setzte sich rittlings auf ihn. Er stöhnte, als sie mit ihrer Mitte seinen harten Schwanz berührte.

Alles in ihr zog sich zusammen, sie wollte mehr von diesem Gefühl, brauchte mehr.

Vorsichtig ließ sie ihr Becken auf ihm kreisen, bis Joeys Griff so fest wurde, dass sie sich nicht mehr bewegen konnte.

"Bitte … ich …" Er schluckte schwer und sah sie mit trüben Augen an. "Ich will dich … aber ich will dich richtig, wenn ich endlich diese verdammte Schiene los bin", presste er mühsam hervor.

Kyle lächelte. Es gefiel ihr, so viel Macht über diesen riesigen und doch so sanften Mann zu haben.

Sie lehnte sich nach vorn, stützte sich mit einer Hand neben seinem Kopf ab und küsste ihn wieder leidenschaftlich.

Sie wollte ihn. Jetzt. Es musste nicht bis zum äußersten gehen, aber sie konnte nicht mehr warten, musste etwas von der Spannung zwischen ihnen abbauen.

Ihre zweite Hand schob sie zwischen sie und in seine Shorts.

Er stöhnte in ihren Kuss, als sie seinen Schwanz umschloss und sanft zu streicheln begann.

Er war hart und groß. Nicht übermäßig lang, dafür dick

und fühlte sich verdammt gut in ihrer Hand an.

Seine Hand verkrampfte sich an ihrer Hüfte, als sie mit mehr Druck die gesamte Länge auf und ab fuhr.

Sein Kuss wurde gieriger, ungezügelter, als könnte er sich kaum noch beherrschen. Genau so wollte sie ihn. Er sollte sich ebenso nach Erlösung sehnen, wie sie es tat.

Joey schob seine Hand vorn in ihre Shorts und zwischen ihre Beine. Als er auf ihre Nässe stieß, stöhnte er abermals und auch Kyle konnte ein Wimmern nicht mehr unterdrücken.

Seine starken Finger streichelten unendlich sanft über ihre Spalte, bis sie schließlich ihre Perle fanden. Mit leichtem Druck rieb er darüber und schickte herrliche Stromstöße durch ihren Unterleib.

Dann ließ er zwei seiner Finger in sie gleiten und massierte mit dem Handballen weiterhin ihre Klit.

Kyle keuchte und unterbrach ihren Kuss, nicht fähig, sich weiter darauf zu konzentrieren.

Stöhnend bewegte sie ihr Becken vor und zurück, während ihr Griff um seinen Schwanz automatisch fester wurde.

"Das ist so gut, Babe", keuchte er und begann in ihre Faust zu stoßen.

Der Ausdruck grenzenloser Leidenschaft in seinem Gesicht erregte sie noch mehr. Beinahe synchron wurden ihre Bewegungen schneller und ihr Atem hektischer.

"Fuck", stöhnte er und seine Finger verkrampften sich in ihr, während sein Schwanz in ihrer Hand zu zucken begann.

Er warf seinen Kopf in den Nacken und stöhnte ihren Namen, was sie ihm augenblicklich in den Orgasmus folgen ließ.

Ihr Blick verschwamm und ihr Unterleib zog sich in Kontraktionen um seine Finger zusammen. Ihr gesamter Körper spannte sich an, bis sie zitternd und erschöpft auf ihm zusammenbrach.

Sie spürte seinen kräftigen Herzschlag und hörte seine

keuchenden Atemzüge, die den ihren so ähnlich waren.

Zu keiner Bewegung fähig blieb sie einfach auf ihm liegen.

Ihre Hand um seinen Schwanz, seine Finger noch immer in ihr.

Als er seine Finger langsam aus ihr zurückzog, stöhnte sie leise auf und ließ sich auf die Seite fallen.

"Ich bin gleich zurück", murmelte er, noch immer deutlich außer Atem.

Kurze Zeit später schlüpfte er, nach Seife riechend, wieder zu ihr ins Bett und zog sie fest an sich.

Völlig erschöpft schlief sie schließlich ein.

11 FRAGEN

JOEY

Zusammen mit Kyle aufzuwachen war das Beste, das er sich an einem Morgen wie diesem vorstellen konnte. Fast noch besser war, dass Kyle bereits wach war und nicht den Anschein machte, als würde sie die letzte Nacht bereuen. Sie sah nicht aus, als würde sie jeden Moment wieder Reißaus nehmen, im Gegenteil.

Kyle lag ganz entspannt an seine Seite gekuschelt da und streichelte mit ihren zarten Fingern über seine Brust.

"Guten Morgen", murmelte er.

Sie lächelte zu ihm auf. "Guten Morgen."

"Gut geschlafen?"

"Besser als seit Jahren", gab sie grinsend zurück.

Er hätte sich gern dafür auf die Brust getrommelt, dass sie sich in seiner Gegenwart so sehr entspannen konnte, beschloss aber, dass es das nicht wert sei, sie dafür loszulassen.

Also grinste er nur breit. "Das höre ich gern."

Lachend schüttelte sie den Kopf und drückte ihm dann einen Kuss auf die nackte Brust.

"Du stoppelst", sagte sie dann irritiert.

Gequält verzog er das Gesicht. "Schon wieder?" Doch als er mit den Fingern über seine Brust fuhr spürte er es selbst.

Er hasste das. Leider war er einer der Männer, die mit viel Brusthaar gesegnet war.

"Sieht so aus", unterbracht Kyle in neckendem Ton seine Gedankengänge.

"Schlaf lieber wieder, Babe, dann kannst du mich schon nicht ärgern."

Seufzend schmiegte sie sich an ihn. "Ich würde gern, aber ich muss nach Hause."

"Du darfst gerne bleiben." Er drückte sie fester an sich, nicht gewillt, sie jetzt schon wieder gehen zu lassen.

"Ich muss Babysitten, erinnerst du dich?"

Stimmt … da war etwas. Verdammt.

"Okay. Dann hoch mit dir, ich muss noch duschen, bevor wir los können."

Sie setzte sich auf und lächelte sanft. "Du musst nicht mitkommen."

"Als würde ich mir auch nur eine Minute mit dir entgehen lassen!" Er küsste sie auf den Nacken und sprang dann aus dem Bett.

Wenn er nicht gleich unter die Dusche kam, würde Kyle nirgendwo hingehen.

Sie wartete bereits fertig angezogen im Wohnzimmer auf ihn. Mike saß mit ihr auf dem Sofa und die beiden unterhielten sich angeregt.

Joey musste sich selbst eingestehen, dass er ein bisschen eifersüchtig auf seinen Freund war. Irgendwie war es ihm mühelos gelungen, eine Freundschaft zu Kyle aufzubauen, wo er selbst sich jeden noch so kleinen Zentimeter hart erkämpfen musste.

Das einzige, was ihn davon abhielt sauer zu werden, war die Tatsache, dass Tonia eng an ihn geschmiegt da saß und Mike sie unablässig streichelte.

Glücklicher Mistkerl!

Bei ihm schien alles so einfach zu sein. Jeder mochte ihn … obwohl, eigentlich konnte Joey sich auch nicht beschweren. Bis auf Kyle hatte er nie Probleme damit gehabt, eine Frau für sich zu gewinnen.

Als Kyle zu ihm aufsah und ihn offen anlächelte, verrauchte seine Eifersucht sofort.

Er hatte auch sie für sich gewonnen. Noch nicht voll und ganz, aber er hatte die größte Hürde hinter sich.

Er ging zu ihr, beugte sich nach unten und küsste sie auf die Stirn.

"Bereit zum Babysitten, Süße?"

Tonia lachte ungeniert auf. "Du und Babysitten?"

Er funkelte sie böse an.

"Klar. Ist ja nicht das erste Mal." Wobei er sich mit Grauen an die kleinen, matschigen Füße in seinem Camy zurückerinnerte. "Wir wollen doch nicht wieder auf den Spielplatz, oder Babe?", fragte er vorsichtig.

Kyle schüttelte den Kopf, sah ihn aber völlig verständnislos an. "Es ist schon zu spät, Ethan muss dann seinen Mittagsschlaf machen."

Innerlich schüttelte Joey den Kopf. Es war nicht spät. Es war früh am Morgen. Nur im Vergleich zu ihren sonstigen Terminen war es vielleicht spät, da Kyle die Angewohnheit hatte, zu unchristlichen Zeiten außer Haus zu gehen.

Aber er nickte nur erleichtert. "Also dann, auf in den Kampf."

Sie verabschiedeten sich von den anderen beiden und verließen das Haus.

Gregor und Julie grinsten wissend, als sie an ihrem Haus ankamen.

Joey hätte das nicht gestört, aber Kyle wand sich verlegen unter ihren Blicken und war sichtlich froh, als Ethan angerannt kam und sich in ihre Arme warf.

"Wir sind gegen zwölf Uhr zurück", sagte Gregor und half Julie in ihre Jacke.

"Viel Spaß und bring mir die Bilder mit!", rief Kyle, die mit Ethan auf dem Arm ins Wohnzimmer verschwand.

Stirnrunzelnd sah Joey zu Gregor. "Bilder?"

"Ultraschall", sagte dieser und grinste stolz.

Joey nickte. Er verstand zwar nicht, was daran so toll sein sollte, aber okay. In seiner Erinnerung sahen diese Bilder immer nur aus wie Schwarz-Weiße Schemen, auf denen man sowieso nichts erkennen konnte.

Als er die Tür hinter den beiden geschlossen hatte, folgte er Kyle ins Wohnzimmer. Ethan spielte mit einer Plastikpuppe und Kyle saß neben ihm am Boden.

Joey setzte sich auf das Sofa und beobachtete die beiden.

Sie wirkte gelöst, freier und glücklicher als er sie jemals mit einem anderen Menschen gesehen hatte. Es war, als würde dieser kleine Junge sämtliche Mauern einreißen, die sie so sorgsam um sich herum aufgestellt hatte.

Während sie mit ihm sprach und spielte, sah sie immer wieder auf und lächelte ihn so glücklich an, dass ihm überhaupt nichts anderes übrig blieb, als dieses Lächeln zu erwidern.

Es machte ihm noch nicht einmal etwas aus, dass sie so gar keine Zeit für ihn hatte. Sie so glücklich und friedlich zu sehen, war mehr als genug.

"Spielst du ein bisschen alleine, Ethan?", fragte sie nach einer ganzen Weile.

Der kleine Junge nickte, ohne aufzusehen. Kyle rappelte sich auf und kam zu ihm.

Sie setzte sich nah neben ihn und Joey legte ihr einen Arm um die Schultern. Es fühlte sich richtig an, hier mit ihr zu sitzen und die Stille des Augenblicks zu genießen.

"Sie sind so unschuldig und frei, findest du nicht?", fragte sie.

"Wer?", fragte er verwirrt, da sie ihn mitten aus seinen Gedanken gerissen hatte.

"Kinder. Sie leben einfach im Hier und Jetzt. Keine Sorgen über die Zukunft oder die Vergangenheit."

Er hätte gern gesagt, dass ihre kleinen Köpfe dazu einfach noch nicht in der Lage waren, aber Kyle meinte es ernst. Ihr Blick war voller Bewunderung, als sie den kleinen Jungen beobachtete.

Also beugte er sich nur zu ihr und küsste sie sanft auf den Hals. Sie hob ihre Hand und streichelte seine Wange, ehe sie seinen Kopf hob, um ihn zärtlich auf die Lippen zu küssen.

Er genoss ihre weichen Lippen, die Art, wie ihre Finger sanft über sein Gesicht strichen. Jede ihrer Berührungen war federleicht und elektrisierend zugleich.

Sie war wie eine Fee. Leicht, zerbrechlich und zart. Er wollte sie beschützen, sich um sie kümmern und ihr die Sicherheit geben, die sie brauchte.

Er wollte … ein Schrei, gefolgt von grausamen sirenenartigem Geheule, riss ihn aus seinen Gedanken.

Kyle machte sich augenblicklich von ihm los und rannte zu Ethan. In diesem Moment verfluchte er ihn und all diese unschuldig wirkenden Kinder, die ihm seine Kyle wegnahmen.

Dann schüttelte er über sich selbst den Kopf. Er konnte doch nicht allen Ernstes auf ein Kind eifersüchtig sein!

"Schon okay, Ethan. Ich bekomme das wieder hin. Versprochen!", redete Kyle auf den kleinen Jungen ein.

Er konnte nicht erkennen, was genau los war, dem Geschrei nach musste er sich aber ernsthaft verletzt haben.

Also stand er auf und ging zu den beiden hinüber. "Brauchen wir einen Krankenwagen oder soll ich fahren?", fragte er im Gehen.

Kyle stand mit Ethan auf dem Arm auf und lächelte ihn an.

"Keins von beidem. Schwester Kyle kann den Patienten selbst operieren. Kannst du Ethan nehmen?"

Im selben Moment drückte sie Ethan bereits in seine Arme.

Der Kleine heulte nur noch lauter und Joey hatte das

dringende Bedürfnis ihn irgendwo abzusetzen und sich die Ohren zuzuhalten.

Um es Kyle recht zu machen, setzte er ihn sich auf die Hüfte und ging ihr hinterher in die Küche. Sie riss eine Schranktür nach der anderen auf und murmelte leise Flüche vor sich hin.

"Was ist überhaupt passiert?", fragte er, da er keine größeren Verletzungen erkennen konnte.

"Batman hat seinen Arm verloren", antwortete Kyle ohne ihre Suche aufzugeben.

"Batman?" Prüfend sah er Ethan an, ob es vielleicht nur ein Spitzname war, aber der immer noch hysterisch heulende Ethan hatte noch beide Arme.

Kyle hob eine kleine Plastikfigur hoch.

Batman. Natürlich. Und warum heult dieser Junge so?

Er setzte Ethan auf den Küchentisch und sah ihn ernst an. "Hör mal, Ethan. Echte Männer weinen nicht wie kleine Babys!"

Ethan sah ihn mit riesigen, nassen Augen an, doch zumindest die Sirene fand ein Ende.

"Er ist noch ein Baby, Joey!", sagte Kyle und klang ein wenig genervt, während sie weitere Schranktüren auf zog und zuschlug.

"Du bist kein Baby, Ethan, stimmts?"

Der Kleine nickte.

"Gut. Tante Kyle bringt das in Ordnung und währenddessen sind wir beide ganz tapfer."

Wieder nickte er und schniefte dann leise. Seine Wangen waren tränennass und seine Nase lief.

Joey schüttelte sich bei dem Anblick. Da er sich nicht anders zu helfen wusste, hob er den Saum von Ethans Shirt und wischte ihm die Nase ab.

"Was suchst du überhaupt?", fragte er an Kyle gewandt.

"Sekundenkleber. Er muss hier irgendwo sein …", murmelte sie.

"Vielleicht hat sie einfach keinen."

Sofort wurde Ethans Schluchzen wieder lauter.

"Natürlich hat Julie Sekundenkleber. Jede gute Mutter hat Sekundenkleber!" Mittlerweile klang sie aufgebracht.

"Woher weißt du das?", fragte er und beobachtete sie weiter. Doch Kyle schwieg nur.

Dann ließ sie erleichtert die Schultern fallen, als sie eine Tube Sekundenkleber im Kühlschrank fand.

"Da ist er ja. Einen kleinen Moment, dann hat Batman seinen Arm wieder."

Kyle reparierte Batman fachmännisch und wickelte dann ein Gummiband um die Figur, um den Arm zu fixieren.

"So, siehst du, Ethan? Jetzt muss er nur noch trocknen, dann ist Batman wie neu."

Der kleine Junge strahlte glücklich und streckte die Arme nach Kyle aus.

"Am besten du machst jetzt deinen Mittagsschlaf und dann kannst du wieder mit ihm spielen."

Kyles Blick fiel auf sein Shirt, dann runzelte sie die Stirn. "Gut, dass wir jetzt deinen Schlafanzug anziehen."

Sie nahm Ethan auf den Arm und verließ die Küche. Joey verzog sich erschöpft zurück auf die Couch.

KYLE

Nachdem sie Ethan in seinen Lieblingsschlafanzug gesteckt und ins Bett gelegt hatte, kehrte sie zu Joey ins Wohnzimmer zurück.

Er musterte sie prüfend und sah aus, als würden jeden Moment Unmengen an Fragen über seine Lippen kommen. Aber Kyle war noch nicht bereit. Sie konnte sich dem noch nicht stellen, also ging sie zielstrebig auf ihn zu und setzte sich rittlings auf seinen Schoß.

Joey sah sie stirnrunzelnd an. Doch noch ehe er etwas sagen konnte, küsste sie ihn.

Es dauerte nicht lang und Joey erwiderte ihren Kuss. Er schlang seine Arme um ihre Mitte und zog sie enger an sich.

Als sie mit ihrer Zunge über seine Lippen strich, zog er sich zurück.

Immer noch war sein Blick forschend. "Kyle …"

"Jetzt haben wir endlich ein bisschen Zeit für uns", unterbrach sie ihn, beugte sich nach vorn und knabberte an seinem Kinn.

"Kyle … wir …"

Sie wanderte sein Kiefer entlang und leckte an seinem Ohrläppchen, was ihn leise aufstöhnen ließ.

"Ja, wir sollten die Zeit nutzen …", murmelte sie in sein Ohr und knabberte dann leicht an seinem Hals.

Als er erneut zu einer Erwiderung ansetzten wollte, verschloss sie seinen Mund mit einem Kuss und rutschte näher an ihn heran, bis sie seine beginnende Erektion an ihrer Mitte spüren konnte.

Er stöhnte in ihren Kuss hinein und presste sie enger an sich. Mit ihren Fingernägeln fuhr sie über seinen Nacken und presste ihre Brüste an seine breite Brust.

Joey öffnete seinen Mund und schob seine Zunge in ihren. Dann drehte er sie auf den Rücken und kam zwischen ihren Schenkeln zum Liegen.

Sie fühlte sich verwegen und sexy, so stark wie er auf sie reagierte. Dann schlang sie ihre Beine um seine Mitte und stöhnte, als sie seinen harten Schwanz an ihrer Klit spürte.

Vorsichtig rieb er sich im selben Rhythmus an ihr, wie seine Zunge mit der ihren spielte.

Kyles Hände strichen über seinen Rücken, pressten ihn näher an sich. Sie wollte ihn ganz spüren, brauchte mehr von ihm. Die vergangene Nacht hatte ihr gezeigt, wie wundervoll alles mit ihm sein konnte und sie brauchte ihn in diesem Moment mehr als sie sich selbst eingestehen wollte.

Sie wusste nicht, ob Sekunden, Minuten oder Stunden vergangen waren, in denen sie sich in ihren Küssen und Liebkosungen verloren hatten. Sie wusste nur, dass es zu wenig war, als Ethans Rufe zu ihr durchdrangen.

Sie erstarrten gleichzeitig. Joey löste sich von ihren Lippen und sah ihr lange in die Augen, dann legte er seinen Kopf an ihre Brust und murmelte: "Verdammt!"

Genau das ging auch in Kyles Kopf vor, dennoch schob sie ihn sanft an den Schultern von sich.

Joey ließ sich zurück auf das Sofa fallen und zog seine Hose ein Stück nach unten, um mehr Platz für seine Erektion zu schaffen, während Kyle sich bereits auf den Weg zu Ethan machte.

Als sie den strahlenden Ethan aus dem Bett hob, hörte sie die Haustüre ins Schloss fallen, dicht gefolgt von Julies und Gregors Stimmen.

Sie setzte sich den Zwerg auf die Hüfte und ging zurück ins Wohnzimmer.

"Und wie wars?", fragte sie neugierig, während Julie ihr den strampelnden Ethan abnahm.

"Wunderschön! Aber ratet mal, wen wir getroffen haben?"

Kyle sah ihre beiden breit grinsenden Freunde an.

"Ryan und Sky!", sagte Julie aufgeregt und ihre Augen strahlten.

"Nein!"

"Doch! Sky ist wieder schwanger, Ryan war blass wie der Tod und Maya ist wohl ziemlich eifersüchtig, da es bei ihr und Shane noch nicht geklappt hat."

Kyle erinnerte sich an ihr Treffen mit Shane auf dem Spielplatz und lächelte in sich hinein, während Julie aufgeregt vor sich hin plapperte.

Mitten in einer Geschichte darüber, dass Ryan es kaum ertragen konnte, Sky schon wieder so leiden zu sehen, stand Joey auf.

"Ich muss los", murmelte er, küsste Kyle flüchtig auf die Wange und verabschiedete sich kurz von den anderen. Dann verschwand er auch schon aus dem Haus.

"Was ist denn mit dem los?", fragte Julie und sah ihm in Richtung der Haustür hinterher.

"Ich weiß nicht", antwortete Kyle halbehrlich. Sie

befürchtete, dass sie ihn vor den Kopf gestoßen hatte.

Sie wusste, dass sie ihm ein paar Antworten schuldig war, aber sie war einfach noch nicht soweit.

Sie brauchte noch Zeit und konnte nur hoffen, dass Joey das verstand.

Ihr Herz schlug ein paar Takte schneller bei dem Gedanken, dass er sich vor ihr zurückziehen könnte. Vielleicht war ihm das alles zu viel oder zu kompliziert.

Sie könnte es ihm nicht verübeln. Im einen Moment rannte sie vor ihm davon, im nächsten fiel sie über ihn her und das alles, ohne irgendeine Erklärung.

Julie winkte ab, erzählte ihr aufgeregt von ihrem Arztbesuch und zeigte ihr die Ultraschallbilder.

Kyle war nur halb dabei. Ihre Gedanken kreisten um Joeys Abgang und sie war froh, als Ethan Julies Aufmerksamkeit forderte.

Ohne noch länger zu warten verzog sie sich in ihr Zimmer und wählte Joeys Nummer. Das Handy klingelte und klingelte, doch Joey nahm nicht ab.

Konnte er wirklich so wütend auf sie sein? Oder enttäuscht, weil Ethan sie unterbrochen hatte? Aber so empfindlich war er doch nicht … oder?

Sie versuchte es noch einmal ohne Erfolg.

Dann wartete sie fünf Minuten und versuchte es nochmals. Wieder nichts.

Bei ihrem dritten Versuch sprang sofort die Mailbox an und Kyles Herz zog sich zusammen.

So einfach? Eine kleine Hürde und er ließ sie einfach fallen?

Sie wollte es ihm ja sagen, wollte ihm alles erzählen. Warum konnte er ihr nicht einfach noch ein kleines bisschen Zeit zugestehen, ehe sie diese grausame Reise in ihre Vergangenheit antreten musste?

Kyles Augen brannten. Ihre Chance auf ein neues Leben war zum Greifen nah gewesen und jetzt sollte sie schon vorüber sein?

Sie konnte und wollte das nicht glauben. Joey war nicht

der Typ Mann, der einfach aufgab, wenn es schwierig wurde.

Noch vor ein paar Wochen hätte sie das sofort geglaubt, aber nach allem, was er ihr erzählt hatte, wusste sie es besser … oder?

Joey war ein guter Mann, der einem in jeder Lebenslage zur Seite stehen konnte … oder?

Nein. Joey war niemand, der sich den einfachsten Weg suchte … oder?

Ja, sie war eindeutig gut darin, sich mit ihren eigenen Gedanken völlig in den Wahnsinn zu treiben! Sie vergrub ihr Gesicht in ihren Händen und weinte lautlos.

Was auch passierte, wie Joey sich auch entschied, das Schicksal hatte ihr bereits das schlimmste aller Blätter ausgespielt und sie hatte überlebt. Sie würde weiterleben.

12 ENDE IN SICHT

JOEY

Er wollte nicht so mit Kyle auseinander gehen. Er hätte gern noch ein paar Minuten mit ihr allein gehabt, um sich ordentlich von ihr zu verabschieden.

Doch sein Schwanz drückte noch immer gegen den Reißverschluss seiner Hose und sein Termin bei Dr. Totter stand ebenfalls an.

Die ganze Fahrt über auf dem Weg ins Krankenhaus fluchte er lauthals vor sich hin. Das alles war absolut nicht so gelaufen, wie er es geplant hatte.

Und er hasste die Tatsache, dass sie etwas vor ihm verbarg. Er hasste sich selbst dafür, dass er auf ihre Ablenkungsmanöver hereingefallen war. Hätten ihn die letzten 15 Jahre seines Lebens nicht eines Besseren belehren sollen? Hatte er diesen ganzen Verdrängungsmist nicht schon zu genüge mit Lisa und Candy geprobt?

Äußerst schlecht gelaunt parkte er den Wagen auf dem Parkplatz vor dem Krankenhaus und stapfte die Stufen hinauf zum Eingang.

Er betete zu Gott, dass Dr. Totter ihn zumindest von dieser dämlichen Schiene befreien würde.

Die Krankenschwester forderte ihn auf im Wartezimmer Platz zu nehmen.

Seine Laune wurde dadurch bei Weitem nicht besser. Er kramte in seinen Jacken- und Hosentaschen nach seinem Handy, damit er etwas hatte, mit dem er sich ablenken konnte, fand es aber nicht.

Verdammt! Es lag bestimmt im Camy.

Nach einiger Zeit wurde er zum Röntgen gerufen, musste sich dann aber wieder ins Wartezimmer setzen. Es dauerte fast eine dreiviertel Stunde bis er endlich zu Dr. Totter gerufen wurde.

"Hallo … oh, Sie sehen nicht gerade bestens gelaunt aus." Die Ärztin lächelte ihn an und bedeutete ihm dann auf der Liege Platz zu nehmen.

"Ich warte schon ewig", brummte er und streckte ihr dann ungeduldig den Arm entgegen.

"Einen Moment noch." Sie rief seine Röntgendatei am Computer auf und studierte die Aufnahme.

"Das sieht sehr gut aus. Ich denke; wir können die Schiene abnehmen."

"Endlich!" Erleichtert sackte er in sich zusammen.

"Am besten Sie gehen danach direkt zu Dave, der kann Ihnen die nötigen Rezepte für die Physiotherapie aufschreiben."

"Physiotherapie?"

"Ja, die Muskulatur muss sich wieder aufbauen und die Hand schonend an ihre Arbeit gewöhnt werden", sagte sie ruhig, während sie ihre Werkzeuge herrichtete.

"So ein Quatsch. Ich …"

"Ich werde nicht mit Ihnen diskutieren, diesen Part überlasse ich liebend gern Dave."

"Ich …"

"Papapa. Dave!", sagte sie mit Nachdruck. "Sonst mache ich die Schiene gar nicht ab."

Widerwillig nickte Joey.

Stures Weibsbild!

Joey war froh, als er das Krankenhaus endlich verlassen durfte. Vom Parkplatz aus wollte er Dave anrufen, um sich zu vergewissern, dass Dr. Totter nur übertrieb. Leider war sein verdammtes Handy aus. Akku leer.

Also machte er sich auf den Weg zu Daves Praxis.

Immerhin musste er dort nicht warten. Dave verabschiedete gerade eine junge Mutter mit ihrem kleinen Kind und lächelte ihm entgegen.

"Hallo Joey, du hast Glück, wenig los heute."

"Hey Dave", gab er zurück und nickte der Arzthelferin im Vorbeigehen zu.

Stirnrunzelnd schloss Dave die schwere Holztür zum Behandlungsraum hinter ihnen.

"Du hast ja beste Laune. Was ist los?", fragte Dave ihn und lehnte sich gegen die Kante seines Schreibtischs.

Mit dem weißen Kittel und den zurückgestrichenen blonden Haaren sah er aus, als wäre er direkt aus einer dieser Arztserien im Fernsehen entsprungen.

"Ich musste ewig bei Dr. Totter warten, dann faselt sie wirres Zeug, mein Trommelfell hat einen dauerhaften Schaden durch Kindergeheule und meine Eier sind blau", grummelte er.

"Hat es dich getreten?", fragte Dave und verzog schon mitleidend das Gesicht.

"Nein, dieser kleine Terrorist in Batmanverkleidung hat mich und Kyle beim wichtigsten Teil unterbrochen."

Dave lachte. "So, du und die Handbrecherin?"

"Ja. Sie ist es. Sie ist perfekt." Joey lächelte bei der Erinnerung an Kyle.

"Hört sich gut an."

"Ja. Und bei dir? Wie läuft es mit Theresa?"

Dave verdrehte die Augen. "Ich glaube, ich bin einfach nicht dafür geschaffen."

"Vielleicht ist sie auch einfach nur die falsche Frau für dich."

"Nein. Sie ist genau so wie ich mir meine Frau immer vorgestellt habe."

"Strohdumm?"

Dave sah ihn finster an. "Hübsch, blond, groß, schlank, kultiviert."

"Strohdumm. Du brauchst kein hübsches Anhängsel, Dave. Du brauchst eine Frau, die es geistig mit dir aufnehmen kann!"

"Ich werde es noch ein bisschen probieren. Theresa ist okay und … ach lassen wir das, was macht deine Hand?"

Die Art wie Dave das Thema wechselte zeigte ihm eindeutig, dass gar nichts okay war. Aber gut, sein Freund würde reden, wenn er soweit war.

"Alles in Ordnung, ich kann wieder loslegen."

Zweifelnd sah Dave ihn an. "Ich stelle dir ein Rezept für die Krankengymnastik aus. Du kannst zu Tom gehen, er macht dich schnell wieder fit."

"Du nicht auch noch!"

"Mach das und du wirst im Handumdrehen wieder arbeiten. Lass es und du wirst noch in einem halben Jahr darüber fluchen."

KYLE

Es war schon Abend, als das Klingeln ihres Handys sie aus ihren Gedanken riss. Aufgeregt sprang sie auf, in der Hoffnung, dass Joey sich endlich melden würde.

Aber es war nicht Joey. Die Nummer auf dem Display kannte sie nicht.

"Broke?", meldete sie sich vorsichtig.

"Hi, hier spricht Juan von Luces Werkstatt. Spreche ich mit Kyle?"

"Ähm … ja?"

"Schön. Hör mal, bist du zuhause?"

Sollte sie ihm das sagen? Einem Wildfremden? Was wollte er überhaupt von ihr?

"Warum?"

"Warum?", echote er und hörte sich verwundert an.

"Ja, warum?"

"Weil Sandro und ich vorbeikommen würden, um das Auto zu holen."

"Welches Auto?"

"Deins. Du bist doch Kyle mit dem Ford Fiesta, den wir auf Vordermann bringen sollen."

"Ich bin Kyle, aber meinem Auto geht es gut, danke."

Sie hörte das entnervte Schnauben und dann, wie Juan nach Luce schrie.

Verdammt!

Sie hatte gehofft so aus dieser Nummer raus zu kommen.

"Kyle?", hörte sie auf einmal Luces Stimme durch die Leitung.

"Ja?"

"Sandro und Juan kommen jetzt dein Auto holen. Es geht ihm nicht gut. Du weißt es, Tia weiß es, ich weiß es und Joey geht mir bei Gott jeden Tag damit auf den Sack. Ganz davon abgesehen werde ich mein Mädchen nicht mehr in deinem Schrotthaufen mitfahren lassen, solange ich ihn nicht überholt habe."

Kyle war verstummt. Luce hatte genau diesen Gangster-Mafia-Ton, den sie immer bei ihm vermutet hatte.

Dieses seidenweiche Schnurren, das er in Tias Gegenwart drauf hatte, war nur Fassade. Sie hatte es schon immer gewusst.

Vielleicht sollte sie Tia doch noch einmal warnen? Sicher wäre sicher, immerhin war Tia ihre Freundin und …

"Alles klar, Kyle?", fragte Luce jetzt wieder seidenweich. Aber sie wusste es besser!

"Was wird das kosten?", gab sie sich schließlich geschlagen, weil sie keinen Sinn darin sah mit jemandem wie Luce zu streiten.

Er schwieg einen Moment, dann antwortete er: "Maximal 100 Dollar."

Kyle stutze. Das konnte eigentlich nicht sein. Allein das

Ausbessern des Lackes würde mehr kosten.

Dabei war sie sich sicher, dass auch die Bremsen gemacht werden mussten und ein Ölwechsel ebenfalls fällig war.

"Okay … wenn es mehr wird, sag mir bitte Bescheid, damit ich entscheiden kann, was gemacht werden soll."

"Gut. Die Jungs sind in 15 Minuten bei dir."

Kyle verabschiedete sich und legte dann mit gerunzelter Stirn auf. Dieses Telefonat war irgendwie äußerst merkwürdig gewesen.

Luce sollte recht behalten. Keine 15 Minuten später stiegen zwei jüngere Versionen von ihm aus dem Pickup, der vor Julies Haus hielt.

"Miss Kyle?", fragte der Jüngere breit grinsend.

Es war ein jungenhaftes Grinsen. Unbeschwert und leicht. Er wirkte so voller Lebensfreude wie Ethan, wenn er auf dem Spielplatz tobte.

Er war ihr auf Anhieb sympathisch, obwohl er eindeutig versuchte mit ihr zu flirten. Diese Versuche konnte sie einfach nicht ernst nehmen.

"Ja, hallo", grüßte sie die beiden.

"Ich bin Sandro, wir kommen um deinen Wagen zu holen." Er kam zu ihr herüber, griff nach ihrer Hand, schüttelte sie aber nicht, sondern küsste sie auf den Handrücken.

Kyle entzog ihm ihre Hand im selben Moment, in dem der zweite Mann Sandro auf den Hinterkopf schlug.

"Sorry", sagte er an Kyle gewandt. "Ich bin Juan, könnte ich den Schlüssel haben?" Er war ruhiger, wirkte irgendwie beherrscht und eindeutig genervt von seiner Begleitung. Er war eher wie Luce oder sogar Ty, und Kyle war froh, dass sie den Schlüssel sofort parat hatte.

Sie reichte ihn Juan und ging dann zwei Schritte zurück.

"Wir melden uns, wenn der Wagen fertig ist", sagte Sandro, grinste noch einmal und stieg dann in den Pickup, während Juan ihren Wagen vom Parkplatz fuhr.

JOEY

Endlich zuhause angekommen ließ er sich auf das Sofa fallen. Einen Moment lang betrachtete er seine Hand, öffnete und schloss sie mit einem Grinsen im Gesicht.

Endlich konnte sein Leben wieder seine gewohnten Wege gehen.

Dann suchte er nach dem Ladekabel für sein Handy, schaltete es an und wählte Kyles Nummer, die mehrfach versucht hatte ihn zu erreichen.

"Broke?", meldete sie sich wie immer leise.

"Hey Kyle, ich bins." Die Stille, die folgte, ließ ihn die Stirn runzeln. "Alles okay bei dir?"

"Ja … bei dir?"

"Bestens. Ich bin meine Schiene los", berichtete er stolz.

"Du warst beim Arzt?"

"Ja, deshalb musste ich vorhin so dringend weg. Wirklich alles in Ordnung?"

Sie seufzte und antwortete deutlich entspannter: "Ja."

"Kommst du zu mir?"

Er wollte nicht so aufgeregt klingen, aber er konnte sich kaum beherrschen. Endlich hatte er beide Hände zur Verfügung, um Kyle zu spüren.

"Ich kann nicht."

Das gab seiner Freude einen deutlichen Dämpfer. "Warum?"

"Ich habe kein Auto."

Verwirrt runzelte er die Stirn. "Warum?"

Kyle lachte. "Weil du Luce diesen Floh ins Ohr gesetzt hast, dass er mein Auto reparieren muss!"

Verdammt. Das hatte er tatsächlich schon wieder vergessen.

"Dann hole ich dich."

"Geht nicht. Ich muss morgen arbeiten."

"Ich kann dich fahren", bot er sofort an. Er würde nahezu alles machen, um Kyle heute bei sich zu haben.

"Um halb acht Uhr morgens?"

Fast alles … er hatte fast gesagt!

Welcher Mensch stand mitten in der Nacht auf um zur Arbeit zu gehen?

"Quälst du mich mit Absicht?", fragte er und musste sich nicht anstrengen, um leidend zu klingen.

Wieder lachte Kyle leise. "Nein. Aber morgen sicher, okay?"

"Okay. Kann ich dich abholen?"

"Ja. Ich werde gegen vier Uhr fertig sein. Kennst du das große Backsteingebäude, ein paar Häuser neben Carrys Boutique?"

"Ja. Ich warte davor."

"Danke … gute Nacht, Joey."

"Gute Nacht, Babe."

13 MEHR

JOEY

Er war noch lange wach gelegen und hatte über dieses merkwürdige Telefonat nachgedacht. Irgendwas hatte ganz und gar nicht gestimmt, aber er konnte einfach nicht sagen was.

So wie er Kyle kannte, würde er auch keine Antwort darauf bekommen. Sie würde sich rausreden, ihn auflaufen lassen oder ihn ablenken.

Also entschied er sich dazu, ihr quasi provisorisch Blumen zu besorgen. Frauen mochten Blumen. Mit Blumen konnte man unbewusste Fehltritte bestens wieder geradebiegen.

Zumindest bei den meisten Frauen. Sky sah alles andere als angetan von dem Strauß aus, den er ihr zu Mariettas Geburt mitgebracht hatte. Ryan hatte ihn schließlich entgegengenommen und in sein Büro in dem riesigen Haus gebracht.

Erst später hatte Tina ihn darüber aufgeklärt, wie wenig Sky für Blumen übrig hatte.

Da er nicht davon ausging, dass es bei Kyle genauso war, entschied er sich für die Blumen.

Als er den Camy kurz nach dem Mittag zum Blumenladen lenkte, bemerkte er, dass er höllischen Muskelkater in seiner Hand hatte. Vielleicht hatten Dave und Dr. Totter doch recht und er sollte sich bei Tom anmelden.

Er hatte die halbe Nacht an der Zeichnung für Kyles Tribal gesessen. Am Anfang war es ihm schwer gefallen, aber als er erst einmal das richtige Motiv mit den scharfen Spitzen begonnen hatte, konnte er sich selbst nicht mehr bremsen, bis er schließlich um zwei Uhr fertig war.

"Hallo, wie kann ich Ihnen helfen?", fragte die junge Verkäuferin strahlend, als er den Laden betrat. Sie war hübsch, aber mit dieser seltsamen grünen Schürze sahen ihre Beine wie Stummelbeine aus.

"Hi, ich brauche Blumen."

Ihr Lächeln wurde breiter. "Dann sind Sie hier genau richtig."

Joey schloss kurz die Augen, als ihm aufging wie dämlich seine Aussage geklungen hatte. "Ich brauche einen Blumenstrauß", präzisierte er seine Aussage.

"Das ist gut, denn wir verkaufen ausschließlich Schnittblumen bei Darcys Schnittblumen Service." Sie grinste ihn an und Joey hätte sich gern selbst geohrfeigt.

"Okay, ein letzter Versuch nicht wie ein Volltrottel dazustehen. Ich hätte gerne einen Strauß Rosen. Rosa und Gelb, glaube ich."

"So wie sie aussehen, sind die Blumen nicht für *eine* Freundin … dann würde ich gelb nicht empfehlen."

Joey lächelte sie dankbar an.

"Wie wäre es damit, Sie machen mir einen Strauß, der sagt: Was auch immer ich falsch gemacht habe, es tut mir leid."

"Nichts leichter als das."

Sie wuselte durch den Laden und suchte verschiedene rosafarbene Rosen und anderes ihm nicht bekanntes Grünzeug zusammen.

Schließlich band sie alles mit geschickten Fingern zu einem wunderschönen Strauß, ehe sie diesen in ein großes Stück Papier wickelte.

"Das macht dann 45 Dollar, bitte", sagte sie und reichte ihm den Strauß.

"Dieses Blumen-Grünzeug ist teurer als Salat und man kann es noch nicht einmal essen", murmelte er und zückte seinen Geldbeutel.

"Dafür hat es magische Kräfte und kann Frieden bringen", gab sie zwinkernd zurück. "Hier ist unsere Kundenkarte. Der zehnte Ich habe keine Ahnung was ich falsch gemacht habe-Strauß ist kostenlos."

Er hatte zwar nicht vor so viele Fehler zu begehen, sicherheitshalber steckte er die Karte aber ein.

"Danke. Bis irgendwann, Schnittblumenmädchen."

"Bis irgendwann, Fehlermann."

Etwas planlos stand Joey mit dem Strauß in der Hand vor seinem Wagen. Er hatte den Plan nicht ganz durchdacht. Würde er mit dem Strauß durch halb Boston fahren, würden die Blumen schon vor der Ankunft bei Kyle die Flügel hängen lassen, also entschied er sich, die Blumen in seiner Wohnung in eine Vase zu stellen.

Er wollte Kyle sowieso mit zu sich nehmen. Also konnte er sie ihr genauso gut dann geben.

KYLE

Sie trat gerade aus der Tür, als Joey den Camy am Bordstein hielt. Er stieg aus, lächelte ihr entgegen und ging dann um den Wagen herum, um ihr die Tür aufzuhalten.

"Hey Babe", sagte er leise, als sie vor ihm stehen blieb, dann beugte er sich zu ihr und küsste sie sanft auf die Lippen.

"Hey." Sie setzte sich in den Wagen. Joey schloss die Tür und stieg auf der Fahrerseite ein. Er steuerte den Wagen zurück in den fließenden Verkehr und fuhr in Richtung seiner Wohnung.

Zwischen den Schaltvorgängen griff er immer wieder nach ihrer Hand. Er lächelte zu ihr hinüber oder hob ihre Hand an seine Lippen, um sie zu küssen.

Die Schmetterlinge in ihrem Bauch tobten und jetzt war sie sich ganz sicher, dass alles zwischen ihnen in Ordnung war.

Die Verwirrung am Vortag war einzig und allein ihrer Unsicherheit zuzuschreiben, dabei gab Joey ihr überhaupt keinen Grund dazu.

Im Gegenteil. Joey war perfekt und in jeder Minute, die sie mit ihm verbrachte, verliebte sie sich mehr in dieses übergroße männliche Exemplar mit dem butterweichen Herzen.

Er wirkte ein wenig nervös, als er den Wagen vor dem Haus hielt, in dem seine Wohnung lag.

Nachdem er ihr beim Aussteigen geholfen hatte, führte er sie, einen Arm um ihre Taille geschlungen, zu seiner Wohnung.

Bevor er die Tür öffnete räusperte er sich und drehte sie zu sich um.

"Hör mal …" Er griff nach ihren Hüften und seine Daumen streichelten sanft über ihre Hüftknochen. "Wegen gestern … irgendwas ist schief gelaufen, aber ich habe keine Ahnung was …"

Ehe er weitersprechen konnte, stellte sie sich auf die Zehenspitzen und küsste ihn.

Ihre Hände lagen auf seinen breiten Schultern und er zog sie sofort näher an sich.

"Es ist alles okay", sagte sie leise, als sie ihre Lippen wieder von seinen gelöst hatte.

"Aber es war nicht okay, deshalb …"

"Ich habe mich nur gewundert, warum du so schnell verschwunden bist."

Joey grinste ein wenig verlegen. "Naja … ich fand es jetzt nicht so angemessen mit einer Latte beim Babysitten erwischt zu werden …"

Kyle schmiegte lachend ihre Wange an seine Brust.

"Da hast du wohl recht. Komm, lass uns reingehen … wir sind gestern unterbrochen worden."

Sie konnte die Worte nur an seine Brust murmeln, ihn anzusehen wäre unmöglich gewesen.

Seine Hände wanderten von ihrer Taille zu ihrem Hintern und drückten ihn leicht.

"Sehr guter Plan", brummte er rau und öffnete die Wohnungstür.

Er schob sie erst in Richtung seines Schlafzimmers, änderte dann aber den Kurs und steuerte auf die Küche zu.

"Ich hab ja noch was für dich!", sagte er, als hätte er es kurzfristig selbst vergessen.

Ihren Rücken an seine Brust gepresst und seine Arme fest um ihre Mitte geschlungen führte er sie in die geräumige Küche.

"Die schönsten Blumen der Stadt, für die schönste Frau der Stadt", flüsterte er.

Im selben Moment erblickte Kyle den wunderschönen Strauß Rosen in den verschiedensten Pinktönen. Sie konnte sich nicht daran erinnern, wann sie das letzte Mal Blumen geschenkt bekommen hatte, aber sie war sich sicher, dass niemals ein Strauß schöner als dieser gewesen war.

"Oh Joey!", hauchte sie, ging einige Schritte nach vorn und beugte sich über den Tisch, um an den Blumen zu schnuppern.

Sie rochen süß und unglaublich intensiv. Mehr wie ein Duftöl als nach einer einfachen Rose. Sie seufzte, während sie ihre Nase noch tiefer in den seidenweichen Blütenblättern vergrub.

Dann spürte sie Joeys Hände, die sich von hinten auf ihre Hüften legten und gleich darauf seine Erektion an ihrem Hintern.

"Du siehst zum Anbeißen aus, wie du dich so über den Tisch beugst", raunte er dicht an ihrem Ohr und knabberte dann an ihrem Hals.

Sie stöhnte leise auf, als seine Hände sich einen Weg unter ihr Shirt und nach oben zu ihren Brüsten suchten.

"Ich will dich sehen", murmelte er, drehte sie zu sich um und hob sie auf den Tisch.

Mit einer einzigen fließenden Bewegung zog er ihr das Shirt über den Kopf.

Dann entfernte er den schlichten, weißen BH und entblößte ihre Brüste. Sein Blick fixierte sie, schmeichelte ihr und ließ sie sich fühlen als wäre sie tatsächlich die schönste Frau.

Seine großen, rauen Hände legten sich um ihre Brüste, massierten sie, während seine Daumen immer wieder über die harten Spitzen strichen. Kyle konnte ein leises Aufstöhnen nicht mehr unterdrücken.

"Mein Gott, Baby …"

Er senkte seinen Mund auf ihre Brust und umfing einen der Nippel mit seinen Lippen. Er saugte daran und reizte sie mit der Zunge.

Seine Hände wanderten zu ihrer Hose, öffneten Knopf und Reißverschluss.

Sie hob ihre Hüften, um ihm das Ausziehen zu erleichtern, während sie sich bereits die Schuhe von den Füßen strampelte.

Die Art, wie sehr er sie begehrte und dennoch so unglaublich sanft mit ihr umging, törnte sie an. Nicht nur ein bisschen. Sie war heiß auf ihn, wollte ihn spüren, brauchte mehr von ihm.

Sie zerrte an seinem Shirt und Joey zog es sich augenblicklich über den Kopf. Dann war er wieder bei ihr, verwöhnte ihren Hals und ihre Brust mit seinen Lippen, schickte ein herrliches Kribbeln durch ihren ganzen Körper.

"Ich brauche dich", flüsterte sie schwer atmend und zerrte an seinem Gürtel.

"Bett …"

"Jetzt", forderte sie und umfasste seinen Schwanz mit einer Hand. Joey warf stöhnend den Kopf in den Nacken.

Dann löste er sich mit verschleiertem Blick aus ihrem Griff, ging zur Küchenzeile und zog aus einer der Schubladen ein Kondom.

Kyle zog eine Augenbraue nach oben, doch noch bevor sie etwas sagen konnte, kniete er sich zwischen ihre gespreizten Schenkel und senkte seinen Mund auf ihre Mitte.

Er schloss die Lippen zielsicher um ihre Klit, saugte daran und schnellte immer wieder mit der Zunge darüber. Er trieb sie in den Wahnsinn. Sie war bereits kurz davor zu kommen, als sie erst das Knistern der Kondomverpackung hörte, dann das Schnalzen des Gummis, als er ihn sich überzog.

Sie umklammerte seinen Kopf, als er ihre Klit freigab. Sie sehnte sich so sehr nach der Erlösung, dass es ihr egal war, wie schamlos sie an ihm zerrte.

"Gleich, Baby …", keuchte er, legte einen Arm um ihre Taille und zog sie noch näher an den Tischrand. Dann spürte sie die dicke Spitze seines Schwanzes an ihrem Eingang.

Sie wollte ihn in sich, brauchte ihn so sehr. Ohne nachzudenken, schlang sie ihre Beine um seine Mitte und zog ihn näher.

Mühelos glitt er in sie, so feucht und erregt war sie bereits.

Joey stöhnte laut auf und zog sich schon nach der Hälfte wieder zurück.

Sofort bohrte sie ihm ihre Fersen in seinen Hintern, um ihn wieder tiefer in sich zu spüren.

"Komm schon", brachte sie schwer atmend hervor. Ihr Herz raste und sie konnte nur noch daran denken, endlich in ihren Orgasmus zu finden.

Joey knurrte leise, presste sich mit einem harten Stoß bis zum Anschlag in sie. Sie schrie auf, genoss den köstlichen Dehnungsschmerz und das Zucken ihrer Muskeln um seinen Schwanz.

Joeys Arme schlossen sich fester um sie, pressten sie an

ihn und ließen ihr kaum Luft zum Atmen. Sein Körper war von einem dünnen Schweißfilm bedeckt und jeder seiner Muskeln schien zum Zerreißen gespannt.

Sie brauchte ihn. Jetzt! Sie kippte ihr Becken, um mehr von ihm zu spüren.

"Warte", brummte er daraufhin nur, schien sich selbst kaum noch beherrschen zu können.

"Nein!"

Er nahm seinen Kopf zurück und sah sie prüfend an.

Dann fegte er mit einem Arm die Blumen vom Tisch, legte sie nach hinten und begann sich hemmungslos in ihr zu bewegen.

Sein Griff um ihre Hüfte war beinahe schmerzhaft, seine Stöße lang und mit so viel Kraft ausgeführt, dass er sie vom Tisch gevögelt hätte, hätte er sie nicht festgehalten.

Kyle stöhnte und schrie, so atemberaubend bewegte er sich in ihr.

Sie schob ihre Beine über seine breite, schweißnasse Brust bis über seine Schultern, um ihn noch tiefer in sich zu spüren.

Sie wollte vollkommen ausgefüllt von ihm sein. Joey stöhnte, lehnte sich nach vorn und griff über ihrem Kopf nach der Tischplatte.

Seine Stöße waren jetzt kürzer, dafür schneller und nicht weniger kraftvoll.

Kyle spürte, wie ihr Orgasmus unweigerlich auf sie zurollte.

Er veränderte noch einmal den Winkel und rieb jetzt mit jedem Stoß über ihre Klit. Damit stieß er sie endgültig über die Schwelle zu ihrem Orgasmus, der sie in Strudeln mit sich riss.

Joey folgte ihr laut stöhnend und ergoss sich in nicht enden wollenden Schüben in ihr.

JOEY

Er brauchte eine Weile bis er sich dazu fähig fühlte, sich wieder aufzurichten.

"Alles okay?", fragte er, noch immer etwas außer Atem.

Ihr träges, befriedigtes Lächeln war Antwort genug. Langsam setzte sie sich auf, dann fiel ihr Blick auf den Boden, auf dem die zersplitterte Vase und die Blumen lagen.

"Verdammt", murmelte er, entsorgte das Kondom und zog sich die Hose nach oben. "Warte, ich trage dich, sonst trittst du noch in eine Scherbe."

Sie lächelte und lehnte ihren Kopf an seine Brust, während er sie anhob und ins Schlafzimmer brachte.

"Schade um die schönen Blumen", sagte sie und seufzte wohlig, als er über ihren Hintern strich.

"Ich werde dir wohl neue besorgen müssen", gab er lächelnd zurück und legte sie auf seinem Bett ab. Sie sah unglaublich sexy aus und er wollte nichts lieber als sich sofort wieder in ihr zu vergraben.

"Und dann das gleiche nochmal?", fragte sie, unterbrach damit seine Fantasien und ersetzte sie durch neue.

Bevor er sich jedoch zu ihr legen konnte, musste er das Chaos in der Küche beseitigen.

Joey lächelte. "Das wird teuer, aber gut."

Kyle lachte laut auf. "Vielleicht stellst du sie beim nächsten Mal einfach auf die Seite."

"Wo bliebe da der Spaß? Außerdem hab ich jetzt eine Zehnerkarte", sagte er grinsend und ließ sie dann mit dem verdutzten Ausdruck auf dem Gesicht in seinem Zimmer zurück.

In Windeseile sammelt er die Klamotten auf, kehrte die Scherben zusammen und stellte die wenigen Blumen, die das Unheil unbeschadet überstanden hatten, in einen großen Topf. Dann eilte er zu der Frau seiner Träume zurück ins Bett.

Sie wartete bereits lächelnd auf ihn. Sofort zog er sich ganz aus und legte sich zu ihr.

"Bereit für eine zweite, etwas ruhigere Runde?", fragte er und knabberte an ihrem Hals.

"Nichts lieber als das", raunte sie und rollte sich zu ihm, um ihn leidenschaftlich zu küssen.

Er konnte sich nicht daran erinnern, dass sich irgendetwas jemals besser angefühlt hatte.

14 ANTWORTEN

KYLE

Mittlerweile trafen sie sich seit mehr als zwei Wochen. Nein, falsch. Besser müsste es heißen, sie verbrachten seit zwei Wochen jede freie Minute miteinander.

Kyle übernachtete jede Nacht bei ihm und während des Tages trennten sich ihre Wege nur, wenn Kyle zur Arbeit musste, oder Joey zur Physiotherapie.

Es war Samstagabend. Mike und Tonia waren ausgegangen, doch Joey und sie bevorzugten es, Zeit zu zweit zu haben.

Joey hatte einen Liebesfilm auf Apple TV eingeschaltet und es sich auf dem Sofa bequem gemacht. Kyle lag mit ihrem Kopf auf seinem Schoß und genoss die gleichmäßigen Züge, mit denen er ihr übers Haar strich.

Am Ende des Films drehte sie sich auf den Rücken und lächelte zu ihm auf.

Sein Gesichtsausdruck war weich und zärtlich, als er über ihre Wange strich.

Dann hob er ihren Kopf, legte ihn auf ein Kissen und stand auf.

"Was machst du?", fragte sie verwirrt.

"Ich hab etwas für dich!"

Er verschwand in seinem Zimmer und kam kurz darauf mit einer blauen Mappe unter dem Arm zurück.

Kyle setzte sich auf und beobachtete ihn genau. Er setzte sich neben sie und lächelte, aber Kyle sah die Unsicherheit in seinen Augen, als er ihr die Mappe reichte.

Was sie in der Mappe fand, schnürte ihr die Kehle zu. Unzählige Zeichnungen und Skizzen. Eine atemberaubend schöne Vorlage für das Tribaltattoo, das sie sich so sehr wünschte. Eine Zeichnung von ihrem Unterarm mit der langen Narbe, die wie ein Leuchtschild auf die Schwäche hinwies. Daneben ein genauer Plan, wie er das Tribal legen würde, damit es jeden Millimeter der Narbe verdeckte.

Tränen stiegen in ihre Augen. Die Liebe und Gewissenhaftigkeit, die in dieser Arbeit steckte, schnürten ihr die Kehle zu.

"Es … es ist nicht schlimm, wenn es dir nicht gefällt", sagte er nach mehreren Minuten des Schweigens.

Sie sah zu ihm auf, konnte ihn durch die Tränen in ihren Augen aber kaum erkennen.

Vorsichtig legte sie die Mappe beiseite, krabbelte rittlings auf seinen Schoß und vergrub ihr Gesicht an seinem Hals.

Das Schluchzen, das aus ihrer Kehle emporstieg, konnte sie nicht verhindern.

"Kyle …", flüsterte er unsicher, schlang seine Arme um ihre Mitte und streichelte sanft über ihren Rücken.

"Es ist perfekt … es ist wunderschön."

Joey entspannte sich und küsste ihren Nacken. "Ich würde es dir gern stechen. Ich bin so weit, die Hand funktioniert wieder einwandfrei."

Wollte sie das? Konnte sie zulassen, dass dieser Mann, der sich so tief in ihr Herz geschlichen hatte, sich für immer auf ihrem Körper verewigte?

Diese Tätowierung würde sie niemals ansehen können, ohne an ihn zu denken. Er würde sie dadurch für den Rest ihres Lebens begleiten.

War es wirklich das, was sie wollte?

In diesem Moment schrie ihr Herz lauthals: JA!!

Ja, sie wollte ihn, liebte ihn und würde ihn bis zum Ende ihres Lebens lieben. Diesen einen Mann, der so perfekt zu ihr passte, der sie nahm, wie sie war. Der sie niemals unter Druck setzte und all ihre Gedanken und Gefühle zu kennen schien.

Sie löste sich ein wenig von ihm, um ihm direkt in die Augen sehen zu können.

"Ich liebe dich", flüsterte sie und streichelte über seine Wangen.

Joeys Augen weiteten sich ein wenig, dann griff er in ihren Nacken, zog sie an sich und küsste sie leidenschaftlicher als jemals zu vor.

JOEY

Sein Herz raste, so überwältig war er von ihrer Reaktion und ihrem Geständnis.

Er liebte sie ebenfalls. Er wusste es schon länger, hatte sich aber nie getraut, ihr die Tiefe seiner Gefühle zu gestehen. Die richtige Zeit war noch nicht gekommen … zumindest hatte er das gedacht.

Wieder einmal belehrte Kyle ihn eines Besseren.

Er nahm ihr Gesicht in seine Hände und zog sich ein klein wenig vor ihr zurück.

"Ich liebe dich", flüsterte er und küsste ihr dann die Tränen von den Wangen. Sie war das schönste und zugleich zerbrechlichste Wesen, das ihm jemals begegnet war.

"Ich liebe dich so sehr", beteuerte er noch einmal, nicht fähig die Worte aufzuhalten, jetzt wo sie über seine Lippen kamen.

"Ich danke dir. Ich habe nicht daran geglaubt, noch einmal so glücklich zu sein, bis du in mein Leben getreten bist." Kyle vergrub ihr Gesicht wieder an seinem Hals und es fühlte sich unglaublich gut an.

Sein Herz fühlte sich an, als würde es jeden Moment vor Glück zerspringen.

Er würde sie nie mehr gehen lassen, immer auf sie achtgeben und dafür sorgen, dass es ihr an nichts fehlte.

"Ich kann es dir morgen stechen, wenn du willst", murmelte er in ihre Haare und genoss den frischen Duft ihres Shampoos, das mittlerweile schon in seinem Badezimmer stand.

Erst vor einer Woche hatte er sich dafür innerlich auf die Schulter geklopft. Wieder ein kleiner Sieg, der ihn näher zu ihr brachte.

"Morgen ist Sonntag", sagte sie leise.

"Es ist mein Laden. Wir können dort hin, wann immer du willst."

Er spürte ihr Lächeln an seinem Hals und fühlte sich gleich noch besser.

"Wann immer ich will?"

"Ja."

"Jetzt?"

Er zögerte einen Moment. Eigentlich wollte er sie nicht loslassen, aber wenn es das war, was sie glücklich machte, dann sollte sie es bekommen.

"Jetzt", sagte er schließlich seufzend.

Im Studio angekommen bereitete er alles gewissenhaft vor, während Kyle aufgeregt auf und ab lief. Das Tribal war schnell auf die Transferfolie übertragen.

Joey wies sie an, sich auf den Hocker vor der Liege zu setzten und ihren Arm locker darauf zu legen.

Höchstkonzentriert platzierte er das Tribal wie geplant auf der Innenseite ihres rechten Unterarms. Er strich kräftig darüber und zog es dann vorsichtig ab, um die Linien nicht zu verschieben.

Dann zeigte er Kyle, wie sie sich auf die Liege legen sollte.

"Bereit?", fragte er ruhig und sah in ihre strahlenden, braunen Augen, deren Blick ihn bis in seine Träume

verfolgte.
"Ja."
Er setzte sich den Mundschutz auf und begann mit den Konturen des Tribals.
Kyle zuckte kein einziges Mal. Sie lag ruhig da und beobachtete ihn bei seiner Arbeit.
Immer wenn er ihr eine Pause anbot, winkte sie ab, so waren die Konturen bereits nach zwei Stunden abgeschlossen und Joey konnte mit dem Füllen beginnen.
Seine Hand schmerzte, aber Kyle musste es noch schlimmer gehen. Wenn sie es durchziehen konnte, konnte er das auch!
Um sie beide abzulenken, versuchte er sie zum Reden zu bringen.
"Wirst du mir erzählen, was passiert ist?", fragte er sanft, ohne von seiner Arbeit aufzusehen.
Er wollte sie nicht zusätzlich unter Druck setzen, sie sollte sich so wohl wie möglich fühlen.
Vorsichtig tätowierte er über eine weitere schmale Fläche der Narbe.
"Es fühlt sich anders an, wenn du auf der Narbe tätowierst", sagte sie Minuten später leise.
"Die Nerven sind an dieser Stelle beschädigt", gab er ruhig zurück.
"Die Stellen sind tot wie ich es sein sollte."
Er verspannte sich unwillkürlich, zwang sich aber ruhig weiterzuarbeiten.
"Ich glaube, der Tod wollte mich noch nicht. Er hätte mich zweimal holen können, aber er hat es nicht getan."
Sie erzählte es als würde sie von ihrem Einkauf in der letzten Woche reden. Völlig emotionslos, aber Joey wusste, dass das nur ein weiterer ihrer Schutzmechanismen war.
"Mein Ex hat mich die Treppe hinuntergestoßen. Er wollte, dass ich sterbe."
Joeys Kopf flog unwillkürlich nach oben und er starrte sie fassungslos an. Sein Kopf wollte nicht verstehen, was sie da sagte, konnte die Worte nicht sortieren, so dass sie

einen Sinn ergaben.

"Mach weiter … bitte", flüsterte sie.

Joey sah die Tränen, die in ihren Augen standen, und musste sich zwingen zurück an die Arbeit zu gehen.

"Er war verrückt. Ein eifersüchtiger, kranker Mann. Er hat mir hinterherspioniert, mir Sachen vorgeworfen, die nicht stimmten … er war völlig gefangen in seiner eigenen Paranoia."

Sie atmete tief durch. "Nachdem ich schwanger wurde, ging alles den Bach hinunter. Es wurde immer schlimmer. Er hat mich tagelang eingesperrt, mich geschlagen, doch das Schlimmste war, er hat immer behauptet, dass Kind sei nicht von ihm. Er hat jedes Fünkchen Liebe, das ich jemals für ihn empfunden habe, erstickt."

Joey war froh, dass er das letzte Stückchen geschafft hatte, denn seine Hände zitterten so stark, dass er sich nicht dazu in der Lage fühlte, noch weiterzuarbeiten.

Er legte die Maschine beiseite und reinigte den Arm gewissenhaft, während Kyle versuchte neue Kraft zu schöpfen.

"Er hat gemerkt, dass ich mich immer weiter von ihm entfernte. Nachdem unser Sohn auf der Welt war, hat er mir damit gedroht, dass er ihn mir wegnehmen würde, wenn ich ihn verließe. Ich habe ihm geglaubt. Ich habe immer gewusst, dass er die Macht dazu hatte."

Joey biss sich auf die Wange, um nichts zu sagen. Er wusste, dass sie kein zweites Mal beginnen würde.

"Es wurde von Jahr zu Jahr schlimmer. Ich habe versucht alles von meinem Baby fernzuhalten, habe alles ertragen, was Daniel für mich bereithielt, aber es war nicht genug. Ethan wurde fünf und begann Fragen zu stellen", flüsterte sie.

Kyle schluckte hart, während Joeys Gedanken sich drehten. Ethan? War Julies Sohn etwa … nein, das konnte nicht sein. Kyle sagte, er sei fünf Jahre alt gewesen.

Er deckte die Tätowierung mit Folie ab und klebte die Ränder gewissenhaft fest. Er wusste nicht, was er als nächstes tun sollte, wollte Kyle aber keinesfalls unterbrechen.

Also nahm er sich ihren zweiten Arm und versuchte konzentriert herauszufinden, wie er die Zeichnung am besten auf ihrem Arm platzierte, damit die Narben unsichtbar wurden.

Je mehr er über diese Geschichte hörte, desto sicherer war er sich, dass dieses Bild perfekt werden musste und er keinen einzigen Strich anders setzen durfte als auf der Vorlage.

"An dem Tag, an dem Daniel das erste Mal die Hand gegen Ethan erhob, wusste ich, dass wir gehen mussten. Ich konnte ihn nicht weiter bei diesem Verrückten lassen. Es war einfach zu gefährlich für Ethan."

Sie sprach nur von ihm. Sie selbst hätte es wohl bis zum Ende ihres Lebens ertragen mit diesem Mann unter einem Dach zu wohnen.

"Ich habe gewartet bis Daniel betrunken vor dem Fernseher eingeschlafen war. Ich hatte eine Tasche gepackt mit den nötigsten Dingen darin und ich wusste, wohin wir gehen konnten. Alles war perfekt … fast."

Ihre Tränen liefen mittlerweile in Strömen über ihre Wangen. Joey fühlte sich so unendlich machtlos. Er konnte nichts tun, um ihr diesen Schmerz zu nehmen, konnte sie noch nicht einmal im Arm halten, weil sie es nicht ertragen hätte.

Er konnte nur da sitzen, mit zitternden Händen eine Zeichnung und einen Stift umklammern und darauf hoffen, dass sie bald zum Ende dieser grausamen Story kommen würde.

Er wusste nicht, wie viel er selbst noch ertragen konnte. Sein Herz schmerzte. Sie so zu sehen, riss ihn in Stücke. Sie sollte nicht so leiden müssen.

Als eine einsame Träne auf die Kopie der Zeichnung fiel, wischte er sich schnell über die Wange. Sie sollte nicht sehen, wie sehr es ihn mitnahm, sollte sich nicht auch noch um ihn Gedanken machen.

Er konzentrierte sich auf die Wut und die Abscheu, die er für diesen Mann empfand.

Für dieses widerliche Stück Dreck, das seiner Kyle diese grausamen Dinge angetan hatte.

"Ich habe Ethan geweckt und ihm gesagt, dass er leise sein musste. Er hat genickt und mich mit diesen riesigen braunen, so vertrauensvollen Augen angesehen. Er war noch so klein und hat alles geglaubt, was ich ihm gesagt habe."

Kyle schluchzte und Joey konnte nicht mehr anders als ihre Hand zu ergreifen.

Sofort klammerte sie sich an ihn, sah aber noch immer stur zur Decke.

Er hielt sie fest, versuchte für sie der Anker zu sein, den sie brauchte, um nicht in der Vergangenheit zu versinken.

"Wir hatten es schon fast geschafft. Nur noch ein Treppenabsatz und wir wären draußen gewesen. Dann spürte ich ihn hinter mir. Er hat mich an den Haaren zurückgerissen und geschrien: "Hab ichs mir doch gedacht, du kleine Schlampe!" Er hat mich vor und zurück geschüttelt, immer weiter geschrien und nach Ethan geschlagen, weil dieser zu weinen begonnen hatte."

Kyle zitterte jetzt unkontrolliert. Joey legte sich neben sie auf die Liege und zog sie an seine Brust, hielt sie fest und ließ sie weinen.

Seine Gedanken, die zuvor noch wie wild durch seinen Kopf geschossen waren, waren jetzt ganz still. Er fühlte nichts mehr außer der Sorge um Kyle und dem unbändigen Wunsch, ihr all das abzunehmen.

"Wenn ich dich nicht haben kann, wird dich niemand bekommen!" Sie sagte es nicht, aber Joey wusste, dass sie diesen Mann zitierte.

"Dann hat er uns beide mit voller Wucht die Treppe hinuntergestoßen."

Sie schwieg.

Ihr Atem kam in kurzen heftigen Zügen und es dauerte

lange bis sie weiter sprach. Lange Minuten, in denen Joey sich hilflos und verloren vorkam, weil es nicht in seiner Macht stand ihr zu helfen.

Er küsste sie sanft auf den Scheitel und streichelte über ihren Rücken. Versuchte ihr stumm zu vermitteln, dass er für sie da war.

"Ich bin erst Wochen später aus dem Koma aufgewacht. Schädelhirntrauma. Ich hatte panische Angst, dass Daniel Ethan mitgenommen hatte. Ich dachte wirklich, es könnte nichts schlimmeres geben, bis sie mir gesagt haben, dass er den Sturz nicht überlebt hatte." Kyles Stimme brach und erneut wurde sie von Schluchzern geschüttelt.

Joey sagte nichts. Tat nichts, als sie einfach nur zu halten. Konnte nichts anderes tun.

Irgendwann schlief sie erschöpft in seinen Armen ein. Er selbst konnte nicht schlafen, wachte über sie, bereit sie aufzuwecken, sollte ihre Vergangenheit sie in ihren Träumen heimsuchen.

Aber es passierte nicht. Sie schlief, ohne sich ein einziges Mal zu rühren.

Ein paar Stunden später zog er ihr vorsichtig die Folie vom frischen Tattoo und schloss sie dann wieder fest in seine Arme.

15 DER TAG DANACH

KYLE

Ihre Augen waren verklebt und ihre Kehle trocken. Sie brauchte einen Moment, um sich daran zu erinnern, wo sie war und was am Abend zuvor passiert war.

Sie fühlte sich seltsam dumpf, als hätten ihre Worte und Tränen die Gefühle mit sich genommen.

Nur vier Menschen kannten ihre Geschichte. Und Joey war einer von ihnen.

"Du bist wach", flüsterte er und strich leicht über ihren Nacken.

Sie nickte.

"Kaffee?", fragte er und Kyle war froh, dass er nicht darauf bestand über das zu reden, was in der vergangenen Nacht passiert war.

"Ja, bitte", krächzte sie.

Sie rappelten sich mühsam auf und gingen in die kleine Personalküche, in der Joey zwei Tassen Kaffee aus der Maschine laufen ließ.

"Daniel? Was ist mit ihm passiert?", fragte er dann unvermittelt.

Kyle atmete tief durch.

"Er ist noch in derselben Nacht untergetaucht. Sie haben ihn nie gefunden."

Sie verdrängte die Angst, die sie bei dem Gedanken überkam, dass er noch irgendwo da draußen war. Er würde nicht zurückkommen. Das Risiko geschnappt zu werden war viel zu groß!

Joey fluchte leise und undeutlich und reichte ihr dann eine der Tassen.

Mit dem Kaffee in der Hand gingen sie zurück in Joeys Tätowierzimmer.

Er reinigte den Arm vorsichtig und behandelte ihn dann mit einer Salbe.

Es war perfekt geworden. Genauso perfekt wie auf seinen Zeichnungen.

"Ich wollte nicht mehr leben. Nicht ohne Ethan", sagte Kyle leise und fuhr über die Narbe des Schnitts, mit dem sie sich die Pulsadern aufschneiden wollte.

Er nickte, als wäre das das logischste, was er jemals gehört hatte.

Dafür liebte sie ihn nur noch mehr.

"Julie …", setzte er an, verstummte dann aber, als hätte er nicht das Recht Fragen zu stellen.

"Wir haben uns im Frauenhaus kennengelernt. Sie hatte Zweifel, ob sie das richtige getan hatte. Da habe ich ihr meine Geschichte erzählt, habe ihr gezeigt, wohin es führt, wenn man sich keine Hilfe sucht."

Sie schluckte hart. Noch immer hatte sie manchmal das unbezwingbare Gefühl, Schuld an allem zu haben, was passiert war.

Sie wusste, dass sie objektiv gesehen keine Schuld hatte. Endlose Therapiesitzungen hatte es sie gekostet, aber in manchen Momenten holte sie dieser kleine Teufel ein, der ihr einreden wollte, dass es allein ihre Schuld war. Er war ihretwegen tot.

"Ich war bei Ethans Geburt dabei", erzählte sie mit einem traurigen Lächeln weiter, um nicht auf der Schuldfrage herumzureiten.

"Julie hatte es sich gewünscht und mich gebeten ihren Sohn Ethan nennen zu dürfen. Erst wollte ich nicht, konnte mir nicht vorstellen, diesen Namen jeden Tag aufs Neue zu hören, aber dann habe ich mich gefreut. Er wird immer ein Teil von mir sein, also sollte es mich nicht schmerzen seinen Namen zu hören", fuhr sie mit einem endlos traurigen Lächeln fort.

Sie erzählte ihm von ihrer gemeinsamen Zeit im Frauenhaus, davon wie sie beide den Weg aus der Dunkelheit gefunden hatten und wieder Lust am Leben gewonnen hatten.

Besonders schwer fiel ihr der Teil, in dem sie zugab, dass sie Julie zu Gregor gedrängt hatte, weil sie so das Leben zumindest Secondhand erleben konnte.

Joey schwieg die meiste Zeit, sah sie nicht an, sondern arbeitete an Ethans Zeichnung.

Sie war ihm dankbar dafür. So fühlte sie sich nicht ausgehorcht oder unter die Lupe genommen. Sie konnte sich einfach alles von der Seele reden.

Stunden später, es musste schon Sonntagnachmittag sein, verstummte sie.

Sie hatte ihm alles erzählt, Dinge, von denen nicht einmal Julie wusste. Manches sogar, das für sie selbst neu war. Erkenntnisse, die sie während dieses Gesprächs erlangt hatte.

Sie saß breitbeinig auf der Liege, auf der sie geschlafen hatten, und sah aus dem Fenster.

Joey rollte mit seinem Hocker zwischen ihre Beine und legte seine starken, mittlerweile so vertrauten Hände auf ihre Schenkel.

"Eines muss ich wissen …", begann er, schluckte schwer und sah dann ebenfalls aus dem Fenster, ehe er ihren Blick suchte.

"Ich brauche die Wahrheit, Kyle. Sag mir, dass du es geschafft hast. Sag mir, dass du nie wieder versuchen wirst dein Leben zu beenden."

Der Schmerz in seinem Blick zerriss ihr das Herz und sie wusste, dass er es nicht schaffen würde, wenn sie aufgab.

"Ich will leben!", sagte sie fest und streichelte sanft seine angespannte Wange.

Joeys Körper fiel in sich zusammen und er legte seinen Kopf in ihren Schoß.

"Du bist mehr als genug Grund, um zu leben, Joey."

Sanft streichelte sie über seinen Kopf und spürte, wie die emotionale Erschöpfung sie unendlich müde werden ließ.

"Lass uns nach Hause gehen, Baby", murmelte er und streichelte über die Außenseiten ihrer Schenkel.

"Ja", antwortete sie schlicht und ließ sich von ihm auf die Beine ziehen.

Sie wollte nichts mehr als in seinen Armen zu liegen, seine Wärme zu spüren und zu wissen, dass sie in seinem Herzen ein wirkliches Zuhause gefunden hatte.

Joey schaltete alle Lichter aus und führte sie dann zu seinem Camy.

In seiner Wohnung angekommen verloren sie keine Worte, sondern gingen sofort in sein Zimmer, zogen sich aus und legten sich eng aneinander gekuschelt ins Bett.

Joey ließ seine Lippen über ihr Gesicht wandern, küsste sie von der Stirn, über die Wangen, bis hin zu ihren Lippen.

Seine Küsse waren bittersüß, so voller Schmerz und Leidenschaft zugleich. Seine Hände streichelten sie federleicht, berührten ihren Körper kaum und erregten sie nur noch mehr.

Die kaum wahrnehmbare Berührung seiner Finger an ihrer Spalte trieb sie beinahe in den Wahnsinn.

Er rollte sie auf den Rücken und schob seinen Schwanz

dann Zentimeter für Zentimeter in sie.

Er dehnte sie langsam, beobachte sie genau, bis er ganz in ihr steckte.

Seine Ellenbogen stützte er links und rechts von ihrem Kopf ab und seine Hände vergruben sich in ihrem Haar.

Hauchzart küsste er sie auf die Lippen, dann begann er sich langsam in ihr zu bewegen.

Immer wieder senkte er seinen Mund auf ihren, oder auf Nase, Lider oder Wange, nur um dann wieder zu ihren Lippen zurück zu finden.

Die langsamen, gleichmäßigen Stöße, die über ihre Klit rieben, machten sie verrückt.

Ihr Körper bettelte nach der Erlösung, die nur Joey ihr schenken konnte.

"Verlass mich nicht", flüsterte er und intensivierte den Druck auf ihre Perle.

Bunte Lichter blitzten vor ihrem inneren Auge auf und sie wimmerte unwillkürlich auf.

"Versprich es mir. Verlass mich nicht", beschwor er sie und Kyle konnte nur noch nicken.

"Sag es, Baby. Versprich mir, dass du mich nicht verlässt", forderte er, während seine Stöße heftiger wurden.

Kyle stöhnte auf, die Erlösung war so nah, sie konnte ihn an jedem Zentimeter ihres Körpers spüren. Dennoch fehlte dieses kleine, letzte bisschen.

"Versprich es mir jetzt, Baby."

Auch Joey klang mittlerweile keuchend vor Anspannung. Sie wusste, dass er es hören musste, und sie wollte es ihm versprechen.

Sie nahm all ihre Kraft zusammen und raunte in sein Ohr. "Ich verspreche es, ich bleibe bei dir, ich verlasse dich nicht … ich liebe dich."

Er stöhnte laut auf und sie spürte, wie er sich in ihr ergoss, was auch sie mit zu diesem unglaublich süßen Höhepunkt nahm.

"Ich liebe dich", flüsterte er außer Atem.

Er lag schwer auf ihr, doch sie fühlte sich nicht von ihm erdrückt, sondern beschützt. Zugedeckt von diesem großen Mann, der jeden Winkel ihrer Seele kannte. Dann drehte er sich auf die Seite und zog sie mit sich.

Sie lag an seine breite Brust geschmiegt da und genoss seine träge streichelnde Hand auf ihrem Rücken, bis sie schlussendlich in einen traumlosen Schlaf fiel.

JOEY

Kyles Worte der vergangenen Nacht, des Tages und die, die er von ihr gefordert hatte, geisterten noch lange durch seinen Kopf.

Was ihr angetan wurde, war unvorstellbar, und doch hatte sie überlebt. Mehr als das. Sie war zu diesem unglaublich starken Menschen geworden, der einfach alles überleben konnte.

Er hatte immer von sich selbst behauptet stark zu sein, doch im Vergleich zu ihr war er ein niemand.

Joey bewunderte sie. Nicht nur dafür, dass sie es überlebt hatte, vor allem dafür, dass sie lebte.

Natürlich war sie vorsichtig, wer wäre das nicht?

Aber sie hatte es geschafft, sich ein neues Leben aufzubauen.

Ein Leben, in dem nicht nur sie selbst existierte. Nein, Kyle hatte Freunde, war für fremde Menschen in schwierigen Situationen da und hatte es sogar geschafft, ihr Herz für ihn zu öffnen.

Er, das verstand er nun, der alles war, was sie mit dem Grauen ihrer Vergangenheit in Verbindung brachte. Auch dieser Teil ihrer Geschichte war ihm unendlich nahe gegangen.

Sie hatte ihm erzählt, wie ähnlich er Daniel äußerlich war und Joey hätte in diesem Moment alles dafür gegeben einfach so wie Mike auszusehen. Zwar durchaus muskulös, aber schlank und drahtig.

Wie gerne wäre er diese Muskelberge losgeworden, um

es ihr leichter zu machen.

Ganz egal, was sein persönliches Ideal war. Er wollte einfach nur sein, was Kyle brauchte.

Gleichzeitig wusste er aber, dass sie ihn nehmen konnte, wie er war, und das schenkte ihm eine Art Frieden, von dem er noch nicht einmal gewusst hatte, dass er existierte.

Mit Kyle konnte er sich das erste Mal vorstellen, wie es sein würde, alt, runzlig und grau zu werden und sich dennoch geliebt zu fühlen.

Diese kleine, scheinbar so zerbrechliche Frau hatte ihm so viel voraus, dass er es noch nicht einmal erfassen konnte.

Sie war alles, was er brauchte, und er würde sein Bestes geben, um alles zu sein, was sie brauchte.

Er rollte sich auf die Seite und zog sie noch enger an sich. Er wollte jeden verdammten Millimeter ihres Körpers an seinem spüren.

Sanft ließ er seine Hand über ihren Rücken wandern, streichelte die zarte Haut, die sich anfühlte wie ein Pfirsich unter seinen rauen Händen.

Dann ließ er seine Hand tiefer wandern, hinab bis zu diesem perfekten Hintern, von dem er niemals genug bekommen würde.

Seine Fingerspitzen streiften über ihre Spalte, die noch immer so unglaublich nass war.

Joey stockte in seiner Bewegung. Sie war nass … zu nass … dann schloss er die Augen und verfluchte sich selbst.

Er hatte das verdammte Kondom vergessen. Einfach so. Hatte sich mitreißen lassen von den Empfindungen, die ihr herrlicher Körper in ihm auslöste.

Dann dachte er einen Moment lang darüber nach, was im schlimmsten Fall passieren würde.

Im Worst Case würde sie von ihm schwanger werden. Sein Baby in ihrem Bauch, unter ihrem Herzen.

Auch wenn er absolut nichts mit Kindern anfangen

konnte, ließ ihn der Gedanke lächeln. Und allein dieses Lächeln genügte, um ihn soweit zu beruhigen.

"Kyle", murmelte er, die Lippen dicht an ihrem Hals und schüttelte sie leicht.

"Nein", brummte sie.

"Komm schon, Baby. Wach auf."

"Ich kann nicht nochmal."

Das ließ ihn auflachen.

"Was?", brummte sie daraufhin widerwillig.

"Wir haben das Kondom vergessen."

Sie verstummte einen Moment. Dann tätschelte sie seine Brust. "Alles okay. Falscher Zeitpunkt. Schlaf jetzt."

Joey lachte leise in sich hinein. Sie war zum Anbeißen, wenn sie so hundemüde wie in diesem Moment war.

Glücklich schloss er die Augen. Egal was kommen würde, solange sie bei ihm war, konnte ihm nichts etwas anhaben.

16 MONATSTREFFEN

JOEY

Das Klingeln seines Handys riss ihn aus dem Schlaf. Ohne die Augen zu öffnen, begann er auf dem Nachttisch danach zu suchen.

Erfolglos.

Kyle wand sich in seinen Armen, aber er hatte nicht das Bedürfnis seine Traumfrau wegen eines beschissenen Telefons loszulassen.

"Gib mir fünf Sekunden, dann gebe ich dir dein Handy und bin zurück in deinen Armen", sagte sie mit einem deutlichen Lächeln in der Stimme.

Er brummte etwas, das man vage als Zustimmung deuten konnte und lockerte seinen Griff. Er tat es nur, weil ihm dieser Hello-Klingelton von Adele, den Destiny eingestellt hatte, so unendlich auf die Nerven ging.

Sobald er das kühle Plastik seines Handys in seiner Hand spürte, zog er Kyle mit einem Ruck zurück an seine Brust und schlang eines seiner Beine um sie, damit sie nicht heimlich flüchten konnte.

"Ja", knurrte er ohne eine weitere Begrüßung in das nervige Ding.

"Guten Morgen, Joey!", hörte er Luces fröhliche Stimme.

Zu fröhlich um genau zu sein. Joey war sich sicher, dass das die Rache für die unzähligen Male war, in denen er Luce und Tia aus dem Bett geworfen hatte.

Zu seiner Verteidigung musste er aber sagen, dass die beiden zu den merkwürdigsten Zeiten schliefen ... eigentlich immer gerade dann, wenn es ihnen passte, absolut fern von jedem menschlichen Schlafrhythmus.

"Hey", brummte er deshalb nur wenig begeistert.

"Wir haben endlich die letzten Ersatzteile für Kyles Wagen bekommen. Gar nicht so einfach ..."

Joey quittierte das Ganze nur mit einem "Hmpf". Schließlich war das Luces Arbeit und zwei Wochen waren wohl mehr als genug Zeit, um einen Wagen auf Vordermann zu bringen.

"Ich bringe ihn heute Abend mit."

Joey runzelte die Stirn, noch immer ohne die Augen zu öffnen ... er war einfach noch nicht bereit für den Tag.

"Wohin?", fragte er knapp und ärgerte sich über Luces Lachen.

"Monatstreffen. Heute Abend. CB-Resorts, du erinnerst dich? Du gehörst jetzt dazu, Kumpel."

Joey grunzte angewidert. Er hatte keine Lust auf so ein Treffen, wenn er seine Zeit lieber mit Kyle in seinen Armen verbringen konnte.

Luce lachte noch lauter. "Keine Sorge, Mann! Du kannst Kyle natürlich mitbringen."

Einen weiteren Grunzlaut von Joey und eine Menge Gelächter von Luce später, drückte er die Austaste seines Handys und warf es neben das Bett.

Er zog Kyle noch enger an sich und wollte einfach nur mit ihr in den Armen wieder einschlafen.

"Was wollte er?", murmelte Kyle gedämpft von seiner Haut, gegen die er sie drückte.

"Nichts."

"Joey!"

Stöhnend ließ er ihr ein klein wenig mehr Platz. Wenn auch widerwillig.

"Was wollte Luce?", fragte sie erneut und neigte den Kopf in seine Richtung.

Nun sah er sich gezwungen, zumindest ein Auge zur Hälfte zu öffnen, um ihren Gesichtsausdruck sehen zu können.

"Dein Auto wird heute fertig."

Ihr Lächeln hätte ihn beinahe dazu gebracht mit zu lächeln.

"Er bringt es zum Monatstreffen mit", brummte er und streichelte über die weiche Haut an ihrer Hüfte.

"Monatstreffen?"

"Fire&Ice."

Sie versteifte sich merklich, ehe sie ein "Oh" ausstieß.

Beinahe augenblicklich war es vorbei mit seiner trägen Entspannung.

"Was ist los?", fragte er und musterte sie jetzt mit beiden Augen aufmerksam.

"Nichts."

"Kyle …"

"Nein, wirklich nichts."

Er rollte sich auf sie und stützte sich links und rechts von ihrem Kopf ab.

"Könntest du bitte aufhören mich anzulügen?", knurrte er finster.

Sie schloss resigniert die Augen und antwortete: "Sie sind mir nicht alle geheuer …"

Zur Belohnung küsste er sie zart auf ihre weichen Lippen.

"Wer genau?", forschte er nach.

Kyle wandte den Blick ab.

"Kyle …"

"So ziemlich alle, okay?", knurrte sie verschnupft, ohne ihn anzusehen.

Lächelnd küsste er ihr Gesicht von ihrer Stirn bis zu ihrem Mund.

"Ich verspreche dir, ich werde keinen von ihnen nahe genug an dich heran lassen."

Sie lächelte, auch wenn er genau sah, dass sie es eigentlich nicht wollte.

Er küsste ihren Hals, dann ihren Nacken.

"Du weißt, dass das unfair ist …"

"Warum?", fragte er unschuldig und fuhr mit seiner sinnlichen Folter fort.

"Weil ich nicht denken kann, wenn du meinen Nacken küsst …", schnurrte sie, drehte den Kopf aber noch weiter, damit er besseren Zugang zu dieser empfindlichen Stelle hatte.

"Das heißt, du begleitest mich?", flüsterte er in ihr Ohr.

"Wenn es denn sein muss", gab sie zurück und stöhnte dann unterdrückt, als er zwischen ihre Beine glitt und seinen Schwanz an ihrer Spalte rieb.

Er liebte es einfach, wie sehr sie auf ihn reagierte. Er griff zum Nachttisch und holte ein Kondom heraus, das er sich in Windeseile überzog. Dann legte er sich zurück zwischen ihre Beine und verwöhnte ihre Brust mit Mund und Zunge.

"Komm schon", stöhnte sie und rieb ihre heiße Spalte an seinem Schwanz. Er wollte nichts lieber als einfach in sie zu stoßen, doch sie so scharf auf ihn zu sehen, fühlte sich einfach zu gut an.

Sie stöhnte frustriert auf und schubste ihn an der Brust von sich. Er ließ sie gewähren und rollte sich auf den Rücken.

Beinahe augenblicklich setzte sie sich rittlings auf ihn. Ihre zarten Finger packen seinen harten Schwanz überraschend fest und entlockten ihm ein Stöhnen.

"Mein Gott, Baby!", keuchte er, als sie ihn aufrichtete und sich, ohne innezuhalten, auf ihn niederließ.

Er griff nach ihren Hüften, hielt sie aber nicht auf, als sie anfing, sich rhythmisch auf ihm zu bewegen.

Er liebte das Gefühl ihrer engen Pussy, die sich bei jeder Bewegung enger um ihn schloss. Ihre kleinen Brüste hüpften auf und ab, bettelten nach Zuwendung.

Er hob seine Hände, nahm die Spitzen zwischen Daumen und Zeigefinger und drückte leicht zu.

Kyle stöhnte und bog sich ihm entgegen, wodurch er noch tiefer in sie gleiten konnte. Er stellte die Füße leicht auf und kam ihr mit jedem Stoß entgegen, während seine Hände immer härter mit ihren Nippeln spielten.

Dann begann sie heftig um ihn herum zu zucken und presste sich hart an ihn. Joeys Hände glitten völlig automatisch zurück zu ihren Hüften. Er hielt sie fest und begann hart in sie zu stoßen. Immer schneller und schneller, bis seine Hoden sich zusammenzogen und er sich laut stöhnend in ihr ergoss.

Dann brach sie heftig atmend auf ihm zusammen und Joey schloss seine Arme fest um sie. Diese Frau war perfekt und er würde sie nie wieder gehen lassen!

KYLE

Als sie am Abend neben ihm in seinem Camaro zu dem Monatstreffen mitfuhr, verfluchte sie ihn innerlich, dass er sie hierzu überredet hatte.

Sie wollte nicht in einem Raum voller riesiger Männer mit noch größeren Egos sein. Sie wusste ja noch nicht einmal, was sie dort sollte!

Soweit sie wusste, ging es in diesen Treffen immer darum zu planen, was die Fire&Ice-Truppe in den kommenden Monaten vor hatte.

Wenn sie ganz ehrlich war, hatte sie noch nicht einmal einen ihrer legendären Akrobatik-Feuerspucker-Auftritte gesehen.

"Entspann dich, Babe. Du wirst Spaß haben", sagte Joey sanft und drückte ihre Hand, ehe er seine wieder auf den Schalthebel legte.

Wie immer schien er ganz genau zu wissen, was in ihr vorging.

Sie nickte und lächelte zuversichtlich. Immerhin

würden Julie und Tia auch dort sein.

Als sie den Raum betraten, herrschte dort großes Durcheinander.

Die vielen unterschiedlichen Menschen bewegten sich kreuz und quer, versammelten sich in Grüppchen, diskutierten oder lachten zusammen.

Irgendwie hatte Kyle sich all das anders vorgestellt. Gesitteter vielleicht oder ernster. Den Männern nach, die sie von Fire&Ice kannte, vielleicht auch mehr wie sie sich ein Treffen der Mafia vorstellte. Sogar eine Zusammenkunft dümmlicher, Anabolika süchtiger Bodybilder hätte eher in ihre Vorstellung gepasst als ein Treffen ganz normaler Frauen und Männer, die sich angeregt und höflich miteinander unterhielten.

Joey schob sie mit einer Hand auf ihrem unteren Rücken weiter in den Raum hinein und direkt auf Gregor und Julie zu, als wüsste er, dass sie ein vertrautes Gesicht brauchte.

"Hey!", rief Julie ihr strahlend entgegen.

"Hi, wo ist Ethan?", fragte Kyle verwundert, da der Kleine weder auf ihrem noch auf Gregors Arm zu sehen war.

"Zusammen mit den anderen Kindern nebenan. Eine der Erzieherinnen aus dem JB-Industrials Mutter-Kind-Programm betreut alle, wenn wir dieses Treffen abhalten. Mit all den Kindern war es das letzte Mal so chaotisch, dass wir ewig gebraucht haben."

Kyle sah sich um, keine Kinder im Raum. Nur Ty hatte die kleine, ganz in Pink gekleidete Bella auf dem Arm, die mit höchster Konzentration an dem Knoten seiner Krawatte zupfte.

Gregor stöhnte entnervt, als er Kyles Blick folgte. "Außer Bella. Weil Ty absolut nicht dazu zu bringen ist, sie für fünf Minuten jemand anderem anzuvertrauen."

Julie strich ihm besänftigend über den Arm.

"So ist er eben. Aber ich glaube wirklich, dass die

Kinder so sehr viel mehr Spaß haben, als wenn sie hier bei uns sitzen und leise sein müssten."

In diesem Moment betrat Cat laut klatschend den großen Raum und rief: "Zack, zack, alle auf eure Plätze. Die Reihenfolge ist heute probehalber geändert. Wir besprechen erst und essen dann mit den Zwergen."

"Verdammt … dabei habe ich wirklich schon Hunger", beschwerte sich Joey.

"Du hast immer Hunger!", sagte Tom, der sich zu ihnen gesellt hatte.

"Ein großer Mann braucht viel Nahrung." Joey schien nicht ernsthaft böse zu sein.

"Wie geht's deiner Hand? Machst du die Übungen, die ich dir gezeigt habe?"

"Ja, es läuft gut. Ich denke, ich kann nächste Woche wieder mit der Arbeit beginnen."

"Lass es langsam angehen, sonst schwillt sie wieder an", mahnte Tom, was ihm nur ein Augenrollen von Joey einbrachte.

"Wir sollten uns lieber setzen, Cat guckt schon so finster", mischte sich Gregor in das Gespräch ein.

"Cat guckt fast immer finster, sogar wenn sie wieder eine Sonderbehandlung in meinem Studio will", antwortete Joey ernst.

Lachend machten sie sich alle auf den Weg zu ihren Plätzen.

Nachdem ein wenig Ruhe eingekehrt war, ergriff Ryan das Wort. "Okay, nachdem im Moment alles ein wenig chaotisch ist und die Gruppe … nennen wir es mal nicht optimal aufeinander eingestimmt ist, würde ich sagen, wir canceln das Bostoner Musikfestival für dieses Jahr."

Gemurmel stieg in der Gruppe auf. Manches zustimmend, andere schienen ganz und gar nicht Ryans Meinung zu sein.

Für Kyle war es interessant, die Dynamik dieser so bunt gemischten Truppe zu beobachten.

Nach einer kurzen Abstimmung entschieden sie sich

dafür, dieses Festival ausfallen zu lassen. Die Entscheidung fiel sehr knapp aus, stand aber fest.

Kyle verstand nicht ganz, wer stimmberechtigt war und wer nicht. Einige Frauen hielten sich aus der Abstimmung heraus, einige der Männer ebenso. Unter ihnen waren vor allem die Jungs, die zu Luce gehörten. Dennoch schien die Sache entschieden, denn Ryan verkündete das Ergebnis endgültig.

"Gut. Punkt zwei und drei meiner persönlichen Liste hängen ziemlich nah beieinander. Ich darf euch sagen, dass Sky und ich noch ein Baby bekommen werden …" Pfiffe und Applaus unterbrachen seine Ansprache. Ryan lächelte, auch wenn er etwas gequält aussah. Das erinnerte sie an Julies Worte zu Ryans Unwillen, Sky schon wieder leiden zu sehen.

"Und drittens: Wir werden Ende nächsten Monats kirchlich heiraten, die Einladungen folgen natürlich."

Wieder wurde applaudiert. Nach allem was Kyle mitbekommen hatte, war diese Feier auch mehr als überfällig und lange geplant.

Er entschuldigte sich noch kurz dafür, dass alles so kurzfristig geplant wurde, er diese Hochzeit aber auf jeden Fall vor dem zweiten Baby haben wollte. Dann setzte er sich.

Shane stand auf und räusperte sich.

"Mit einem weiteren Baby kann ich zwar nicht dienen, aber wie schon vor langem verkündet, wird das natürlich die geplante Doppelhochzeit. Ihr müsst euch also nicht zweimal in Schale werfen."

Die Gruppe lachte und Jason rief: "Du klaust uns eine Party!"

Einige zeitlang wurde über die Hochzeit diskutiert und alle gratulierten den beiden Pärchen.

"Eine letzte offizielle Sache, bevor wir zum Essen kommen", sagte Cat und klopfte mit einem Löffel an ein Glas.

"Ich möchte euch alle noch einmal an den JB-

Wohltätigkeitsball in ein wenig mehr als zwei Wochen erinnern. Anwesenheitspflicht. Auch für dich, Ty!"

Alle lachten über seinen finsteren Gesichtsausdruck, dann kamen die einheitlich in schwarz-weiß gekleideten Kellner, um die Bestellungen aufzunehmen.

Das Essen war sehr gut. Kyle hatte sich Ente in einer Rotweinsoße bestellt und genoss die Leckerei ebenso wie die Gespräche im Tisch.

Tom war ihr erstaunlich sympathisch, und auch mit Jonas und Kiran kam sie blendend zurecht. Alles in allem war der Abend nicht halb so schlimm wie sie es erwartet hatte.

Nach dem Essen bildeten sich wieder Grüppchen im Raum und diesmal befanden sich zwischen all den riesigen Männer und den schönen Frauen ein ganzer Berg Kinder und Babys.

Dave, der eine ihr unbekannte, aber nicht sonderlich sympathische blonde Frau an seiner Seite hatte, verabschiedete sich von allen, da es seiner Begleitung nicht gut ginge.

Die Fire&Ice Männer verdrehten allesamt ziemlich genervt die Augen. Es schien nicht das erste Mal zu sein, dass er sich aus diesem Grund verabschieden musste.

Während Kyle sich angeregt mit Kiran über dessen Schriftstellerkarriere unterhielt, machte sich Joey auf, um ihnen etwas zu trinken zu besorgen.

"Miss Kyle." Sie erkannte die freche Stimme von Sandro sofort wieder.

"Hallo Sandro", sagte sie freundlich, achtete aber darauf ihre Hand von ihm fernzuhalten.

"Ich habe etwas für dich."

Sein Grinsen war so jungenhaft und frech, dass ihr gar nichts anderes übrig blieb als zurückzulächeln. Er war so groß, überragte sie fast um einen Kopf und war mindestens doppelt so breit wie sie, und dennoch konnte sie nichts bedrohliches an ihm finden.

Nicht einmal der Bartschatten um sein markantes Kinn, oder die Tätowierungen, die sich bis auf seinen Hals schlängelten, konnten sein fröhliches Naturell trüben.

Strahlend hob er ihr den Schlüssel ihres Autos entgegen. "Ich habe den ganzen Tag durchgearbeitet, damit er auch rechtzeitig fertig wird."

Er erzählte ihr mit Begeisterung von all den Dingen die er am Wagen repariert hatte und Kyle machte sich ernsthaft Sorgen über das Budget, das sie mit Luce ausgehandelt hatte.

"Jedenfalls bin ich gerade noch rechtzeitig fertig geworden", schloss er dann und drückte ihr den Schlüssel in die Hand.

Er ließ ihre Hand aber nicht los, sondern machte einen Schritt auf sie zu und gab ihr einen dicken Kuss auf die Wange.

Ehe sie ihn von sich stoßen konnte, spürte sie einen harten Griff um ihr Handgelenk und dann wurde sie nach hinten gezogen.

Joey trat zwischen sie und Sandro, packte den jungen Mann am Kragen und schob ihn noch einen Schritt zurück.

Der Griff um ihr Handgelenk war schmerzhaft und die Wut, die von Joey ausstrahlte, machte ihr Angst. Nicht nur ein wenig, sondern richtig. Sie kannte diese eifersüchtige Wut nur allzu gut.

Sie zwang sich ruhig zu atmen, während Joey Sandro etwas zuknurrte, das sie durch das Rauschen in ihren Ohren nicht verstehen konnte.

Luce kam dazu und ging zwischen die beiden. Er drängte Joey ein Stück zur Seite und zwang ihn so seinen Griff um ihr Handgelenk zu lösen. Er sprach scharf auf beide ein.

Kyle wartete nicht länger. Sie setzte sich sofort in Bewegung und verließ den Raum so unauffällig wie möglich.

Im allgemeinen Durcheinander fiel sie auch nicht

weiter auf.

Sie kontrollierte ihren Atem mit purer Willenskraft. Sie war stark, sie würde sich jetzt nicht von ihren Erinnerungen übermannen lassen.

Bereits an den großen Glastüren des Hotels angekommen, hörte sie Julies Stimme hinter sich.

"Kyle!"

Sie hielt nicht an, ging zielstrebig weiter nach draußen auf den Parkplatz. Sie brauchte Ruhe und einen Rückzugsort, an dem sie ihre Gedanken sortieren konnte.

"Kyle!", rief Julie nochmal.

"Ich kann jetzt nicht", antwortete Kyle ruhig und steuerte auf ihren Wagen zu.

Er strahlte geradezu, aber sie konnte sich jetzt noch nicht einmal daran erfreuen.

"Gib mir die Schlüssel. Ich fahre."

"Ich muss nach Hause, Julie … ich kann jetzt nicht warten."

Wobei sie eigentlich noch nicht einmal so genau wusste, wo ihr Zuhause war. Sie hatte sich noch immer nicht um eine eigene Wohnung gekümmert.

"Ich fahre dich. Gregor kommt dann mit Ethan nach." Julie griff nach ihrer kalten Hand und entwand ihr den Autoschlüssel.

Ihre Gedanken waren völlig verstummt, als sie neben Julie im Auto saß.

Da war nur das Bedürfnis sich in ihr dunkles Zimmer zurückzuziehen und die Kälte, die ihr Herz von Minute zu Minute mehr umschloss.

Julie parkte den Wagen in der Einfahrt und ging dann an Kyles Seite ins Haus.

"Das war nur ein Missverständnis, Kyle", versuchte Julie sie zu beruhigen.

War es das? Oder hatte sie sich so sehr in Joey getäuscht?

JOEY

Der Schmerz, den eine klatschende Hand auf seinem Hinterkopf hervorrief, riss ihn aus seinen Mordgedanken diesem Trottel gegenüber, der Kyle bedrängt hatte.

Er wusste, dass es ihr niemals recht gewesen wäre, dass Sandro ihr so nahe kam. Dabei hatte er Kyle doch versprochen auf sie aufzupassen.

Er drehte sich zu der Person um, die ihn geschlagen hatte und sah direkt in Tias funkelnde Augen.

"Was soll das?", fragte er und verstand nicht, warum sie ihn so wütend anfunkelte, anstatt diesen kleinen Wurm.

"Ich versuche deine Gedanken in die richtige Richtung zu schubsen."

"Wovon zum Teufel redest du?"

"Während du wütend Sandro anfunkelst, was nebenbei bemerkt Luce auch allein ganz gut hinbekommt, ist Kyle gegangen und sie sah ehrlich gesagt nicht sehr gut aus", schnauzte Tia ihn an.

Joey stutzte, dann sah er sich nach Kyle um. Tia hatte recht, sie war weg. Joeys Magen krampfte sich zusammen. Das war nicht gut. Er würde diesen kleinen Wichser umbringen, wenn es Kyle ernsthaft schlecht wegen ihm ging.

Er funkelte Sandro noch einmal böse über die Schulter an, dann schnappte er sich Kyles Handtasche, die noch immer an ihrem Stuhl hing und ging nach draußen.

Auf dem Parkplatz sah er Gregor, der gerade Ethan in seinen Kindersitz schnallte.

"Wo ist Julie?", fragte er ihn.

Gregor sah ihn finster an.

"Sie hat Kyle nach Hause gefahren, weil du dich wie ein Vollidiot aufgeführt hast", knurrte er dann und schloss die Tür des Wagens. "Ich sag dir eines, Joey. Ich mag dich, aber ich liebe Julie und Julie liebt Kyle. Ergo wenn es Kyle schlecht geht, geht es Julie schlecht und da hört unsere

Freundschaft auf."

"Wovon zum Teufel redest du?"

"Davon, dass du wie ein wildgewordener Wasserbüffel auf Sandro losgegangen bist und Kyle damit ziemlich aus der Bahn geworfen hast!"

Gregor schüttelte den Kopf. "Ich muss jetzt los."

Joey starrte ihm fassungslos hinter her. Konnte es wirklich sein, dass nicht Sandro, sondern er selbst das Problem war?

Sein Magen krampfte sich zusammen, als er die letzte halbe Stunde Revue passieren ließ. Sie könnte es tatsächlich so interpretiert haben, dass er eifersüchtig gewesen war.

Natürlich gefiel ihm die Vorstellung anderer Lippen auf ihrer Haut nicht, aber das war noch lange kein Grund sich so zu verhalten.

Aber die Vorstellung, dass Kyle sich unwohl fühlte, weil Sandro sie bedrängte, war sehr wohl ein Grund.

Frustriert rieb er sich über den Nacken. Er musste das aufklären, musste ihr sagen, was er wirklich gedacht hatte.

Mit langen Schritten ging er zu seinem Auto und fuhr mit quietschenden Reifen los.

Gregor trug gerade den schlafenden Ethan ins Haus, als er in der Auffahrt hielt.

Julie starrte ihm von der Tür aus finster entgegen.

"Was willst du hier?", schnauzte sie ungewöhnlich grob, ehe er auch nur ein Wort sagen konnte.

"Ich muss mit ihr reden, Julie."

"Sie will nicht." Julie verschränkte die Arme vor der Brust.

"Es ist nicht so wie es aussieht, Julie! Ich wollte sie doch nur beschützen!"

Eine Spur Neugier mischte sich in ihren finsteren Gesichtsausdruck und Joey nutzte die Chance sofort.

"Ich dachte, dass er sie bedrängt. Ich hatte Angst, dass sie sich unwohl fühlen könnte. Ich wollte doch nur auf sie aufpassen."

Julie ließ die Arme sinken und atmete lange aus. "Das hast du gründlich verbockt, Joey. Wirklich. Sie steht total neben sich."

Angst ließ sein Herz rasen. Er durfte sie nicht wegen diesem Missverständnis verlieren.

"Lass mich rein. Lass mich mit ihr reden."

"Das ist jetzt keine gute Idee, Joey. Sie hat sich eingesperrt und spricht nicht mit mir. Sie will einfach nur ihre Ruhe."

Sein Magen krampfte sich zusammen. Wenn sie sich sogar vor Julie so zurückzog … "Sie … sie wird doch nicht …"

Julies Augen weiteten sich. "Was? Nein. Nein!"

Doch wirklich beruhig war er nicht. Er musste ihre Stimme hören. "Ich … Julie, bitte. Lass mich zu ihr, nur für einen Moment."

"Du musst ihr ein bisschen Zeit geben."

"Danach. Bitte."

Julie nickte unsicher und bedeute ihm dann ihr zu folgen. Vor Kyles Tür angekommen ließ sie ihn schließlich allein.

"Kyle?", fragte er und klopfte vorsichtig an die Tür. Keine Reaktion. Seine Angst um sie wurde noch größer. "Kyle, bitte. Ich mach mir Sorgen um dich."

Noch immer nichts. Sein Blut rauschte so laut in seinen Ohren, dass er seine eigene Stimme nur wie durch Watte hörte.

"Kyle, du musst mir zuhören. Es ist nicht so wie du denkst! Ich wollte dich doch nur vor ihm beschützen."

Er hörte ein leises Schluchzen auf der anderen Seite der Tür. Es brach ihm das Herz zu wissen, dass sie dort war, weinte, wegen ihm, und er ihr noch nicht einmal helfen konnte.

"Mein Gott, Baby … ich wollte dir nicht wehtun … ich liebe dich, Kyle." Seine Stimme brach. Die Angst sie zu verlieren schnürte ihm die Kehle zu.

"Bitte, Kyle … hör mich an."

Die Verzweiflung trieb ihm die Tränen in die Augen.

Dann hörte er ihre Stimme, doch ihre Worte zogen ihm den Boden unter den Füßen weg.

"Bitte … geh!"

Seine Knie gaben nach.

Die Hände fest gegen die Tür gepresst kniete er am Boden. Sein Kopf hing zwischen seinen Schultern, während seine Gedanken fieberhaft nach einer Lösung suchten.

Das konnte nicht alles sein. Das durfte es nicht gewesen sein.

Dann spürte er eine Hand auf seiner Schulter. "Lass ihr Zeit", flüsterte Julie, als er den Kopf hob und ihren Blick fand.

Er schüttelte den Kopf. Er konnte jetzt nicht einfach gehen. Sie musste ihn einfach verstehen.

"Sie steht unter Schock, Joey. Deine Worte werden nicht zu ihr durchdringen. Gib ihr diese eine Nacht."

"Ich kann nicht", gab er rau zurück. Allein der Gedanke, dass sie dort war, so nah und doch unerreichbar brachte ihn schier um.

Wie zum Teufel sollte er da in seine Wohnung fahren und bis zum nächsten Tag warten?

"Du musst." Julie streichelte über seinen Nacken. Genauso wie Kyle es immer machte.

Er wusste, dass sie recht hatte, was nicht hieß, dass er es deshalb gut finden musste. Er hasste den Gedanken sie hierzulassen. Hasste sich selbst dafür, dass es einzig und allein seine Schuld war.

Aber die allumfassende Angst sie zu verlieren war es, die ihm das Atmen schwer machte.

Er ließ den Kopf hängen und nickte. Dann rappelte er sich langsam auf und verließ das Haus.

"Ich rede mit ihr. Versprochen", sagte Julie, als sie auf der Veranda ankamen.

"Danke, Julie."

Er stieg in den Camy und stieß rückwärts aus der Einfahrt.

Während er die leerer werdenden Straßen Bostons entlangfuhr, streichelte er über das Lederlenkrad.

Alles an diesem Wagen erinnerte ihn an Lisa. Die Frau, die er so sehr geliebt hatte, dass sie heute noch einen Teil seines Herzens besaß.

Aber den anderen, deutlich größeren Teil hatte Kyle für sich reserviert.

Er liebte alles an ihr. Ihre Stärke wie ihre Verletzlichkeit. Ihren Humor und ihr Mitgefühl. Ihren zierlichen Körper und ihr feines Gesicht.

Lange fuhr er durch die Stadt, seine Gedanken bei der Frau, die er so unglücklich gemacht hatte.

Vielleicht war er einfach nicht dazu bestimmt eine Frau glücklich zu machen. Er hatte es bei Lisa nicht geschafft, bei Candy total versagt und auch Kyle hatte er so zugesetzt, dass sie weinend in ihrem Zimmer saß.

Tränen standen in seinen Augen, als er den Wagen in Richtung Hudson steuerte. So dunkel und ruhig wie es war, musste es schon weit nach Mitternacht sein. Ihm war nicht aufgefallen, wie lang er schon durch die Gegend fuhr.

Er parkte den Wagen in einer der Haltebuchten und schlenderte zum Ufer. Er wollte nicht nach Hause. Wollte nicht zu all den schönen Erinnerungen.

Er starrte auf die Wasseroberfläche, in der sich der beinahe volle Mond spiegelte. Das leise Rauschen beruhigte ihn.

Der Wind frischte auf und Joey steckte seine Hände in die Hosentaschen, um sie vor der Kälte zu schützen.

Seine rechte Hand stieß auf ein kleines, zerknittertes Kärtchen. Er zog es heraus und erkannte die Kundenkarte des Blumenhandels wieder.

Er drehte sie eine Weile zwischen seinen Fingern. Blumen konnten ihn aus diesem Dilemma nicht retten … aber sie würden es auch nicht schlimmer machen.

Er steckte die Karte wieder ein und machte sich auf den Rückweg zum Wagen.

Er würde einfach vor dem Laden warten bis dieser öffnete und dann zu Kyle fahren, um sie um Vergebung anzuflehen.

Er parkte den Wagen vor dem Geschäft, als es schon leicht dämmerte.

Joey stieg aus und setzte sich auf die Stufen vor der Eingangstür.

Er konnte noch nicht zu Kyle, sie würde noch schlafen und Julie hatte bestimmt noch keine Gelegenheit mit ihr zu reden.

"Fehlermann. Was machst du so früh schon hier?" Er erkannte die freundliche Stimme sofort und hob müde den Kopf.

"Ein Notfall, Schnittblumenmädchen." Dann runzelte er verwirrt die Stirn. Es konnte noch nicht einmal acht Uhr sein. "Habt ihr schon auf?"

"Nein, ich warte nur auf die Lieferung für den heutigen Tag." Er nickte resigniert und ließ den Kopf wieder hängen.

"Wie kann ich dir helfen? Mit einem Ich habe keine Ahnung was ich falsch gemacht habe-Strauß?"

"Nein. Diesmal brauche ich ein Wunder."

"Du hast Glück. Die Abteilung für Wunder öffnet heute früher."

Sie stand auf und sperrte den Laden auf.

Joey folgte ihr und setzte sich dann auf einen Stuhl, den sie ihm zuschob.

Warum sie so freundlich zu ihm war, wusste er nicht, aber er war ihr mehr als nur dankbar.

"Die Herstellung von Wundern ist ein bisschen aufwändiger. Also erzählst du mir am besten ein wenig von ihr."

Er tat es. Erst stockend, dann immer flüssiger. Er erzählte dieser wildfremden Frau alles, was er an Kyle liebte und auch die Geschichte, mit der er sie von sich getrieben hatte.

Während sie ihm zuhörte, lief sie kreuz und quer durch den Laden, kam immer wieder mit den verschiedensten Blumen an ihm vorbei, um sie dann in dem, was sie hinter dem Tresen bastelte, unterzubringen.

"Und deshalb brauche ich ein Wunder", schloss er erschöpft seine Erzählungen und sah zu ihr auf, als sie um den Tresen herumkam.

"Bitteschön", sagte sie und streckte ihm einen wunderschönen Strauß entgegen.

Es waren unzählige kleine, bunte Blumen. Gelb, lila, pink, weiß. Keine Rosen oder andere Blumen, die den Strauß dominierten. Sie waren alle gleich schön und fügten sich zu einem perfekten Bild zusammen.

Er war vielfältig und einzigartig, wie Kyle selbst.

"Wow", sagte er und sah dann in ihre funkelnden Augen.

"Schön, wenn es das richtige ist."

"Mehr als das. Ich danke dir."

Sie ging mit dem Strauß zurück zu ihrem Arbeitsplatz und wickelte ihn in Papier ein.

"Was bekommst du?", fragte er und fischte nach seiner Geldbörse.

"Nichts. Wunder gehen aufs Haus."

"Warum? Ich meine …"

"Nun geh schon. Da wartet eine Frau, die zurück erobert werden möchte."

Joey riss ein Stück von dem Papier ab und schrieb seinen Namen und seine Nummer darauf.

"Wenn ich *dir* jemals helfen kann, melde dich."

Sie lächelte und las den Zettel. "So, Joey also, Fehlermann."

Er lächelte ebenfalls. "Und darf ich deinen Namen auch erfahren?"

"Jazz."

"Danke, Jazz." Er wandte sich um und ging zur Tür.

Als er die Klinke bereits in der Hand hatte, rief sie nach ihm.

"Vielleicht … vielleicht könntest du mir wirklich einen Gefallen tun", sagte sie stockend, als wollten die Worte ihren Mund nicht verlassen.

"Ja?"

"Dieses Treffen von dieser Truppe … heißt sie Fire&Ice?"

Joey runzelte die Stirn, nickte aber dann.

Jazz senkte den Blick auf die Arbeitsplatte und begann hektisch darauf herumzuräumen.

Dann sagte sie so leise, dass er sie kaum noch verstand: "Könntest du Jason sagen, dass ich hier bin?"

"Jason?" Was sollte so eine klasse Frau mit einem Mann wie Jason zu schaffen haben?

Sie blickte auf und die Unsicherheit in ihrem Blick ließ ihn stutzig werden.

"Er weiß, wer du bist?", fragte er dann nur.

"Ja."

Joey nickte und verließ dann den Laden. Er würde ein anderes Mal wiederkommen, vielleicht konnte er ihr helfen wie sie ihm geholfen hatte.

17 WAS JETZT?

KYLE

Sie war die ganze Nacht wach gelegen und hatte sich dann in den frühen Abendstunden in Ethans Zimmer geschlichen.

Sein Anblick brachte sie immer zur Ruhe, wenn ihre Gedanken wieder pausenlos kreisten. Im Schlaf glich er noch viel mehr dem Baby, das sie auf dem Arm getragen hatte. Wenn er wach war, wirkte er schon so groß, dass Kyle manchmal Angst bekam, wie schnell die Zeit verging.

"Dachte ich mir doch, dass du hier sein würdest." Julies sanfte Stimme ließ sie aufblicken.

Ihre Freundin setzte sich neben sie auf den Boden und beobachtete ihren schlafenden Sohn.

Sie schwiegen eine ganze zeitlang, doch Kyle wusste genau, warum Julie hier war. Sie wollte über den vergangenen Abend reden.

"Du weißt, dass ich immer auf deiner Seite bin …", begann sie dann doch mit dem Gespräch.

"Aber du denkst, ich habe einen Fehler gemacht."

"Nein. Ich denke, Joey hat einen Fehler gemacht", antwortete Julie.

Kyle sah überrascht auf. Sie hatte die halbe Nacht über Joeys Worte nachgedacht und immer öfter überlegt, ob sie nicht zu empfindlich reagiert hatte und jetzt …

"Er hätte nicht so überreagieren sollen, aber er hat es aus den richtigen Gründen getan. Kyle … du weißt, dass er nicht der eifersüchtige Typ ist. Er wollte dich beschützen, auch wenn er übertrieben hat …"

Kyle rieb sich gedankenverloren über das empfindliche, blau gefärbte Handgelenk. Sie wusste, dass Julie recht hatte.

Julie streichelte ihr sanft über die Wange. "Ich gehe nach unten und koche Kaffee … wenn du bereit bis mit ihm zu sprechen … er sitzt schon seit einiger Zeit auf der Veranda."

Als Kyle aufsah, bemerkte sie Julies weiches Lächeln. Julie hatte wirklich etwas für Joey und seine hartnäckige Art übrig.

Konnten sie sich beide so sehr in ihm täuschen? Nicht nur sie, sondern auch all die anderen Menschen, mit denen Joey sich umgab?

Niemand hatte sie jemals vor ihm gewarnt oder ihr schreckliche Geschichten über ihn erzählt. Im Gegenteil, jeder sprach immer nur gut von ihm. Wenn sie überhaupt jemals etwas negatives hörte, dann war er selbst es, der es ihr beichtete.

Eine Weile ließ sie ihre Gedanken noch kreisen, dann raffte sie sich auf und lief die Treppen hinab ins Erdgeschoss.

Julie stand summend in der Küche und bereitete Kaffee zu. Dann reichte sie ihr zwei Tassen und nickte zur Veranda.

"Ihr seht beide so aus, als könntet ihr Unmengen Kaffee gebrauchen."

Dankbar nahm Kyle die Tassen entgegen und ging dann langsam zur Veranda.

Joey saß mit hängenden Schultern auf der Veranda, neben ihm auf der kleinen Holztreppe lag ein

Blumenstrauß.

Mit einem kleinen Lächeln dachte sie an die letzten Blumen, die er ihr gekauft hatte, obwohl er nichts falsch gemacht hatte … und an das Ende, das ihnen zu Teil wurde.

"Was machst du da?", fragte sie leise, um ihn auf sich aufmerksam zu machen.

Seine Schultern sanken noch ein Stückchen tiefer und er sah nicht auf. "Darauf warten, dass es endlich morgen wird und du aufwachst … und für ein Wunder beten."

Der Schmerz in seiner Stimme brach ihr das Herz. Nein, er war absolut nicht wie Daniel. Daniel hätte ihr Vorwürfe gemacht, sie dazu gezwungen Dinge zu sagen und zu tun, die sie nicht wollte.

Langsam ging sie zu ihm hinüber. Sie setzte sich neben ihn auf die Stufen und hielt ihm den Kaffee vor die Nase.

"Ich habe nicht geschlafen."

Joey sah noch immer nicht auf, als er die Tasse entgegennahm. Sie schwiegen einen Moment, dann sagte Joey leise: "Ich liebe dich."

Ihre Augen brannten, als sie die Verzweiflung in seiner Stimme hörte. Doch bevor sie etwas erwidern konnte, sprach er bereits in rauem Ton weiter.

"Es tut mir so leid, Kyle. Ich wollte das nicht. Du hast mich falsch verstanden. Ich schwöre, ich …"

"Hör auf", sagte Kyle leise und drehte die Tasse in ihren Händen, während sie hinunter zur Straße schaute.

"Bitte Kyle, lass es mich erklären, lass es mich wieder gut machen. Ich …" Er gab einen hilflosen Laut von sich und streckte ihr dann den Strauß entgegen.

Sie stellte die Tasse beiseite und nahm ihn entgegen. Vorsichtig entfernte sie das Papier, während sie Joeys Entschuldigung lauschte, die genau dem entsprach, das Julie ihr prophezeit hatte. Wenn auch etwas ungeschickter formuliert.

"Sie sind wunderschön", flüsterte sie.

Sie spürte Joeys Blick auf ihr ruhen. "Man hat sie mir

als Wunder verkauft ..."

Kyle hob den Blick von der farbenprächtigen Kreation. "Du brauchst kein Wunder, Joey. Es war ein Missverständnis und ich habe überreagiert. *Mir* tut es leid."

Er hob vorsichtig die Hand und streichelte über ihre Wange. "Ich liebe dich, Kyle. Ich will dich nicht verlieren."

Sie schmiegte ihr Gesicht gegen seine Handfläche. "Ich liebe dich auch."

Er beugte sich zu ihr und küsste sie unendlich zärtlich auf die Lippen.

"Komm mit mir nach Hause, Baby", flüsterte er, als er seine Lippen nur Millimeter von ihren gelöst hatte.

Ihr Herz klopfte schneller bei der Art und Weise wie er nach Hause sagte. Denn genauso fühlte es sich an. Wie ein Zuhause, als wäre das der Ort, an den sie gehörte.

Zaghaft nickte sie und Joey schloss sie in eine feste Umarmung, als hätte er Angst, dass sie jeden Moment wieder verschwinden würde.

JOEY

In der Wohnung angekommen machte er ihnen beiden einen Kaffee und stellte die Blumen in eine Vase. Mit einem kleinen Lächeln dachte er an Jazz.

Mike und Tonia schliefen noch und er war sehr dankbar, dass keiner von beiden die drückende Stille zwischen Kyle und ihm mitbekam.

Mit den Kaffeetassen in der Hand nickte er in Richtung seines Schlafzimmers. Er wollte ungestört sein und sich keinesfalls mit seinen Mitbewohnern auseinandersetzen.

Ihr Zögern versetzte ihm einen Stich ins Herz. Auch wenn sie gleich darauf in sein Zimmer ging und sich ohne Umschweife auf sein Bett setzte, spürte er die Angst, etwas zwischen ihnen unwiderruflich zerstört zu haben, nur allzu stark.

"Danke", murmelte sie und nahm die Tasse entgegen. Joey setzte sich ebenfalls aufs Bett und lehnte sich mit dem

Rücken ans Kopfende.

Die Stille im Raum wurde nur durch Kyles Pusten, um den heißen Kaffee abzukühlen, unterbrochen.

Er wollte irgendetwas sagen, um die Stille zu durchbrechen.

Irgendetwas, das sie dazu veranlasste sich zu entspannen. Auf der Suche nach einem Thema sah er sich im Raum um und sagte dann spontan: "Ich brauche ein neues Bett."

Im selben Moment hätte er sich gern selbst geohrfeigt. Jetzt darüber zu reden, wie er dieses Bett zusammen mit seiner Exfreundin gekauft hatte, war wohl so ziemlich das falscheste Thema überhaupt!

Kyle wandte sich ihm mit hochgezogenen Augenbrauen zu. Da das Kind schon in den Brunnen gefallen war, erklärte er ihr in knappen Worten warum.

"Erzähl mir von ihr", bat sie.

Zweifelnd sah Joey sie an, tat es aber schließlich, weil sie sich ihm so zuwandte und ihm im Schneidersitz gegenübersaß.

Mit jedem Wort, das er sprach, entspannte sie sich mehr. Er erzählte ihm von Candy und seinen vielen, missglückten Versuchen sie glücklich zu machen.

Kyle krabbelte neben ihn und lehnte sich ebenfalls neben das Kopfteil, als er ihr von seiner Freundschaft zu Destiny und Tonia erzählte.

Irgendwann begann sie schließlich von ihrem Baby zu erzählen. Joey war sich bewusst, dass sie nur die glücklichen Zeiten erwähnte und ein klein wenig war er auch froh darum. Eine Erinnerung daran, was er am vergangenen Abend alles verbockt hatte, brauchte er im Moment wirklich nicht.

Er stellte ihre Tassen beiseite, verschränkte die Knöchel seiner ausgestreckten Beine übereinander und lehnte sich wieder ans Kopfende zurück.

Kyle legte sich auf die Seite und bettete ihren Kopf auf seinem Oberschenkel, das Gesicht ihm zugewandt.

Sie war so unglaublich schön, er könnte sie stundenlang ansehen.

Sanft begann er rhythmisch über ihre Wange und ihre Haare zu streicheln.

Sie erzählte ihm von dem Tag, an dem Ethan das Bild gemalt hatte, das sie auf ihren Arm tätowiert haben wollte.

Ihre Erzählung wurde stockender und er sah, dass ihre Augen glänzten.

"Es war das letzte Bild, das er mir gemalt hat. Ich war so unglaublich stolz auf ihn. Die Blumen waren so perfekt und die Sonne so strahlend wie er selbst …"

Sie stockte und eine Träne rollte über ihr Gesicht. Joey fing sie sanft mit dem Daumen auf.

"Ich … ich hatte es noch in meiner Handtasche, als wir aufbrachen … es ist alles, was ich noch von ihm habe", flüsterte sie.

"Ich werde es genauso perfekt auf deinen Arm bringen. Ich verspreche es dir", gab er leise, aber bestimmt, zurück. Weniger kam nicht infrage.

"Das wirst du." Sie zögerte kurz, griff dann nach seiner Hand, die noch immer an ihrer Wange ruhte, und flüsterte: "Ich vertraue dir."

Ihm war klar, dass sie mit diesen Worten mehr meinte als nur seine Fähigkeiten im Tätowieren und sein Herz wurde leichter.

"Ich liebe dich."

Ihr Griff um seine Hand wurde fester, dann schloss sie die Augen und schlief Minuten später ein.

Eine Weile beobachtete er sie beim Schlafen und streichelte sie dabei federleicht, dann fielen auch ihm vor Erschöpfung die Augen zu.

KYLE

Die darauf folgenden Tage waren seltsam. Geprägt von Unsicherheit, vorsichtigem umeinander herumgeeiere und Joeys schier grenzenloser Überfürsorglichkeit.

Erst gegen Ende der Woche entspannte sich ihr Verhältnis wieder ein klein wenig.

Zum Großteil lag es daran, dass sie sich beide leichter taten, wenn Mike und Tonia bei ihnen waren und stets für eine lockere Atmosphäre sorgten.

Mit den beiden schien alles irgendwie leichter.

Kyle verbrachte die meiste Zeit bei Joey. Entweder mit ihm in seiner Wohnung, bei einem Date oder beim gemeinsamen Babysitten.

An diesem Abend hatten Mike und Tonia entschieden ins Kino zu gehen.

Weder Joey noch sie selbst hatten Lust auf Krampus, einen gruseligen Horrorstreifen. Also entschieden sie sich zuhause zu bleiben.

Sie lagen zusammen auf dem Sofa und Joey zeigte ihr die Entwürfe für das zweite Tattoo. Sie lächelte, als sie die kleine, krakelige Frau mit dem Kind an der Hand entdeckte, die Ethan damals an den Rand der Blumenwiese gemalt hatte.

"Es ist perfekt, Joey."

"Noch nicht ganz, aber das wird es." Er sah die Zeichnung mit gerunzelter Stirn an, während er sanft über ihren Nacken streichelte.

Die Art, wie er sie verstand, ernstnahm und seine Aufgabe vollkommen perfektionistisch ausführte, ließ ihr Herz schneller schlagen. Sie liebte diesen Mann und wurde sich von Tag zu Tag sicherer, dass sie nie wieder ohne ihn sein wollte.

"Ich möchte mit dir zu Ethan fahren", sagte sie spontan, selbst schockiert darüber, dass sie das sagte.

"Es ist schon spät, Babe, er wird schon schlafen", gab er, ohne aufzusehen, zurück.

Natürlich hatte er sie falsch verstanden. Wie sollte er auch wissen, was sie wirklich meinte. Ihre Gedanken rasten vor Verblüffung über dieses Bedürfnis und sie versuchte krampfhaft die Worte in ihrem Kopf zu sortieren.

Was genau sollte sie sagen, um ihm begreiflich zu machen, was sie meinte?

Da sie nicht antwortete, sah er von dem Entwurf auf. Er legte den Kopf schief und musterte sie, als könnte er so besser erkennen, was genau sie meinte.

Schließlich schüttelte sie den Kopf.

Es gab keine Worte, um ihre Bitte zu beschönigen.

"Auf den Friedhof."

Joeys Augen weiteten sich. Dann öffnete sich sein Mund und schloss sich wieder, ohne ein Wort zu sagen.

Kyle wurde unsicher. Vielleicht war das zu viel für ihn. Vielleicht hatte er generell Probleme mit Friedhöfen … nach allem was mit Lisa passiert war, könnte sie das durchaus verstehen.

Sie bereute ihre bescheuerte Frage bereits, als er ihr Gesicht in seine Hände nahm und sie liebevoll küsste.

In seinem Kuss lagen unendlich viel Liebe und Vertrautheit. Ein Kuss, der ihr all seine Gefühle offen zeigte.

Sie griff nach seinen Handgelenken, aber nicht um ihn fortzuziehen, sondern um seine Hände an Ort und Stelle zu halten. Seine warmen, leicht rauen Handflächen erdeten sie und gaben ihr das Gefühl, etwas wirklich kostbares zu sein.

"Ja", antwortete er schlicht, als er seine Lippen wieder von ihren löste.

Ehe sie sich versah, stand er auf und zog sie an ihrer Hand nach oben.

"Jetzt?", fragte sie verwirrt und ein klein wenig überfordert.

"Jetzt."

Er half ihr in ihre Jacke, ehe er seine eigene anzog. Als sie ihre Schuhe anhatte, schob er sie aus der Wohnung. Er eilte beinahe zu seinem Wagen und schien ungeduldig, während er darauf wartete, dass sie einstieg.

Er steuerte den Wagen auf die Straße, dann fuhren sie fünf Minuten schweigend durch den Bostoner Verkehr.

Plötzlich wurde er langsamer. Dann blickte er kurz zu ihr hinüber.

"Ähm … zu welchem denn eigentlich?"

Kyle schluckte unbehaglich. Sie war sich nicht mehr sicher, ob das eine gute Idee war. Dennoch antwortete sie: "Granary Burying Ground."

"Beim Boston Common?"

Kyle nickte.

Geschickt wechselte er zwei Spuren und lenkte den Wagen in die angegebene Richtung.

Den Rest der Fahrt verbrachten sie schweigend. Jeder hing seinen eigenen Gedanken nach. Gedanken, die sich zumindest in Kyles Kopf viel zu schnell drehten.

"Da sind wir", sagte er schließlich.

Das wusste sie. Wie auch nicht? Sie würde niemals die riesigen Steinsäulen vergessen, die auch heute wie ein Mahnmal vor ihr aufragten.

Aber sie sagte nichts. Sie wartete nur still bis Joey ausgestiegen war, um das Auto herumging und ihr die Beifahrertür öffnete.

Er hielt ihr eine Hand entgegen. Kyle ergriff sie und wusste, dass er es nicht tat, um ihr beim Aussteigen zu helfen, sondern um ihr Kraft zu geben, diesen Besuch hinter sich zu bringen.

Seite an Seite betraten sie den Friedhof. Es war still hier, voll andächtigem Schweigen und tiefer Trauer.

Der Rasen war frisch gemäht und von einem satten, lebendigen Grün, das in völligem Kontrast zu dem toten, kalten Grau der steinernen Grabsteine stand.

Sie bemerkte nicht, dass sie zitterte, bis Joey ihr einen Arm um die Schultern schlang und sie beruhigend an sich zog.

Er sagte nicht, dass sie gehen konnten, dass sie das nicht ertragen musste, weil er sie verstand. Joey wusste, wie wichtig dieser Schritt für sie war und bot ihr stillen Beistand. Er war einfach nur für sie da, gab ihr Halt und das Gefühl, dass sie mit ihm an ihrer Seite alles ertragen konnte.

Auf wackeligen Beinen führte sie ihn den Weg entlang bis hin zu dem winzigen Grab ihres Sohnes.

Es schnürte ihr erneut die Kehle zu, wenn sie darüber nachdachte, wie klein ihr geliebter Sohn gewesen war, wie viel Zeit er noch hätte haben müssen.

Sie hätte vor ihm gehen müssen. Er hatte noch ein ganzes Leben vor sich!

Sie presste die Augenlider zusammen und versuchte den Schmerz in ihrer Brust zurückzudrängen. Dieser Schmerz würde niemals vergehen. Sie musste damit leben.

Die Menschen logen. Die Zeit heilte keine Wunden. Niemals. Es kamen viele neue Erinnerungen hinzu, die einen davon abhielten, ständig den Schmerz und die grausamen Bilder, die in Dauerschleife vor dem inneren Auge abliefen, immer und ohne Unterbrechung ertragen zu müssen. Das war alles.

Aber es reichte ein Bild, ein Wort, ein Gedanke und alles kam auch nach Jahren mit einer Wucht zurück, die einem den Boden unter den Füßen wegzog.

Vor dem Grab ihres Babys löste sie sich von Joey. Er ließ sie sofort los, als wüsste er, wann sie gehalten werden musste und wann sie Raum für sich brauchte.

"Hey Baby", flüsterte sie leise, während sie sich vor den schlichten Grabstein kniete.

Sie berührte ihn mit den Fingerspitzen, weil er das einzige war, das noch hier war.

Der Grabstein und das Bild, das sie bald unauslöschlich auf ihrer Haut tragen würde.

JOEY

Er konnte es kaum ertragen, sie so leiden zu sehen. Sie wirkte so unglaublich gebrochen, wie sie dort vor ihm kniete und mit den Händen sanft über das Gras streichelte, das das Grab ihres Sohnes bedeckte.

Er hörte ihr leises Murmeln kaum, konnte nicht

verstehen, was sie ihrem geliebten Sohn erzählte.

Er fühlte sich bei diesem intimen Gespräch wie ein Eindringling.

Unsicher sah er sich auf dem Friedhof um und entdeckte einige Meter weiter einen Automaten, an dem man kleine windgeschütze Kerzen erwerben konnte. Leise ging er hinüber und kaufte eine.

Zurück an Ethans Grab sah Kyle ihm fragend entgegen.

Er antwortete nicht, stellte nur stumm die Kerze neben den Grabstein und entzündete sie mit einem der Werbefeuerzeuge des Tattoostudios, die er immer bei sich trug.

Als der Docht Feuer fing, griff Kyle nach seiner Hand und drückte sie. Joey sah in ihre Augen und bemerkte sofort die Tränen, die darin schimmerten.

Er zog sie mit sich nach oben und an seine Brust. Dann küsste er sie sanft auf den Scheitel. Es tat ihm weh, sie so leiden zu sehen, aber er wusste im gleichen Moment, dass sie diesen Besuch brauchte.

"Nach Hause, Liebling?", flüsterte er.

"Nach Hause." Wieder einmal stellte er fest, dass es genau das war. Joeys Wohnung war mittlerweile nicht mehr nur sein, sondern auch ihr Zuhause.

Die Wohnung lag still und verlassen da, als sie zurück kamen. Mike und Tonia schienen nach dem Kino noch ausgegangen zu sein. Das war Joey nur recht. Er wollte seine Ruhe und Kyle für sich allein.

Er führte sie ohne Umwege ins Schlafzimmer, und ging dann zurück in die Küche, um ihnen beiden einen Rotwein zu holen. Ein bisschen Entspannung würde ihnen gut tun.

Kyle sah ihn zweifelnd an, als er mit den Gläsern zurück ins Schlafzimmer kam.

"Ich trinke eigentlich nicht", sagte sie, nahm das Glas aber entgegen.

"Du sollst auch nicht betrunken werden, sondern nur

ein paar Schlucke genießen."

Er setzte sich neben sie und stieß mit seinem Glas gegen das ihre.

Sie nahm einen kleinen Schluck und leckte sich dann interessiert über ihre sinnlichen Lippen.

"Schmeckt … interessant."

Joey lächelte.

"Stell ihn einfach beiseite, wenn du ihn nicht willst."

Sie blickte in das Glas und trank dann einen weiteren kleinen Schluck. Dann ließ sie ihren Kopf an seine Schulter sinken.

Er versuchte keine Worte zu finden, genoss einfach nur diesen einen Augenblick. Kyle entspannt an seiner Seite, mehr brauchte er nicht.

Als sein Glas leer war, nahm er ihr das kaum berührte Glas aus der Hand und stellte beide auf den Nachttisch.

"Zeit zu schlafen, Baby", sagte er leise und zog sie bis auf den Slip aus.

Dann wandte er sich seinem Schrank zu, um ihr ein Shirt zu reichen.

Als er sich ihr wieder zuwandte, hatte sie sich auch ihres Slips entledigt und stand dicht hinter ihm. Seine Augen wanderten über ihre schmale Gestalt, die kleinen Brüste und die schmalen Hüften.

Sie sah absolut umwerfend aus und er musste sich beherrschen, seine Hände bei sich zu lassen.

Kyle nahm ihm das Shirt ab, das er krampfhaft umklammert hielt, nur um es dann unbeachtet auf den Boden fallen zu lassen.

Sie griff nach seinem Shirt und zog es ihm langsam über den Kopf, ehe sie sich mit seinem Gürtel beschäftigte.

Gebannt sah er auf ihre schmalen Finger, die sich an dem Knopf seiner Hose zu schaffen machten, dann konnte er seine Hände nicht mehr kontrollieren und ließ sie sanft über ihre Oberarme gleiten.

"Kyle …", murmelte er in demselben Moment, in dem

seine Hose zu Boden fiel.

Völlig automatisch stieg er hinaus und schob sie beiseite.

Seine Hände rutschten von ihren Armen, als sie unvermittelt vor ihm auf die Knie ging.

Er schluckte schwer, als sie nach dem Bund seiner Shorts griff und diese nach unten zog. Sein Schwanz ragte bereits steil empor.

Ihre Hände strichen über die Haut seiner Beine zurück nach oben.

Sie hielt an seinen Hüften inne, ihr Mund nur Zentimeter von seinem steinharten Schwanz entfernt.

"Kyle …", raunte er, als ihr heißer Atem über seine geschwollene Eichel strich. Dann leckte sie der Länge nach über seinen Schaft und nahm die Spitze dann in die warme, feuchte Höhle ihres Mundes auf.

Joey stöhnte auf und schob ihr seine Hüften völlig automatisch entgegen. Sie nahm an, was er ihr aufdrängte und nahm ihn tief in ihren Mund auf.

Er vergrub seine Hände in ihren Haaren, schob sich immer wieder tief in ihren perfekten Mund.

Dann spürte er das Ziehen in seiner Lendengegend, packte sie ohne Worte an ihren Oberarmen und zog sie zu sich nach oben.

In den Kuss, den er ihr dann gab, legte er all seine Leidenschaft und Liebe. Er wollte sie wissen lassen, wie sehr er sie begehrte und wie unendlich seine Liebe zu ihr war.

Schritt für Schritt drängte er sie rückwärts, bis die Bettkante in ihren Kniekehlen sie dazu zwang sich hinzulegen.

Er schob ihre Hände von sich, die ihn aufforderten, sich auf sie zu legen. Stattdessen ging er vor dem Bett in die Knie, packte sie an den Hüften und zog sie bis an die Kante des Bettes.

Dann griff er nach ihren Sprunggelenken, hob ihre Füße an und stellte sie weit gespreizt direkt neben ihre

Pobacken.

Noch bevor sie protestieren konnte, senkte er seinen Mund auf ihre feucht glänzende Pussy.

Er fuhr mit den Lippen vorsichtig ihre Spalte entlang und leckte sich dann ihren Geschmack von den Lippen.

Der süße Geschmack ließ seinen Schwanz zucken. Er wollte mehr und teilte ihre Lippen mit seiner Zunge, ehe er ihre Klit umkreiste.

Sie stöhnte und wimmerte in seinem unerbittlichen Griff, was ihn nur noch mehr antörnte. Ihre scharfen Fingernägel auf seiner Kopfhaut und in seinem Nacken zwangen ihn dazu eine Hand auf seinen Schwanz zu legen und langsam darüber zu streichen.

Er spürte, dass er es nicht mehr lange würde aushalten können, also erhob er sich, beugte sich dicht über sie und führte seinen schmerzenden Schwanz in ihre heiße, nasse Öffnung.

Langsam schob er sich in sie, genoss das Zucken, das ihm sagte, dass sie selbst nicht mehr weit von der Erlösung entfernt war.

Sie nahm ihn in einem einzigen langsamen Stoß auf und stöhnte laut, als er bis zur Wurzel in ihr steckte.

Joey senkte seinen Kopf an ihren Hals und atmete schwer, um sich zu beruhigen.

"Warte nicht", flehte sie und hob ihm ihr Becken entgegen.

Er konnte überhaupt nicht mehr warten, brauchte sie jetzt mit einer Macht, die über seinen Verstand hinaus ging.

Er bewegte sich in langsamen, langen und ausholenden Stößen in ihr. Kyles Stöhnen wurde von Mal zu Mal lauter, drängender, und auch er konnte sich der Macht dieser Verbindung nicht mehr entziehen.

Immer heftiger stieß er in sie, bis sie sich schließlich laut stöhnend ihrem Orgasmus ergab und ihn machtlos mit sich riss.

Entkräftet sank er auf ihr zusammen, nicht mehr in der

Lage sich noch einen Millimeter zu rühren. Erst nachdem sich sein Atem ein wenig beruhig hatte, schaffte er es, sie beide nach oben und unter die Decke zu ziehen.

Kyle seufzte an seiner Schulter. Ein Laut von so unvergleichlicher Schönheit, dass er sie fest an sich pressen musste.

"Perfekt", murmelte sie.

"Allerdings", gab er zurück, meinte damit aber mehr sie selbst als alles andere.

Er griff nach unten und zog ihr Bein über seine Oberschenkel, bis ihre Mitte auf seine Haut traf.

Die enorme Feuchtigkeit, die er spürte ließ ihn stutzig werden.

"Kyle … wir …"

"Alles okay", flüsterte sie. "Falscher Zeitpunkt im Zyklus. Aber wir sollten wirklich damit aufhören."

Er atmete langsam aus, nicht sicher, ob er erleichtert oder gar enttäuscht war, doch für diesen Moment war er zu erschöpft, um sich überhaupt Gedanken darüber zu machen.

Er wollte nichts als mit der Frau seiner Träume einzuschlafen.

18 ANDENKEN

KYLE

Eine weitere Woche später war Joey endlich zufrieden mit seinem Entwurf für ihr zweites Tattoo. Kyle konnte kaum einen Unterschied entdecken, freute sich aber über die Perfektion, mit der er an diesem besonderen Tattoo arbeitete.

Es war Sonntagmittag, als sie zusammen ins Studio fuhren. Joey hatte gesagt, dass es am Sonntag am besten wäre, da sie das ganze Studio für sich hätten.

"Ich brauche noch einen Moment, um alles vorzubereiten. Mach es dir einfach bequem", sagte er, nachdem er die Eingangstür hinter ihnen abgeschlossen hatte.

Kyle setzte sich auf die Liege, an die sie so viele gute Erinnerungen hatte. Es kam ihr vor, als seien Jahre vergangen, seit sie Joey genau hier die Hand gebrochen hatte.

Sie beobachtete ihn, wie er konzentriert arbeitete. Er wickelte die Tätowiermaschine in Plastikfolie, legte Kosmetiktücher bereit und stellte viele kleine Becherchen mit den unterschiedlichsten Farben bereit.

Dann übertrug er die Umrisse von Ethans Zeichnung mit der Transferfolie auf ihren Arm. Ein letztes Mal besah Kyle sich die lange blasse Narbe, von der bald nichts mehr zu sehen sein würde.

Ein Abschluss eines furchtbaren Lebensabschnitts und gleichzeitig ein Andenken an eine der schönsten Zeiten in ihrem Leben.

Joey stand auf, küsste sie noch einmal sanft und zog sich dann den Mundschutz über. Mit Händen, die in schwarzen Gummihandschuhen steckten, griff er nach der Pistole und begann die Arbeit an ihrem Arm.

Es schmerzte nicht, war eher wie ein gleichmäßiges leichtes Kratzen auf ihrer Hautoberfläche. Manche Stellen, gerade die in der Nähe der Ellenbeuge oder des Handgelenks, waren etwas unangenehm. Andere hingegen merkte sie kaum.

Joeys massiger Körper war tief über ihren Arm gebeugt. Sein breiter Nacken verführte sie dazu ihn mit der freien Hand zu streicheln, doch sie verbot es sich, um ihn nicht von seiner Arbeit abzuhalten.

Stattdessen beobachtete sie das Spiel seiner ausgeprägten Armmuskulatur.

Sie hatte gelernt diesen Körper zu lieben. Joey machte es ihr leicht. Er demonstrierte niemals seine körperliche Überlegenheit, sondern überzeugte sie stets mit seinem sanften Gemüt und der unerschütterlichen Ruhe, die er ausstrahlte.

Nach zwei Stunden bestand Joey darauf, dass sie eine Pause einlegten. Er machte ihnen Kaffee und ließ dabei die angespannten Schultern kreisen.

"Wir können auch ein anderes Mal weitermachen …", schlug sie zögerlich vor.

Joey griff nach ihrer Hüfte und zog sie an seine Brust, dann küsste er sie auf die Stirn.

"Nie im Leben. Ich will wieder dieses Strahlen auf deinem Gesicht sehen, wenn du glücklich dein neues Tattoo betrachtest, das ich gemacht habe."

"Das würde ich dir nächsten Sonntag immer noch zeigen", sagte sie und lächelte gegen seine Brust. Sie atmete tief seinen unverwechselbaren Duft ein. Frisch und ein wenig herb. Männlich und … Joey.

"So lange kann ich nicht warten", gab er ernst zurück und gab ihr dann einen Klaps auf den Po.

"Und jetzt zurück auf den Tisch mit dir! Ich habe eine Arbeit zu erledigen."

Er arbeitete konzentriert, doch eineinhalb Stunden später bemerkte sie, wie er immer häufiger absetzte und das Handgelenk kreisen ließ.

Da er selbst zu stur schien, um eine Pause einzulegen, sagte Kyle: "Ich brauche eine Pause."

Er sah sie mit gerunzelter Stirn an und schien ihr nicht zu glauben.

"Ich habe Durst und muss auf die Toilette", improvisierte sie schnell.

Das schien ihn zu überzeugen, denn er nickte und legte sein Werkzeug beiseite.

Um die Zeit auf der Toilette zu vertreiben, begutachtete sie das Tattoo. Er war schon richtig weit gekommen und es wurde wirklich perfekt! Aber etwas anderes hatte sie von Joey auch nicht erwartet.

Als sie zurück in den Empfangsraum kam, saß Joey gerade auf einem der Sofas und blätterte in einem Kalender.

Es sah auf und lächelte sie liebevoll an. "Komm, schau mal, von Ty und Nina."

Kyle mochte Nina, sie war ruhig und zurückhaltend. Sie konnte es gar nicht verstehen, wie sie es mit einem so harten Mann wie Ty aushielt.

Joey zeigte ihr den Kalender, der Nahaufnahmen von tätowierten Körperteilen der beiden zeigte. Jedem Monat ein anderes Motiv. Schulter, Brust, Arm, Hüfte. Sowohl die Tattoos als auch die Menschen dahinter und die Fotos selbst waren wunderschön.

"Er ist wunderschön", sagte Kyle leise.

Joey musterte sie einen Moment prüfend, dann sagte er: "Ich hab noch einen anderen, aber du darfst niemals jemandem gegenüber erwähnen, dass es ihn gibt. Das ist Ninas und mein Geheimnis, dass ich ihn habe."

Kyle runzelte die Stirn. "Warum?"

"Weil Ty nicht wollen würde, dass jemand ihn sieht, aber da Nina von den Tattoos so begeistert ist, hat sie ihn mir trotzdem geschenkt."

Er führte sie zurück in sein Zimmer und holte einen kleineren Kalender aus einer der Schubladen. Er enthielt wunderschöne Bilder allesamt von Ty, wie er zärtlich und liebevoll Bella im Arm hielt. Eine kleine milchkaffeebraune Hand auf einem schwarzen Tribal, ein kleiner Mund, der in der Nähe von einem Nina-Tattoo in einen kräftigen Unterarm biss und ein wunderschönes Tattoo, unter dem Bella stand.

"Das ist perfekt", sagte sie und deutete auf den Schriftzug.

"Danke", sagte er und grinste breit.

"Du hast es gemacht?"

Empört zog er die Augenbrauen nach oben. "Ich habe sie alle gemacht!"

Dann legte er den Kalender beiseite.

"Genug Pause, komm schon, wir haben noch einiges vor uns."

Kyle legte sich zurück auf die Liege. "All die Menschen, die du hier kennenlernst … du siehst sie in einem ganz anderen Licht, oder?"

"Was meinst du?", murmelte Joey hinter seinem Mundschutz, ohne aufzusehen.

"Ich meine, für mich ist Ty einfach nur ein übellauniger und eher aggressiver Zeitgenosse und dann sitzt dieser riesige Mann hier und lässt sich Schriftzüge seiner Frau und seiner Tochter tätowieren …"

"Es hat immer einen Grund, warum ein Mensch so ist wie er nun mal ist. Ich urteile nicht, bevor ich nicht in dessen Schuhen gelaufen bin."

Kyle schämte sich für sich selbst. Sollte nicht sie es sein, die Feingefühl für die Stärken und Schwächen eines jeden hatte? Und doch konnte sie immer nur Verständnis für die Gebrochenen unter ihnen aufbringen, nicht jedoch für die, die das Leben anders anpackten.

Warum sollte es besser sein, sich in einer Wohnung einzusperren als hinauszugehen und gegen das zu kämpfen, was einen belastete?

"Du kennst ihre Geschichten, oder?"

"Oft, aber nicht immer. Ich frage danach, wenn es mich interessiert, was jemanden dazu treibt, sich etwas bestimmtes für immer unter die Haut stechen zu lassen …" Selbst mit Mundschutz konnte sie sehen, wie er gequält das Gesicht verzog, als er kurz aufsah.

"Bei lustigen Delphinen frage ich nicht. Bei den meisten dieser Barbies wundere ich mich, dass sie ganze Sätze von sich geben können."

Kyle kicherte leise. Sie konnte sich nur zu gut an ihre erste Begegnung erinnern.

Joey arbeitete weiter. "Manchmal frage ich und bekomme Antworten. Jason hat zum Beispiel ganz viele Sterne auf seinem Schulterblatt. Er hat mir erzählt, dass sie für seine verlorene Familie stehen. Mehr nicht, aber ich habe ihn auch nicht dazu gedrängt, weiter zu reden."

"Tätowierst du sie alle?"

"Alle nicht, aber die, die eines wollen, kommen meistens zu mir."

"Bei deinen Freunden ist es auch klar, dass sie offen mit dir über die Hintergründe sprechen."

Joey zögerte einen Moment, dann sagte er: "Nicht alle. Cat kommt jedes Jahr zu mir, fordert etwas und schweigt, wenn ich nach dem Warum frage. Also frage ich nicht mehr."

Kyle nickte und fragte ebenfalls nicht nach dem Was. Hätte er es sagen wollen, hätte er es getan, wie bei Jason.

Dann schwiegen sie beide eine Weile nachdenklich,

ohne dass es unangenehm wurde.

"Fertig", sagte er dann und wischte noch einmal mit dem Tuch darüber, ehe er die Salbe auftrug und die Folie darüber spannte.

"Es ist perfekt geworden. Danke, Joey."

Er zog Mundschutz und Handschuhe aus, dann kam er zu ihr und küsste sie sanft.

"Für dich nur das Beste."

Gemeinsam beseitigten sie das Chaos. Joey schrieb noch etwas in einen der Terminplaner. Dann fuhren sie zurück in die Wohnung.

Mike und Tonia deckten gerade den Tisch. "Hallo ihr zwei!", rief Tonia und winkte ihnen zu. "Ich habe vegetarische Lasagne gemacht, reicht locker für vier."

Joey schien angetan von der Idee, wartete aber dennoch auf ihre Reaktion.

"Danke, sehr gern", antwortete sie Tonia und gesellte sich zu den beiden in die Küche.

Wie immer war es leicht und angenehm mit ihnen zu reden, zu lachen und zu diskutieren. Wieder stellte Kyle fest, wie gern sie hier bei ihnen war.

"Und wie ist es gelaufen?", fragte Mike zwischen zwei Bissen.

Joey zögerte einen Moment und warf Kyle einen Seitenblick zu. "Ganz okay … den ganzen Tag schaffe ich nicht", sagte er vage.

"Ist doch kein Problem. Du kannst ja stundenweise wieder anfangen. Tonia bleibt uns noch ein bisschen erhalten", antwortete Mike mit einem Zwinkern in Tonias Richtung.

Kyle grinste in sich hinein. Er wollte vor ihr absolut nicht zugeben, dass er nicht ganz fit war und ihn der Tag überanstrengt hatte.

Süß eigentlich.

Sie streichelte über seine angespannten Schultern. Sie war ihm unendlich dankbar für das, was er für sie getan hatte und wie ernst er ihre Bitte nahm.

"Sehr gut", antwortete er und lächelte Tonia an.

"Wir sollten uns langsam um die neue Zeitungsanzeige für das Zimmer kümmern." Mike sprach mit vollem Mund und erntete dafür einen tadelnden Blick von Tonia. Er lächelte nur süß und zuckte unbekümmert mit den Schultern.

Der Gedanke, dass ihre friedliche Ruhe zu viert durch einen Eindringling gestört werden könnte, gefiel Kyle absolut nicht.

"Ich fahre morgen hin und gebe sie nochmal in Auftrag", sagte Joey und schöpfte sich noch einmal, dann war die riesige Auflaufform leer, in dem die vegetarische Lasagne gewesen war.

Kyles Gedanken rannten kreuz und quer durch ihren Kopf. Sie wollte nicht, dass jemand anderes hier einzog. Sie wollte die Atmosphäre weiterhin in diesem perfekten Vierer-Gespann verbringen. Sie wollte Tag und Nacht bei Joey sein. *Sie* sollte in diesem Zimmer wohnen.

Aber das konnte sie nicht. Sie konnte nicht einfach zu ihm ziehen, als wären sie schon seit Ewigkeiten ein Paar. Allerdings … wenn sie ihr eigenes Zimmer hätte, wäre es ja wirklich eher, als würde sie in einer WG wohnen und sie könnte es quasi erst einmal testhalber machen.

Ihr Zimmer bei Julie und Gregor könnte sie zumindest so lange noch behalten, bis ihr Baby auf die Welt kam.

"Bist du schon fertig mit essen?", fragte Joey mitten in ihre Gedanken hinein.

Sie starrte auf ihre Lasagne, die sie kaum angerührt hatte, so verloren war sie in ihren Gedanken.

Sie lächelte zu Joey auf, weil sie genau wusste, worauf er hinaus wollte. "Ja", sagte sie und schob ihm den Teller zu, den er sofort entgegen nahm.

"Das ist krank", sagte Tonia und sah Joey mit zusammen gezogenen Augenbrauen dabei zu, wie er seine vierte Portion verdrückte.

Ja, alles an und in dieser WG war durch und durch perfekt. Sie sollte die Gelegenheit beim Schopf packen.

"Ich hätte das Zimmer gern."

Joey hörte augenblicklich auf zu kauen.

Er sah nicht auf, hatte mit der Gabel mitten auf dem Weg zum Mund innegehalten und war erstarrt.

Mike lächelte und Tonia kam quietschend um den Tisch herum und nahm sie fest in den Arm.

Über Tonias Schulter hinweg sah sie wie Joey angestrengt schluckte, dann seine Gabel auf den Teller legte und sich zu ihr umdrehte.

Tonia verzog sich vergnügt zurück auf ihren eigenen Platz.

Er sah sie einen Moment lang schweigend und forschend an. "Ist das dein Ernst?"

Plötzlich unsicher, ob es ihm überhaupt gefallen könnte, kaute sie auf ihrer Unterlippe und nickte zögernd.

Da streckte er seine Arme aus und riss sie an sich. "Du wirst es nicht bereuen!", murmelte er in ihr Ohr, dann küsste er sie stürmisch auf die Lippen.

Kyles Herz raste. Sie war mit ihrem plötzlichen Entschluss selbst überfordert, war sich aber sicher, dass er recht hatte. Sie würde es nicht bereuen. Nicht, wenn sie hier bei ihm war.

JOEY

Am Handgelenk zog er sie hinter sich her in sein Zimmer. Er wollte nicht so über sie herfallen, aber alles in ihm schrie danach, sie hier und jetzt zu vögeln, bis der Zweifel, den er für einen Moment in ihrem Gesicht gesehen hatte, verschwand.

Er schmiss die Tür hinter ihnen beiden zu und drängte Kyle dagegen. Dann presste er seine Lippen auf ihre. Kyle erwiderte seinen Kuss genauso verzweifelt, während sie bereits ungeduldig an seinen Klamotten zog.

Er öffnete ihre Hose und schob sie über ihre schmalen Hüften nach unten. Seine Lippen wanderten küssend über ihren Hals und seine Zähne zwickten immer wieder leicht in ihre Haut.

"Du wirst es nicht bereuen!", beteuerte er erneut.

"Werde ich nicht", antwortete sie bestimmt. Dann stöhnte sie, als seine Finger ihre Schamlippen teilten und sich tief in sie schoben.

Sie war nass und bereit für ihn. Er wollte nichts mehr als sofort in ihr zu sein.

Er löste sich von ihr und war in wenigen Sekunden beim Nachttisch und zurück bei ihr.

Sie hatte sich Hose und Slip bereits von den Füßen gestrampelt und streckte ihm die Arme ungeduldig entgegen.

Joey ließ seine Hose und die Shorts auf seine Knöchel fallen und streifte sich das Kondom über. Dann griff er nach ihrem Hintern und hob sie hoch.

Sofort schlang sie ihre Arme und Beine um ihn. Ihr keuchender Atem strich über sein Ohr und machte ihn verrückt vor Verlangen.

Er positionierte die Spitze seines Schwanzes an ihrer Öffnung und ließ sie dann langsam darauf sinken.

Kyle presste ihren Mund auf seinen, dämpfte ihrer beider Stöhnen, während er sich immer wieder tief in ihr versenkte.

Ihre heiße, nasse Pussy schmiegte sich eng um seinen Schaft, massierte ihn in wellenartigen Kontraktionen, während er sie mit jedem Stoß hart an die kalte Holztür presste.

Seine Bewegungen wurden schneller und heftiger. Er sehnte sich nach der Erlösung, wollte gleichzeitig für immer tief in ihr vergraben sein.

Seine Hände krallten sich in ihren Hintern, rissen sie mit jeder Bewegung gegen seine Stöße.

Ihr Kuss endete und nur ihr gegenseitiges Keuchen erfüllte ihre Münder, bis Kyle sich in seinen Armen verkrampfte und hart um ihn herum kam.

Sie riss ihn augenblicklich mit über die Schwelle des Orgasmus. Er durchzuckte ihn und ließ ihn mit zitternden

Knien, schwer an sie gelehnt zurück.

Er war kaum fähig noch zu stehen und froh über die Tür in ihrem Rücken, gegen die er sie lehnen konnte.

Nur langsam konnte er den Griff lösen und Kyles Beine rutschten nach unten.

Sie keuchte an seiner Brust, als er aus ihr herausglitt. "Alles in Ordnung?", fragte er besorgt und erschöpft zugleich.

Sie nickte und lehnte schwer atmend ihre Stirn an seine Brust.

Als er sich sicher war, dass seine Beine ihn wieder tragen würden, löste er sich ein wenig von ihr.

"Bett?"

Kyle nickte und lächelte dabei entspannt und zufrieden. Joey zog sich die Hose nach oben und sagte: "Ich bin in einer Minute bei dir." Auch wenn er absolut keine Lust hatte, sie in diesem Moment zu verlassen und ins Bad zu gehen.

KYLE

Sie wartete bereits ungeduldig darauf, dass er endlich zurück zu ihr ins Bett kam. Sie wollte in seinen Armen liegen und seine Nähe spüren.

Noch vor wenigen Wochen hätte sie sich niemals vorstellen können, sich wieder so nach einem Menschen sehnen zu können.

Aber sie tat es. Das Gefühl ihn zu brauchen war verzehrend und tat unglaublich gut.

Endlich ging die Tür auf und dieser herrliche Mann kam zu ihr zurück.

"Das hat ganz schön lange gedauert", sagte sie anklagend und hielt ihm eine Hand entgegen.

Er lachte, ergriff ihre Hand und ließ sich zu ihr ziehen. "Hab Verständnis. Ich bin geschwächt von einer unglaublichen Frau."

Sie legte ihren Kopf auf seine Brust und seufzte

genüsslich, als er seine Arme fest um sie schloss.

"Ausnahmsweise und nur, weil ich selbst erschöpft bin von einem unglaublichen Mann", gab sie schläfrig zurück, ehe sie seine Brust küsste.

"Dann lass uns lieber ausruhen, damit wir später Kraft für eine weitere Runde atemberaubenden Sex haben."

Kyle lachte leise auf, schmiegte sich dann noch fester an ihn und genoss seine gleichmäßigen, langsamer werdenden Atemzüge.

Das Schlagen seines Herzens war es, dass sie schließlich langsam ins Land der Träume begleitete.

19 ZUSAMMEN

JOEY

Kyle verließ ihn am nächsten Tag zu einer wirklich unmenschlichen Zeit. Er konnte sich noch nicht einmal dazu bewegen, ihren Abschiedskuss wirklich zu erwidern.

Sein gemurmeltes "Bleib" quittierte sie lediglich mit einem leisen Lachen und einem "Bis später, Liebling."

Diese Worte reichten aus, um ihn zurück in einen tiefen Schlaf zu bringen.

Als er Stunden später aufstand, waren Mike und Tonia bereits aus dem Haus. Nachdem er geduscht und seinen ersten Kaffee getrunken hatte, rief er Kyle an.

"Broke?"

"Hey Babe, wo steckst du?", fragte er mürrisch, da er ihr ihre frühe Bettflucht noch immer nicht verziehen hatte.

"Beim Arbeiten. Ich hab es dir heute Früh gesagt", gab sie lachend zurück.

Er konnte sich nicht daran erinnern, würde es aber auch nicht abstreiten, da seine geistige Aufnahmefähigkeit um diese Zeit kaum anrechenbar war.

"Wie lang?", fragte er deshalb nur und überdachte zeitgleich seine eigene Tagesplanung.

Ein Blick auf die Uhr sagte ihm, dass er sich beeilen musste, um noch rechtzeitig zu seinem Termin im Tattoostudio zu kommen.

"Bis ungefähr vier, danach wollte ich nach Hause und mit Julie reden."

Joey grinste dümmlich, als die Rädchen in seinem Kopf langsam zu laufen begannen und er sich daran erinnerte, dass sie zu ihm ziehen würde.

"Dann pack doch gleich einen Koffer voll Sachen. Den Rest holen wir nach und nach ab."

"Joey ..."

"Brauchst du Hilfe?", unterbrach er sie sofort, damit sie gar nicht erst auf dumme Gedanken kam.

Sie seufzte. "Nein. Ich muss jetzt weiter arbeiten. Wir sehen uns später, okay?"

"Okay. Freue mich darauf."

Er hörte das Lächeln in ihrer Stimme, als sie antwortete: "Ich mich auch."

Schnell zog er sich knielange Shorts und ein enges Shirt über, dann fuhr er zum Studio.

Tonia sah ihm stirnrunzelnd entgegen, als er auf den letzten Drücker das Studio betrat.

"Hey ... ich wollte gerade meine Kaffeepause machen, da habe ich gesehen, dass diese gestrichen wurde ... wegen eines Kundens Namens Joey ..."

"Guten Morgen, liebste Freundin. Ich war so frei", gab er spitzbübisch grinsend zurück. "Aber um dein Gemüt zu beruhigen, ich übernehme deinen nächsten Termin, dann kannst du deine Pause machen."

Tonia legte den Kopf schief und musterte ihn. "Was ist so wichtig, dass du mich so kurzfristig dazu drängst?"

Er lächelte sein bestes Du bist meine beste Freundin und deshalb bin ich so dankbar-Lächeln.

"Hör auf mit diesem Welpenblick!"

Joey schnaubte empört und ermahnte sich dazu sein perfektes Lächeln nochmal im Spiegel zu überprüfen.

"Nur ein kleines Tattoo, Vorlage ist fertig."

Tonia seufzte. "Also gut. Hopp, hopp, ich hab heute noch mehr zu tun!"

Grinsend folgte er ihr in sein Tätowierzimmer und reichte ihr die Transferfolie.

KYLE

Sie war hundemüde, als sie schließlich an Joeys Wohnung ankam.

Falsch, meine Wohnung, ermahnte sie sich selbst.

Es fühlte sich irgendwie komisch an und doch einfach verdammt gut.

Joey öffnete ihr strahlend, zog sie in seine Arme und küsste sie stürmisch.

"Wow, was für eine Begrüßung", sagte sie etwas außer Atem, als Joey von ihren Lippen abließ.

"Ich freue mich, dich zu sehen, aber noch mehr freue ich mich über diesen großen Koffer in deiner Hand", gab er breit grinsend zurück.

Kyle schmiegte sich in seinen Arm und ließ sich von ihm in sein Zimmer ziehen.

"Das ist nicht mein Zimmer!", neckte sie ihn gespielt böse.

"Ich weiß, aber ich habe nicht vor, mich nachts heimlich zu dir zu schleichen."

Kyle lachte auf und ließ sich auf seine Bettkante sinken. Joey selbst blieb breitbeinig vor ihr stehen. Auch wenn sie es vor wenigen Wochen kaum zugegeben hätte, in diesem engen Shirt und der knielangen Jeans sah er zum Anbeißen aus.

"Hast du eigentlich ein Kleid für Cats Ball am Wochenende?"

Sie sah ihn finster an. "Muss ich da wirklich mit?"

Er lachte auf. "Natürlich. Hast du nicht gehört, wie sie sogar Ty dazu verdonnert hat?"

Doch, hatte sie und es hatte sie gelinde gesagt gewundert, dass er so mit sich reden ließ.

"Wie formell ist das?"

"Abendgarderobe."

Kyle lachte laut auf. "Es gibt auf der ganzen Welt keinen Smoking, in den dein überdimensionaler Körper passen könnte!"

Joey sah ein klein wenig beleidigt aus, dann wandte er sich zum Schrank und wühlte darin.

Sie bewunderte seine Kehrseite und ließ ihren Blick langsam von seinen breiten Schultern, über seinen knackigen Arsch bis hin zu … sie stutze, als sie die cremig-glänzende Fläche an seiner Wade sah. Direkt unter dem Iron Warrior-Schriftzug prangte ein frisches, noch rotes Tattoo, das ihr nur allzu bekannt vorkam.

Eine Zeichnung von einer krakeligen Frau, die ein kleines Kind an der Hand hielt.

Augenblicklich schossen ihr Tränen in die Augen.

"Hier, siehst du! Maßgeschneidert!", sagte Joey in diesem Moment und wandte sich zu ihr um.

Nachdem er ihr das Bild durch seine Körperdrehung gewaltsam entrissen hatte, blickte sie zu ihm auf. Sein triumphierendes Grinsen fiel sofort in sich zusammen und er ließ den Anzug fallen.

In zwei langen Schritten war er bei ihr. "Mein Gott, Kyle! Was ist nur los?", fragte er und fiel vor ihr auf die Knie.

"Du … du …" Mehr brachte sie schluchzend nicht hervor.

Er packte sie an den Schultern und schüttelte sie leicht. "Was? Was hab ich getan?"

Er verstand nicht, dass es Tränen der Freude und Rührung waren, die sie da vergoss.

Also packte sie schlicht sein Gesicht und küsste ihn energisch.

Als sie sich von ihm löste, sah er nur noch verwirrt aus. Glücklich, aber sehr verwirrt.

"Danke", flüsterte sie und weil er noch immer nicht zu verstehen schien, fügte sie hinzu: "Das Tattoo."

Endlich lächelte auch er breit.

"Es war perfekt und ich wollte einen Teil von euch beiden immer bei mir haben."

Kyle küsste ihn noch einmal. Leidenschaftlicher diesmal. Sie packte ihn im Nacken und zog ihn mit sich nach hinten aufs Bett.

Mittlerweile genoss sie es seinen großen Körper über sich zu spüren. Er war wie eine schützende Decke, schirmte sie vom Rest der Welt ab und hüllte sie in herrlichen Frieden.

Sie küsste ihn weiter, während ihre Hände auf Erkundungstour gingen. Er schien jede ihrer Berührungen zu genießen, bog sich ihnen entgegen und stöhnte an ihrem Mund, wenn sie eine besonders empfindliche Stelle traf.

Stück für Stück zogen sie sich gegenseitig aus. Völlig ohne Hast, in dem Wissen, dass sie einander besaßen. Sie hatten alle Zeit der Welt und genossen jeden Moment mit dem anderen.

Joeys warme weiche Lippen glitten über ihren Körper, neckten und liebkosten sie. Sie liebte es, wenn er seine Lippen um ihre Brustspitzen schloss und sanft mit seiner Zunge darüber strich.

Seine Finger fanden ihre bereits feuchte Spalte, strichen immer wieder darüber, während sein Mund sich um ihre zweite Brust kümmerte.

Sie stöhnte und hob ihm ihr Becken entgegen, bis er endlich zwei seiner starken Finger in sie gleiten ließ. Langsam bewegte er sie in ihr, verwöhnte sie und reizte sie immer weiter, bis sie sich wimmernd und keuchend unter ihm wand.

Seine Lippen wanderten über ihren Bauch bis hin zu ihrer Klit. Ohne mit seinen Fingern inne zu halten, nahm er sie in den Mund und saugte leicht daran.

Ihr Blick verschwamm augenblicklich und ihr Unterleib begann zu zucken.

"Gott, Joey", wimmerte sie und bog sich ihm entgegen,

während ihre Hände sich im Bettlaken verkrallten, bis die Knöchel weiß hervortraten.

Seine Finger bewegten sie schneller in ihr und das Saugen wurde durch schnelle Zungenschläge abgelöst.

"Komm für mich, Baby", flüsterte er rau und schloss seinen Mund sofort wieder um ihre Klit.

Als er wieder zu saugen begann, überrollte sie ihr Orgasmus mit solch einer Wucht, dass sie sich schreiend bis in die Zehenspitzen verkrampfte.

JOEY

Sie sah atemberaubend aus. Noch zitternd von ihrem Orgasmus, glasige Augen und ein heftig auf und ab gehender Brustkorb.

Sein Schwanz zuckte bei dem Gedanken, dass er es gewesen war, der sie befriedigt hatte.

Er wollte in ihr sein, spüren, wie sie um seinen Schwanz herum zuckte, wie sie es eben um seine Finger getan hatte.

Mit zitternden Händen zog er sich das Kondom über, das er aus dem Nachttisch genommen hatte.

Dann legte er sich auf sie und schob sich langsam in ihre immer noch zuckende Pussy.

Er stöhnte auf. Das Zucken, ihre Hitze und Nässe, all das in Verbindung mit dem Ausdruck auf ihrem Gesicht machten es unendlich schwer, nicht einfach in sie zu stoßen.

Aber er wollte, dass sie noch einmal kam, also musste er es langsam angehen.

Er presste sich eng an sie, stellte sicher, dass er bei jedem seiner Stöße über ihre Klit rieb, dann begann er sich zu bewegen.

Stoß um Stoß rieb sein Oberkörper über ihre kleinen Brüste. Er stieß langsam, aber kraftvoll in sie.

Ihr Körper wurde mit jedem Stoß nach oben geschoben, bis ihre Schultern gegen seine Ellenbogen stießen, die er rechts und links von ihrem Kopf abgestützt hatte.

"Du fühlst dich so verdammt perfekt an, Baby", keuchte er und ermahnte sich selbst zur Ruhe.

Das Ziehen in seinen Hoden war kaum noch zurückzuhalten, aber sie musste mit ihm kommen.

Als sie ihre Beine um seine Mitte schlang, stöhnte er gequält in ihr Ohr.

Ihr Körper antwortete augenblicklich mit einem Zucken um seinen Schwanz.

Er hob den Kopf nicht mehr, stieß seinen schweren Atem direkt in ihr Ohr, während sein Schwanz sich immer schneller in sie schob.

Sie stöhnte und klammerte sich an seinen Rücken, kam ihm mit jedem Stoß entgegen.

Seine Hände krallten sich in ihr Haar, zogen daran, was sie nur noch mehr um ihn herum zucken ließ.

"Fuck!", stöhnte er. Dieses Gefühl nahm ihm jegliche Selbstbeherrschung. Er spürte, wie der Orgasmus unweigerlich auf ihn zurollte und beschleunigte seine Bewegungen.

Dann erstarrte er, genoss das Ziehen und die Schübe, die durch ihn hindurch gingen.

Er stöhnte ihren Namen und spürte, wie sie sich unter ihm verkrampfte und ihm dann ebenfalls stöhnend in den Orgasmus folgte.

Schwer atmend rollte er sich mit ihr in den Armen zur Seite. Es dauerte unendlich lange, bis sich sein Atem soweit beruhigt hatte, dass er wieder sprechen konnte.

"Verdammt."

Sie lachte leise an seiner Brust.

Gut, dass sie verstand, dass es ein Kompliment gewesen war.

Mehr Worte wollten einfach nicht über seine Lippen kommen, aber dieser Sex war von einer Intensität, die er so noch nicht erlebt hatte.

"Ich liebe dich", fügte er Minuten später hinzu, doch

Kyle war bereits an seiner Brust eingeschlafen.

Es war eine schier unmögliche Aufgabe, sich noch einmal von ihr zu lösen und ins Badezimmer zu gehen.

Irgendwie schaffte er es dennoch, schleppte sich hinüber, reinigte sich und schleppte sich zurück.

Kyle hatte sich keinen Millimeter bewegt, seit er sie verlassen hatte.

Er legte sich neben sie und sie kuschelte sich sofort an seine Brust.

Ein tiefes Gefühl der Befriedigung überkam ihn.

Nicht nur körperlich vom Sex, sondern seelisch, in dem Wissen, dass die Frau, die er liebte, in seinen Armen schlief.

Er lauschte ihren Atemzügen und ließ sich von diesem herrlichen Gefühl selbst in den Schlaf führen.

20 WOHLTÄTIGKEITSBALL

JOEY

Ihm stockte der Atem, als Kyle aus ihrem Zimmer trat. Sie sah umwerfend aus in dem langen, blauen, schmalgeschnittenen Kleid. Der fließende Stoff umspielte sanft ihre zierliche Gestalt. Die dazu passenden Handschuhe gingen bis hinauf zu ihren Ellenbogen und verdeckten die neuen Tattoos perfekt.

Joey hätte es nichts ausgemacht, aber Kyle hatte darauf bestanden, dass sie zum Anlass nicht passend waren.

Das dunkle Haar hatte sie in kleinen Wellen hochgesteckt, das Gesicht dezent geschminkt.

"Wow!", war alles was er herausbrachte.

Kyle lächelte schüchtern. "Danke. Kann ich nur zurückgeben." Bei ihm angekommen streichelte sie sanft über das Revers seines Smokings.

"Darf ich bitten, Mylady?" Er streckte ihr einen Arm entgegen und sie hakte sich unter.

Der Camy passte zwar hinten und vorne nicht zu ihrem heutigen Aufzug, dennoch hielt er Kyle die Beifahrertür auf und schloss sie hinter ihr, nachdem sie elegant Platz genommen hatte.

Sie kaute leicht auf ihrer Unterlippe, als er den Wagen durch die Straßen Bostons lenkte.

"So schlimm wird es nicht", versprach er ihr lächelnd und drückte ihre Hand.

"Nein?"

"Nein. Es ist nicht mehr als ein Monatstreffen, zu dem noch die Bostoner Society geladen wurde. Alles ein wenig aufgeblasen und verschnupft, aber dennoch für einen guten Zweck. Es müsste dir also gefallen."

"Stimmt. Ich werde es mir einfach immer wieder ins Gedächtnis rufen."

Er bog in die große Auffahrt des Hotels und stellte den Wagen vor dem Eingang ab. Widerwillig gab er dem Parkservice den Schlüssel. Diesen Teil bei jeder dieser Veranstaltung verabscheute er am meisten. Einen Wildfremden mit seinem Baby fahren zu lassen war eine echte Überwindung. Jedes Mal!

Dennoch hatte er sich im Laufe der Jahre daran gewöhnt.

Er half Kyle aus dem Wagen und führte sie dann an seinem Arm durch die Empfangshalle. Er bahnte ihnen einen Weg weiter nach hinten, da er dort ein paar ihrer Freunde erspäht hatte.

Sie begrüßten Mat, Dave, Jason, Brandon und Alexa.

"Wo ist Theresa? Hast du den Versuch sie öfter mitzubringen schon wieder aufgegeben?", fragte Joey neckend an Dave gewandt.

Dieser verdrehte die Augen. "Nein, habe ich nicht. Es ging ihr nicht so gut. Sie ist mit Beth zu den Toiletten gegangen."

Joey zog eine Augenbraue nach oben. "Es geht ihr schon wieder nicht gut?"

Mat schnaubte angewidert. "Wenn du mich fragst, ist die blonde Bauchwehprinzessin lediglich allergisch auf unsere Gesellschaft."

Alle lachten, außer Dave.

"Könnte damit zusammenhängen, dass ihr immer so außerordentlich nett zu ihr seid!"

Dave und Mat maßen sich mit Blicken. "Könnte damit zusammenhängen, dass sie dumm wie ein Stück Brot ist und ein Geier dazu."

"Lass es einfach, Mat! Du verstehst es nicht."

"Nein, tue ich nicht! Was willst du mit Schön-aber-Dumm? Du könntest etwas Besseres haben!"

"Vergiss es. Ich diskutiere nicht mit dir über die Wahl meiner Freundin."

Um das Thema endgültig zu beenden, bevor es zwischen den beiden Freunden eskalierte, fragte Joey: "Wer ist Beth?"

Mat stöhnte mindestens genauso genervt wie bei Theresas Erwähnung.

"Jasons Begleitung", sagte Dave und nickte zu dem jungen Mann, der sich im Moment mit Brandon unterhielt.

"Dummbarbie Teil zwei", fügte Mat hinzu. "Und da die beiden Intelligenzbestien sich gerade auf dem Weg hier her befinden, verziehe ich mich jetzt lieber." Er trank sein Whiskyglas mit einem Schluck leer und verabschiedete sich dann mit einem knappen Nicken.

"Da ist Julie", sagte Kyle in diesem Moment. Er ließ sich nur allzu gern von ihr fortziehen, da er absolut kein Interesse an Theresas Gesellschaft hatte, auch wenn er Dave damit nicht so offen provozierte.

Bei Jason hielt er sie noch einmal kurz zurück. "Hey Jason, ich soll dir von Jazz ausrichten, dass du sie bei Darcys Schnittblumen Service findest und sie dich gern sprechen würde."

Jason erstarrte und sein immer anwesendes Lächeln verschwand sofort. "Danke", gab er steif zurück und wandte sich dann um.

Joey sah ihm stirnrunzelnd hinterher.

"Was war das denn?", fragte Brandon.

"Ich habe keine Ahnung."

"Wer ist Jazz?"

Joey zuckte die breiten Schultern.

"Sie verkauft Wunder und hat mich gebeten Jason das auszurichten."

Zu weiteren Ausführungen kam er nicht, da Kyle ungeduldig an seiner Hand zog. Also folgte er ihr in Richtung Julie und Gregor.

KYLE

Dieser ganze Abend behagte ihr ganz und gar nicht. Überall versnobte Menschen, mit denen sie so gar nichts am Hut hatte, Essen, bei dem sie sich nicht sicher war, ob es wirklich gesund sein konnte und Themen, die sie zu Tode langweilten.

All diese sich selbst darstellenden Personen und dazu Unmengen an Presseleuten, die ein blitzendes Foto nach dem anderen machten, ließen den Sinn und Zweck dieser Veranstaltung in den Hintergrund rücken.

"Sie brauchen das", unterbrach Cat ihre Grübeleien, die scheinbar aus dem Nichts neben ihr aufgetaucht war.

Überrascht sah Kyle zu ihr auf.

"Sie brauchen diesen Trubel, das überzogene Essen und die Aufmerksamkeit. Glaub mir, niemanden stört es mehr als mich, aber wenn es bedeutet, dass sie einen Haufen Geld für die gute Sache spenden, nur um damit noch mehr ins Rampenlicht zu rücken, soll es mir recht sein." Cat zuckte die Schultern.

"Nur deswegen kommen sie alle?", fragte Kyle angeekelt und konnte ihren Widerwillen gegen diese Art und Weise nicht verbergen.

Cat ließ sich neben ihr nieder und lächelte.

"Nicht alle. Manche kommen und lassen das über sich ergehen, um die nötige Presse anzulocken. Andere spenden anonym und kommen nur, damit der Betrag nicht durch ihr Ausbleiben zugeordnet werden kann. Andere kommen, weil ich sie dazu zwinge."

Cat zwinkerte ihr ungeniert zu.

Kyle lachte.

"Wenn du mal wieder einen Kuchen brauchst, sag rechtzeitig Bescheid, dann kann ich in der Küche einen in Auftrag geben."

Dann verschwand sie wieder in der Menge und wandte sich ihren Pflichten zu.

Joey kam mit ihren Getränken zurück. Er sah ein wenig genervt aus, als er sich neben sie auf das elegante, schwarze Ledersofa fallen ließ.

"Was ist los?"

"Nichts."

"Joey?"

Er grinste bei ihrem tadelnden Tonfall. "Diese Gesellschaft tut dir nicht gut."

Sie lachte und stupste ihn leicht mit der Schulter an.

"Luce hat seine Jungs mitgeschleppt."

"Ich dachte, du magst sie."

Er lächelte schief.

"Eigentlich ja, aber einer von ihnen weckt seit neuestem ungute Erinnerungen."

"Sandro? Er ist ein Welpe, Joey. Mach dir keine Gedanken."

Diesmal lachte er laut auf. "Ein Welpe? Hast du ihn dir einmal angesehen? Er ist größer als ich und bald so breit wie Luce!"

"Aber im Kopf immer noch ein kleiner, unbeschwerter Junge", beharrte Kyle.

Joeys Lachen verstummte.

"Nein, Kyle, das ist er nicht. Keiner von ihnen, sonst wären sie nicht in der Werkstatt."

Sie wollte gerade nachfragen, was er damit meinte, als ein ihr unbekannter Mann auf Joey zutrat.

Die beiden umarmten sich und klopften sich dann freundschaftlich auf die Schultern.

"Taylor! Was machst du denn hier?"

"Ich habe es endlich geschafft. Projekt Auswanderung abgeschlossen."

"Wow! Ging ja jetzt schnell. Wo wohnst du?"

"Ich habe eine Wohnung ganz in der Nähe der Werkstatt. Nächste Woche fange ich mit der Arbeit dort an."

Als Taylors Blick auf sie fiel, erhob sie sich langsam. Er schien ein Freund von Joey zu sein und sie versuchte ihm gegenüber keine Vorurteile zu haben.

Joey griff nach ihrer Taille und zog sie an seine Seite. "Kyle, das ist Taylor, ein Freund von Sky und Gregor. Taylor, das ist meine Kyle", schloss er seine Vorstellung mit einem liebevollen Blick zu ihr.

Sein Blick und die Art, wie er das *meine* betonte, ließen sie lächeln.

Sie gehörte ihm, wie er ihr gehörte. Nicht vereinnahmend, sondern von ganzem Herzen.

Sie löste ihren Blick aus seinem und lächelte Taylor freundlich entgegen.

"Hallo Joeys Kyle. Schön dich kennenzulernen."

"Ebenfalls. Kennst du Gregor und Sky aus ihrer Zeit in Deutschland?"

"Ja, wir fahren immer zusammen nach Talin. Da sich die Gruppe langsam aber sicher hier niederlässt, dachte ich, ich versuche hier auch mal mein Glück. Boston scheint die neue Stadt der Liebenden zu werden." Schelmisch zwinkerte er Joey zu.

JOEY

Cat, die nach einer offiziellen Ansprache zu Tisch gebeten hatte, trat zu ihnen. Sie vergewisserte sich, dass alles in Ordnung war und setzte dann ihren Weg durch die Gesellschaft fort.

Kyle saß zu seiner Linken. Sie unterhielt sich angeregt mit Kiran über so viele, so schnell wechselnde Themen, dass er ihnen schon seit einer ganze Weile nicht mehr folgen konnte. Er wunderte sich darüber, wie ungezwungen Kyle mit all den Menschen umging, die sie den Abend über kennengelernt hatte.

Allerdings hatte er keinen Zweifel dran, dass Cat die Tischnachbarn eines jeden mit Bedacht gewählt hatte.

Cat überließ nichts dem Zufall, auch nicht die Atmosphäre am Tisch.

Kiran war optimal für Kyle. Zu seiner Rechten saß Carry. Sie war zwar nicht optimal für ihn, dafür ließ er sich von ihr auch nicht aus der Ruhe bringen. Er ignorierte ihre spitze Zunge und überließ es Dario, seine Wildkatze von Frau zu bändigen.

Was dieser auch problemlos schaffte.

"Ich bin jahrelang um all diese ekelhaften gesellschaftlichen Verpflichtungen herumgekommen. Ich muss nur hier sitzen und mir diese Menschen antun, weil du dich nicht gegen Cat durchsetzen kannst!", zischte sie in diesem Moment ihrem Mann zu.

"Ich kann, aber ich will nicht. Es bricht dir kein Zacken aus der Krone, wenn du dich für ein paar Stunden hier zeigst."

Als sie zu einer Erwiderung ansetzte, wurde der Griff seiner Hand um ihre kaum merklich fester. "Ich schlage vor, wir diskutieren das später ausführlicher."

Joey wandte seine Aufmerksamkeit lieber von den beiden ab. Ihre hitzige Art Beziehung würde er nie verstehen.

An der Eingangstür erspähte er zwei von Ryans Security Mitarbeitern, in einer ähnlich hitzigen Diskussion. Der Mann war Ray, er kannte ihn von verschiedenen Veranstaltungen. Die Frau hatte er ebenfalls schon häufiger gesehen, konnte sie aber nicht zuordnen.

"Lexy", half Amy, Alex Alteras kleine Schwester auf die Sprünge.

Joey hatte nicht bemerkt, dass diese ihn beobachtete, obwohl sie direkt gegenüber von ihm saß.

"Danke. Wie geht es Alex?", fragte er, um ein Gesprächsthema bemüht. Er hatte Ryans Freund aus Deutschland in Talin kennengelernt.

"Gut. Viel Arbeit, wie immer."

"Wird er zur Hochzeit kommen?"

Amy verzog das Gesicht.

"Er sagt, dass er es nicht schafft."

Die Art, wie Amy die Worte betonte, machte deutlich, dass sie ihm kein Wort glaubte und es ihr auch nicht gefiel.

Brian, der neben ihr saß, streichelte ihr beruhigend über den Rücken.

Er wirkte ein wenig verloren. Noch im letzten Jahr hatte er auf dieser Veranstaltung ebenfalls als Security gearbeitet.

Jetzt saß er mitten unter ihnen und schien sich dabei nicht sonderlich wohl zu fühlen.

"Sie gehen sich jeden Moment an die Gurgel", murmelte Brian, dessen Blick immer noch auf Ray und Lexy gerichtet war.

Amy grinste durchtrieben. "Ist mir wesentlich lieber als wenn sie dir die ganze Zeit über hinterherstarrt."

KYLE

Nach dem Essen wurde unter großem Getue den Spendern des Abends gedankt.

"Es ist gruselig, wie sich manche von ihnen in dem bisschen Rampenlicht suhlen, oder?", fragte Kiran, der gerade neben sie getreten war.

"Stimmt. Aber Cat hat recht, solange sie spenden und die Stiftung so die Möglichkeit hat mehr Gutes zu tun, sollen sie ihren Moment haben."

Kiran nickte.

Um das Thema zu wechseln, fragte Kyle: "Wie läuft es mit Ihren Büchern?"

"Ganz okay. Es ist schwieriger geworden, seit die Ebooks untereinander weitergegeben werden. Von den illegalen Downloadplattformen ganz abgesehen."

"Der Respekt vor der Leistung und Arbeit der Autoren ist leider nicht jedem gegeben. Diese Menschen sollten sich schämen."

Kyle verstand nicht, warum jemand so etwas tat.

Keiner von ihnen würde arbeiten gehen, ohne Geld dafür zu bekommen. Jeder, auch ein Autor, arbeitete, um etwas zum Essen auf dem Tisch und ein Dach über dem Kopf zu haben. Die Ignoranz mit der manche Menschen das übergingen beschämte sie.

"Ja, sie verstehen den Unterschied zwischen einem Buch, das man verleiht, und einem Ebook, das dadurch vervielfältigt wird, nicht."

Kyle glaubte das nicht. Es war lediglich der Geiz, der sie zu diesen illegalen Dingen trieb.

Joey stieß zu ihnen und bewahrte sie davor, weiter mit Kiran über dieses wirklich heikle Thema zu diskutieren.

"Der Pflichtteil ist erfüllt, Ty ist gerade gegangen, wir können also los, wenn du willst."

Kyle nickte und verabschiedete sich dann von Kiran. Sie hatte für heute definitiv genug.

Arm in Arm verließen sie das Gebäude und machten sich auf den Weg nach Hause.

Nach Hause, wie schön sich das anhörte.

21 EINGEHOLT

KYLE

Die vergangene Woche war eine der schönsten in ihrem ganzen Leben. Von dem grausem Bild von ihr und Cat auf dem Wohltätigkeitsball einmal abgesehen. Sie hatte nicht mitbekommen, wie es aufgenommen wurde und es zeigte eine eindeutig perfekte, elegante Gastgeberin und Kyle selbst mit angeekelt verzogenem Gesicht auf einer kleinen Ledercouch.

Das tat ihrer Woche aber keinen Abbruch, da neben Cat niemand so perfekt wirken konnte wie Cat selbst.

Kyle wohnte in der besten WG aller Zeiten, zusammen mit dem Mann, den sie liebte und zwei chaotischen und ungemein lieb gewonnen Freunden.

Anfang der Woche hatte Joey ihr das Tribal nachgestochen, die Zeichnung wollte er erst in der Woche darauf nochmal angehen.

Er arbeitete vier Stunden am Tag. Es war eine Menge Arbeit aufgelaufen, und das obwohl Tonia Vollzeit im Studio war. Es schien mehr als genug Arbeit für alle beide zugeben, deshalb wurde beim Abendessen beschlossen, Tonia fest einzustellen.

Bis auf wenige, sehr spezielle Stammkunden bestand keiner darauf, dass Joey selbst sie tätowierte. Bei seinen Freunden von Fire&Ice zum Beispiel funktionierte das nicht. Sie wollten Joey, wie es schon immer gewesen war.

Kyle selbst hatte bei ihrer Arbeit für die Seelsorge auch mehr als genug zu tun und war froh, das Tia ihr jetzt zur Seite stand.

Es war bereits spät am Abend, als sie das Büro verlassen konnte. Sie war die letzte, die noch gearbeitet hatte, und Joey hatte schon mehrfach ungeduldig angerufen, da er es sich in den Kopf gesetzt hatte, dass sie zusammen zu Abend aßen.

Sie sperrte das Gebäude ab und machte sich auf den Weg zum rückwertigen Teil, an dem der Parkplatz angrenzte, während sie bereits Joeys Nummer wählte und das Handy mit dem winzigen Bluethooth-Freisprechgerät in ihrem Ohr verband.

"Nachdem ich gehört hatte, dass du immer noch in Boston bist, habe ich mir gedacht, dass ich dich hier finden würde."

Die Stimme ließ es ihr kalt den Rücken hinunterlaufen. Mit geschlossenen Augen atmete sie tief durch und wandte sich um.

"Daniel", sagte sie mühsam beherrscht. Sie wollte ihm nicht zeigen, wie wütend, ängstlich und machtlos sie sich fühlte.

Im selben Moment hörte sie Joeys: "Hey Baby", leise durch den kleinen Kopfhörer.

Um Joey zu erklären, was vor sich ging, sprach sie weiter mit ihrem Ex.

"Was willst du hier, Daniel?"

Dieser lachte laut auf. "Was denkst du wohl? Du hast mein Leben zerstört, du kleine Schlampe!", kreischte er weiter und kam langsam auf sie zu.

Im Hintergrund hörte sie Joey leise fluchen und Mike Anweisungen zubrüllen.

Als sie nicht antwortete, fuhr Daniel fort.

"Du tötest dieses Balg und ich werde des Totschlags beschuldigt! Glaubst du, damit lasse ich dich durchkommen?"

Ihr Magen zog sich bei seinen Anschuldigungen zusammen. Die Trauer, die sie übermannte, raubte ihr den Atem.

"Wegen dir bin ich seit Jahren auf der Flucht! Ich habe kein eigenes Leben mehr. Du hast mir meines weg genommen!", schrie er.

"Du bist noch bei der Arbeit, oder Babe?", hörte sie Joeys angestrengte Stimme parallel zu Daniels Beschuldigungen.

Es tat so gut ihn zu hören. Er war wie ein einziger kleiner Lichtblick in all dem Durcheinander.

"Ja", antwortete sie Joey, doch Daniel dachte, sie würde ihm antworten.

"Wie großmütig von dir, es zuzugeben! Dann wirst du sicherlich auch verstehen, dass ich dieses Ungleichgewicht beheben muss."

Langsam kam er noch näher.

"Daniel … hör auf", bat sie, trat langsam zurück und griff in ihre Jackentasche. Das KO-Spray hatte sie noch nie benutzt, aber sie würde es tun, wenn er ihr keine andere Wahl ließ.

"Ich bin unterwegs, Baby, die Polizei auch. Du musst nur noch kurz durchhalten!" Sie hörte, dass Joey rannte, während er in sein Handy sprach.

"Einen Scheißdreck werde ich tun! Ich dachte, du bist mit dem Balg auf der Treppe verreckt, als ich geflohen bin! So hätte es sein müssen! Ich habe es dir gesagt, wenn ich dich nicht haben kann, dann keiner!"

Als er vorwärts sprang, riss Kyle mit wild klopfendem Herzen das Pfefferspray aus ihrer Tasche.

Sie kreischte laut, als sie es panisch auf ihn richtete und in seine Augen sprühte. Ihr Puls hämmerte so laut in ihren Ohren, dass sie seine Schreie kaum hörte. Zitternd versuchte sie weiter zurückzuweichen.

Brüllend warf Daniel sich weiter vorwärts. Kyles Blut gefror in ihren Adern, als er ihren Mantel erwischte.

Wild schlug sie auf ihn ein, traf ihn aber kaum, dafür krachte sein Faust ungehindert auf ihren Kopf.

Der Schlag war nicht präzise oder mit voller Kraft ausgeführt, schmerzte sie aber dennoch ungemein. Tränen schossen in ihre Augen und ihre Knie wurden weich. Dann legte sich seine Hand um ihre Kehle.

Panik erfüllte sie und das Adrenalin peitschte durch ihre Adern. Wenn Joey nicht bald kam, würde er sie töten. Seine Entschlossenheit sagte alles.

Mit aller Kraft riss sie ihr Knie nach oben und traf ihn genau zwischen die Beine.

Brüllend stieß er sie von sich. Kyle stolperte und fiel rückwärts auf den Asphalt. Ihr Kopf knallte ungebremst auf den Boden und der Schmerz schoss sofort durch ihren Körper.

Dann wurde alles um sie herum schwarz.

JOEY

Zeitgleich mit der Polizei kam er auf dem Parkplatz der Seelsorge an. Der Anblick, der sich ihm bot, brachte sein Herz beinahe zum Stillstand.

Kyle lag regungslos auf dem Boden, zu ihren Füßen ein sich windender, zusammengekrümmter Mann.

So schnell er konnte rannte er los. Er hetzte über den Parkplatz und ließ sich neben Kyle auf die Knie fallen. Seine Hände zitterten, als er nach ihrer Hand griff.

"Kyle, oh mein Gott, Kyle!"

Dass sich ihr Brustkorb hob und senkte, war alles, was ihn davon abhielt, vollkommen auszurasten. Er traute sich nicht, sie anzuheben, wusste nicht, was für Verletzungen sie hatte.

Alles, was er am Telefon mitbekommen hatte, waren ihre Schreie und das Rascheln eines Handgemenges, dann nichts mehr.

Die erdrückende Stille hatte ihn fast in den Wahnsinn getrieben. Die Sekunden, die er noch gebraucht hatte, um am Parkplatz anzukommen, waren unerträglich gewesen. Sie so hier liegen zu sehen, war kaum besser.

"Kyle bitte!", flehte er und streichelte mit seiner anderen Hand über ihre Wange.

Er durfte sie nicht verlieren, er brauchte sie, hatte sie gerade erst gefunden und wollte den Rest seines Lebens mit ihr verbringen!

Seine Kehle wurde eng und sein Herz pochte unnatürlich stark gegen seinen Brustkorb, als wollte es heraus und in 1000 Teile zerspringen.

"Kyle … Baby … komm schon."

Nichts. Hilflos und mit brennenden Augen sah er sich um. Jemand musste ihr helfen. Da erst bemerkte er den Officer, der auf Kyles anderer Seite kniete und in sein Telefon sprach.

"Ja … ohne Bewusstsein, Atmung und Kreislauf stabil … keine offensichtlichen Verletzungen … gut."

Auf Joeys auffordernden Blick hin sagte er dann: "Der Krankenwagen trifft jeden Moment ein, bitte machen Sie sich keine Sorgen, Sir, alles wird gut."

Was für eine beschissene Floskel!, dachte Joey und wandte seine Aufmerksamkeit lieber wieder Kyle zu.

Er küsste sie federleicht und unter den Protesten des Beamten auf die Stirn. "Komm schon, Baby, ich brauche dich. Du musst aufwachen."

Immer noch nichts, aber immerhin hörte er jetzt die Sirenen des Krankenwagens.

"Ich liebe dich, Kyle. Wach auf …" Joey hielt den Atem an, als ihre Lider zu flattern begannen.

"Joey?", flüsterte sie rau.

"Ja, Baby, ich bin hier." Vorsichtig drückte er ihre Hand.

"Daniel?"

"Festgenommen. Mach dir keine Sorgen. Alles wird gut!"

Er verdrehte über sich selbst die Augen.

Eine beschissene Floskel, du Trottel! Hast du doch gerade erst gedacht!

Kyles Blick klärte sich und sie wollte sich aufrichten.

"Bleiben Sie liegen, Miss, der Krankenwagen ist angekommen."

"Mir fehlt nichts, ich bin nur hingefallen."

"Du warst bewusstlos, Kyle!"

"Es geht mir gut. Ich bin gestolpert, als ich ihn getreten habe."

Sie schob die Hände weg, die sie am Boden halten wollten und setzte sich auf. Zum Glück kamen in diesem Moment die Sanitäter und untersuchten sie.

Sie bestätigten Kyles Aussage, wiesen ihn aber an, bei ihr zu bleiben und stündlich zu kontrollieren, ob sie eine Gehirnerschütterung erlitten hatte.

Die Beamten nahmen Kyles vorläufige Aussage auf und wiesen sie dann darauf hin, dass sie am nächsten Tag auf das Polizeirevier kommen musste.

Auch wenn ihm allein der Gedanke, dass Kyle in so einer Gefahr geschwebt hatte, den Magen umdrehte, war er sehr stolz auf sie. Sie hatte sich gegen allein ihre größte Angst gewehrt. Sie hatte nicht aufgegeben, sondern ihn überwältigt.

Kyle war die mit Abstand stärkste Frau, die ihm jemals begegnet war und sie gehörte ihm.

Nachdem sowohl Sanitäter als auch die Polizisten endlich mit ihr fertig waren, nahm er ihr Gesicht in beide Hände und küsste sie sanft.

"Du hast mir den Schock meines Lebens verpasst", flüsterte er an ihren Lippen.

Sie lächelte sanft. "Tut mir leid. Ich war so froh, dass du bei mir warst. Deine Stimme hat mir die Kraft gegeben. Ich wusste, dass du kommst und mich rettest."

"Du hast dich selbst gerettet."

Ihr Lächeln wurde ein wenig stolz. "Ein Stückchen ja. Es fühlt sich gut an zu wissen, dass ich nicht völlig hilflos bin."

"Das bist du ganz und gar nicht. Ich werde mich vor dir hüten", gab er neckend zurück.

"Ich liebe dich, Joey."

Er fühlte eine tiefe Ruhe über sich kommen. "Ich liebe dich."

KYLE

Zuhause angekommen ließ Joey ihr ein heißes Bad ein, das sie dringend nötig hatte.

"Begleitest du mich?", fragte sie ihn, als sie ins Badezimmer ging. Sie wollte jetzt nicht allein sein, wollte ihn nah bei sich haben.

Er nickte sofort und folgte ihr. Sie war ihm dankbar, dass er nicht für alles eine Erklärung oder viele Worte brauchte. Er erkannte, was sie benötigte, und gab es ihr bedingungslos.

Sie konnte nicht verstehen, wie Candy ihn hatte gehen lassen können, aber sie freute sich darüber.

Sie freute sich, dass Joey in ihr Leben getreten war, dass er so hartnäckig gewesen war und sie für sich gewonnen hatte.

In dem Moment, in dem er hinter ihr ins warme Wasser glitt, konnte sie sich kaum vorstellen, wie sie es jemals ohne ihn ausgehalten hatte.

Er schlang seine Arme um ihre Mitte und zog sie an seine breite Brust. Eine Brust, von der es überhaupt nicht zu viel gab, wie sie einst dachte. Sie war perfekt, um sich an ihr anzulehnen, oder sich an sie zu schmiegen.

Alles an Joey war perfekt und sie würde ihr bestes tun, um ihn für immer zu behalten.

Seine großen Hände streichelten sanfter über ihren Bauch, als sie es jemals für möglich gehalten hätte.

"Ich werde Mat anrufen und ihn bitten, den Fall zu übernehmen", unterbrach er ihre schwelgerischen Gedankengänge.

"Danke."

"Er ist der Beste. Er wird ihn für immer hinter Gitter bringen." Der Zorn in Joeys Stimme war kaum zu überhören, aber Kyle wollte diesen schönen Moment nicht von Zorn zerstören lassen.

Sie drehte sich in seinen Armen und lehnte das Kinn an seine Brust.

"Können wir uns darauf einigen, dass die Badewanne ein Ort ist, an dem es nur uns beide gibt?"

Einen Moment lang sah er verwirrt aus, also half sie ihm auf die Sprünge.

"Solange wir beide nackt sind, würde ich es vorziehen nicht über Mat oder Daniel oder sonst einen Menschen nachzudenken."

Er grinste breit, packte ihren Hintern und zog sie nach oben, bis sie auf seinem Schoß saß.

"Das ist eine gute Regel", sagte er dann ernst, griff in ihren Nacken und zog sie zu sich.

Sein Kuss war lang und tief. Weniger leidenschaftlich, eher voller Liebe und der Sehnsucht, die zwischen ihnen herrschte.

"Ich hatte solche Angst um dich, mein Herz", gestand er schließlich flüsternd.

"Es ist okay …"

"Ich könnte es nicht ertragen dich zu verlieren."

Die Worte ließen ihr Herz schneller schlagen, aber nicht aus Angst, wie es noch vor wenigen Wochen gewesen war, sondern vor Freude und Liebe zu diesem unglaublichen Mann.

"Du wirst mich nicht verlieren. Ich liebe dich, Joey. Du hast mich wieder ganz gemacht. Du hast mich zurück ins Leben geholt. Ich werde immer bei dir sein."

Er senkte seine Stirn an ihr Brustbein und sie sah, wie sich sein Rücken unter seinen schweren Atemzügen hob und senkte.

"Ich liebe dich. Vom ersten Moment an, als du mich im Krankenhausflur bei Tias Unfall so völlig ignoriert hast, liebe ich dich."

Sie lächelte, als sie daran zurückdachte, wie sie einen großen Bogen um die beiden Stiernacken gemacht hatte.

Er hob den Kopf, legte eine Hand an ihre Wange und streichelte sanft mit dem Daumen über ihre Unterlippe.

"Willst du mich heiraten, Kyle?"

Sie erstarrte. Ihr Herz klopfte noch schneller. Er konnte doch nicht … er durfte doch nicht …

"Kyle?"

Als sie Joeys unsichere Stimme hörte, sah sie in seine Augen. Augen, die so vertraut waren. Der Mann, der sie glücklicher machte, als alles andere in ihrem Leben.

"Ja, ich will."

Es schien einen Moment zu dauern bis die Worte in seinem Kopf ankamen, dann riss er sie an sich und küsste sie allesverzehrend.

22 EPILOG

KYLE

Mat hatte am Vormittag angerufen und bestätigt, dass die Anklage gegen Daniel nun auch von ihrer Seite aus stand.

Daniel war sicher im Gefängnis verwahrt, was Kyle ungemein erleichterte, auch wenn sie die Angst, dass er frei herumlief, in den letzten Jahren erfolgreich verdrängt hatte.

Der Prozess würde erst in einigen Monaten stattfinden, aber das war nicht wichtig.

Wichtig war, dass dieser furchtbare Mensch zur Rechenschaft gezogen wurde und niemandem mehr ein Leid zufügen konnte.

Joey war in den Tagen nach dem Anschlag wieder in Überfürsorglichkeit verfallen. Er hatte sie nicht aus den Augen gelassen, als könnte sie jeden Moment an den vergangenen Geschehnissen zerbrechen.

Sie ließ ihm das eine Weile durchgehen, weil sie wusste, dass er es brauchte. Er hatte Angst um sie, Angst sie zu verlieren. Sie wusste warum und wehrte sich nicht dagegen. Und wenn sie ehrlich war, ein klein wenig gefiel es ihr sogar so umsorgt zu werden.

Aber irgendwann reichte es dann auch wieder. Sie war eine erwachsene Frau und nicht psychisch labil.

Nach einem kurzen heftigen Streit hatten sie sich herrlich versöhnt und Joey hatte eingesehen, dass es ihr wirklich gut ging.

Mitten in ihre Gedanken hinein hämmerte Joey gegen die Badezimmertür.

"Kyle! Bist du endlich soweit?"

"Einen Moment noch!", antwortete sie und überprüfte ihr Spielbild. Alles perfekt!

Joey wollte sie unbedingt ausführen. Sie hatte ihm gesagt, dass das nicht nötig sei, aber er hatte sich nicht davon abbringen lassen, einen Tisch bei Cat zu reservieren.

Sie trug ein kurzes, dafür hochgeschlossenes, schwarzes Kleid mit langen Ärmeln. Die dunklen Locken fielen ihr auf die Schultern und ihr Gesicht war dezent geschminkt.

Schnell schlüpfte sie noch in die bereit gestellten schwarzen Highheels, dann ging sie hinaus ins Wohnzimmer.

"Wow, Baby!", rief er aus und musterte sie anerkennend von oben bis unten.

Kyle lächelte. Es gefiel ihr, dass er sie so offensichtlich hübsch fand.

Wobei auch er an diesem Tag zum Anbeißen aussah!

Er trug eine schwarze Anzughose und ein weißes Hemd, dessen Ärmel bis zu den Ellenbogen hochgekrempelt waren und seine Tattoos enthüllten.

"Wir könnten auch hier bleiben …", sagte sie und warf ihm einen anzüglichen Blick zu.

Joey lachte. "Keine Chance. Wir fahren zu Cat, essen, dann nach Hause und dann werde ich dich in diesen Schuhen vögeln!"

Ebenfalls lachend schüttelte Kyle den Kopf. "Bis ins Detail durchgeplant."

Er reichte ihr seinen starken Arm und flüsterte verschwörerisch: "Der letzte Teil ist mir gerade erst eingefallen."

JOEY

Er war reichlich nervös, obwohl er es nicht hätte sein müssen, als der erste Gang serviert wurde.

Er war sich ihrer sicher. Das war nicht ihr erstes Date und erst gestern hatte sie alle ihre Sachen endgültig in seine Wohnung gebracht.

Ebenso wusste er, dass sie ihn liebte und ihr restliches Leben mit ihm verbringen wollte.

Und doch kam es ihm so vor, als hinge alles an einem seidenen Faden.

Den Hauptgang konnte er kaum anrühren, die Nachspeise lehnte er gleich ab, obwohl er sie fest eingeplant hatte.

Kyle runzelte die Stirn über ihre stockende Unterhaltung, aber er bekam es nicht besser hin. Egal wie sehr er sich bemühte, seine Gedanken waren nur dazu fähig Worst Case-Szenarien zu basteln.

Dann endlich kam der Kellner mit dem bestellten Champagner.

Er rieb sich seine schwitzenden Hände und suchte den Raum nach Cat ab. Sie stand an der Tür und nickte zum Zeichen, dass alles geklappt hatte.

Er hob das Glas und prostete der Frau seiner Träume zu. Kyle tat es ihm gleich und erstarrte, als sie den Ring im Glas sah.

Joey erhob sich und kniete sich vor sie. Dann räusperte er sich angestrengt, um seine Stimme wiederzufinden.

"Ich … ich wollte es nochmal richtig machen. Ich liebe dich, Baby. Ich liebe dich und möchte den Rest meines Lebens mit dir verbringen. Kyle, bitte heirate mich."

Sie schluchzte leise auf, ließ sich vor ihm auf die Knie fallen und warf sich in seine Arme.

"Ja, ich will dich heiraten. Ich liebe dich und ich will alles mit dir!"

Joey presste sie fest an sich.

"Mein Gott, ich danke dir. Ich kann mir ein Leben ohne dich nicht mehr vorstellen."

Er küsste sie aufs Ohr, dann auf die Wange und den Hals. Genoss ihre Worte wieder und wieder in seinen Gedanken und die Nähe ihres Körpers.

Sie zitterte und presste ihn fester an sich. "Nie wieder ohne dich."

"Kein Leben ohne dich."

--ENDE--

BONUSKAPITEL

BABYTIME

TY

Seit Dario den aktiven Dienst der Security Abteilung von JB-Industrials verlassen hatte, kam er mit der Arbeit kaum noch hinterher.

Ash war immer noch größtenteils mit seinen Fortbildungen beschäftigt, so blieb vieles an Ty hängen.

Er hasste diese extrem langen Tage, vermisste Nina und Bella viel zu sehr.

Müde stieg er die Stufen hinauf zu seiner Wohnung. Er hörte Ninas leises Summen, als er die Tür mit dem Zahlencode öffnete.

Er liebte es. Fast so sehr wie ihre Stimme. Sie tat es selten und nahezu nie, wenn sie wusste, dass jemand anderes als Bella ihr zuhörte.

Sie tat es immer dann, wenn sie zutiefst entspannt war und sich gedankenverloren einer Aufgabe widmete.

Er trat sich leise die Schuhe von den Füßen und zog sich die Krawatte vom Hals.

Nina summte noch immer, schien gar nicht bemerkt zu haben, dass er zurück war. Er hatte auch nicht vor sie darauf aufmerksam zu machen.

Viel zu sehr genoss er die Ruhe, die ihn überkam, in dem Wissen, dass sie da war, dass es ihr gut ging und sie sich rundum wohl fühlte.

Er knöpfte das schwarze Jackett auf und hängte es an die Garderobe. Dann öffnete er die Manschettenknöpfe und rollte die Ärmel seines weißen Hemdes nach oben.

Lächelnd sah er auf das rote Tattoo mit Ninas Namen, das er dabei entblößte.

Leise ging er hinüber zu Bellas Zimmer. Er hatte es eigenhändig ausgebaut, direkt neben Ninas kleines Reich. Es fühlte sich für ihn einfach besser an es selbst zu machen. Zu wissen, dass dann alles genau so war wie Nina und er es wollten.

Durch die offene Tür konnte er die Frau seiner Träume sehen. Nina saß im Schneidersitz auf dem pinken Sessel, der neben Bellas Bettchen, in dem seine Tochter in diesem Moment schlief, stand.

Auf ihrem Schoß hatte sie ihren Laptop und bastelte höchstwahrscheinlich an ihren Bildern.

Als er sich mit der Schulter an den Türrahmen lehnte, knarrte das Holz leicht.

Nina verstummte augenblicklich, erschrak aber nicht, sondern sah nur lächelnd auf.

Er ging zu ihr, während Nina den Laptop auf den Boden stellte und auf die Armlehne des Sessels rutschte, damit er darauf Platz nehmen konnte.

Genau das tat er auch und zog Nina dann auf seinen Schoß, um sie zu küssen.

Nach all der Zeit hatte er noch immer nicht genug von ihr. Sie war sein Schatz, seine Seelenverwandte und alles, was er zum Leben brauchte.

Er liebte Bella abgöttisch, alles an ihrem winzigen Körper war perfekt, aber es war Nina, die ihn komplett machte.

Als sie ihre Lippen von ihm löste, vergrub er seine Nase an ihrem Hals.

"Endlich", brummte er und genoss ihren Geruch und ihre seidenweiche Haut an seiner.

Nina legte ihm eine Hand in den Nacken und streichelte sanft darüber.

Es war einer dieser perfekten Momente, die nie enden sollten … zumindest wenn es nach ihm ging. Nur sollte es irgendwie nie sein. In diesem Moment ertönte das nervtötende Kratzen von Arco an der Hintertür.

Nina wollte sich von ihm Lösen, doch Ty drückte sie nur noch fester an sich.

"Ich hasse diese Töle!", knurrte er. Er bereute es noch immer zutiefst, diesen Hund gekauft zu haben. Manchmal kam es ihm so vor, als würde er alles tun, nur um ihn in den Wahnsinn zu treiben.

Nina lachte leise, was ihn wieder friedlicher stimmte. Seufzend ließ er sie los.

Er war glücklich, wenn Nina glücklich war und Nina vergötterte diesen Hund nun einmal. Das war auch der einzige Grund, warum er überhaupt ins Haus durfte.

Wäre es nach ihm gegangen, würde dieser Hund wie geplant im Garten wohnen.

Aber nein, Nina hatte nicht mit sich reden lassen. Und als wäre das alles nicht schon schlimm genug, hatte er nach Bellas Geburt sogar eine Hintertür einbauen müssen, damit der Köter leichter in den Garten konnte, falls Nina gerade mit Bella beschäftigt war.

Und nicht nur *eine* Tür. Da seine Wohnung im ersten Stock seines Hauses lag, musste er eine Außentreppe anbauen und diese später sogar überdachen, weil nicht nur die Töle, sondern auch Nina sie benutzte.

Im vergangenen Winter hatte sie sich auf den glatten Stufen beinahe das Genick gebrochen.

Jetzt hatte er also eine Treppenüberdachung, die er nicht wollte, wegen einer Treppe, die er nicht wollte, zu einer Hintertür, die er nicht wollte.

Und das alles wegen eines Hundes, den er noch nicht einmal in seinem Haus wollte!

Aber er wollte eine zufriedene Nina und manches Unheil war nun mal mit im Paket.

Seine Traumfrau kam samt Hund, der ihn genauso wenig mochte wie Ty den Hund, zurück in Bellas Zimmer.

Er rollte sich vor Bellas Bett zusammen und schien Sekunden später eingeschlafen zu sein.

Nina krabbelte zurück auf Tys Schoß, womit seine Welt wieder in Ordnung war.

"Was ist das?", fragte er und nickte zum Laptop.

"Hochzeitsgeschenke", antwortete Nina und angelte nach dem Laptop.

Auch das hatte sie schon immer so gemacht. Sie stand nie auf, sondern verrenkte sich so lange bis sie von ihrem Platz aus daran kam.

Ty hatte nichts dagegen, wenn sich ihr verführerischer Hintern dabei so herrlich an seinem Schwanz rieb.

Viel zu schnell hatte sie den Laptop erwischt und richtete sich wieder auf.

Sie scrollte ganz nach oben und Ty erkannte, dass sie wieder einen ihrer Kalender erstellte.

Der Januar begann mit einem alten Bild von Skys und Ryans erstem Jahr zusammen in Talin, dann das Bostoner Musikfestival und einige andere Gelegenheiten, in denen Nina sie in Momenten fotografiert hatte, die nur die beiden teilten. Und dann kamen noch Bilder von Marietta und allen dreien als Familie.

Ty küsste Nina auf den Nacken. "Er ist perfekt geworden, Querida."

Nina lächelte, lehnte sich der Berührung seiner Lippen entgegen, während sie eine zweite Datei öffnete. Ein nahezu identischer Kalender, nur voll gefüllt mit Bildern von Maya, Shane und Noa. Bilder und Blickwinkel, die kein anderer Mensch hätte fotografieren können.

Das letzte Bild bei beiden Kalendern war Identisch.

Der kleine Noa, der neben der ein paar Wochen alten

Marietta auf der Wolldecke sitzt, sie neugierig und mit offenem Mund anstarrt, während er ihre Hand hält.

Ein sehr schönes Bild. "Ein besseres Geschenk gibt es nicht, Süße. Ich liebe den Kalender, den du für mich gemacht hast und sie werden ihn genauso lieben."

Sie wurde weicher in seinen Armen, stellte den Laptop aber nicht weg, sondern starrte das Bild weiter an.

"Was ist los?"

Sie schüttelte nur stumm den Kopf. Ty seufzte, nahm ihr den Laptop aus der Hand und stellte ihn auf den Boden.

Dann nahm er Ninas Kinn zwischen Daumen und Zeigefinger und zwang sie ihn anzusehen.

"Was ist los?", fragte er noch einmal eindringlicher. Er hatte keine Ahnung, wo dieser Umschwung herkam von völlig entspannt zu … ja was eigentlich? Nachdenklich? Traurig?

Sie legte den Kopf ein wenig schief und sah ihm lange in die Augen, als würde sie abwägen, ob sie es ihm sagen wollte oder nicht.

Die Art, mit der sie ihn dabei musterte, sagte ihm eindeutig, dass er es nicht hören wollte!

"Ich will noch ein Baby."

Tiefschlag. Verdammt!

Ja, es war genau das, was er absolut nicht hören wollte. Absolut überhaupt nicht!

"Nein", kam es sofort über seine Lippen. Das kam überhaupt nicht infrage! Unter keinen Umständen.

Er war beim letzten Mal schon 1000 Tode gestorben. Ständig hin- und hergerissen zwischen der Angst, was ihr alles passieren konnte, der Wut, was er ihr damit angetan hatte und der Verzweiflung, weil es ihr permanent schlecht ging.

"Ty!"

"Nein!"

"Aber …"

"Nein!"

Eine Weile starrten sich beide stur an.

Das war ihre Paradedisziplin. Die meisten Dinge ließen sich wortlos ausdiskutieren. Leider befürchtete er, dass das hier nicht dazugehörte.

Dann versuchte sie sich von ihm loszumachen, doch das kam überhaupt nicht infrage. Er hasste es, wenn sie sich vor ihm zurückzog. Mehr als alles andere.

"Lass das!", knurrte er, als sie ihn mit der flachen Hand auf die Brust schlug.

Das war ein eindeutiges Zeichen, dass sie verdammt wütend auf ihn war.

Zeitgleich sprang die Töle auf und knurrte ihn an. Ihn. Natürlich. Nina schlug ihn und er war der Schuldige.

Auf Arcos Knurren hin bewegte Bella sich im Schlaf und jammerte leise vor sich hin.

"Aus!", schimpfte Nina den Hund leise. Augenblicklich legte dieser sich wieder ab.

Ty schlang seine Arme fester um Nina und trug sie ins Schlafzimmer.

"Was …?"

"Ich will Bella nicht wecken", sagte er und setzte sich mit ihr in den Armen ans Kopfende gelehnt hin. Dann atmete er tief durch.

"Es geht nicht, Querida", versuchte er es diesmal sanfter als mit einem einfachen Nein.

Sie sah ihn so besorgt an, als hätte er ihr irgendein körperliches Leiden verheimlicht.

Ty stöhnte und lehnte den Kopf mit geschlossenen Augen nach hinten.

Worte waren einfach nicht das, mit dem er wirklich gut umgehen konnte. Normalerweise war das auch kein Problem, aber wenn sie sich an unterschiedlichen Enden der Meinungsskala befanden, konnte das zu einem echten Problem werden. Nina zappelte wieder in seinen Armen, woraufhin er den Druck seiner Arme erneut verstärkte.

"Lass mich", sagte auch sie wieder, aber diesmal so, dass er wusste, dass sie nicht von ihm weg wollte, also gab er ihr ein bisschen mehr Platz.

Sie setzte sich rittlings auf seinen Schoß und vergrub ihr Gesicht an seinem Hals.

Er spürte wie ihre Lippen sich an seinem Hals bewegten, als sie flüsterte: "Ich will nicht, dass sie alleine ist."

Tys Herz schmerzte, als er die Traurigkeit in ihrer Stimme hörte. Dass sie sich Sorgen machte und Angst hatte, weil Bella wegen ihnen immer allein war.

Für Nina und ihn war das Leben so perfekt, aber würde es das auch für Bella sein?

Dennoch konnte er es sich nicht vorstellen, das alles noch einmal durchzustehen. Ganz davon abgesehen, dass er Nina dann nicht nur mit Bella, sondern auch noch einem weiteren Kind teilen musste.

Seine Gedanken rasten auf der Suche nach einer Lösung, mit der alle zufrieden wären.

Seine erste Idee verwarf er sofort wieder. Bella einen Hund zu schenken wäre dumm. Das war beim letzten Mal schon schief gegangen und wohl nicht die Art Gesellschaft, die Nina sich vorstellte.

Bella könnte wie andere Einzelkinder in den Kindergarten gehen und dort Freunde finden … wenn er es sich denn jemals vorstellen könnte, sie allein bei irgendjemandem zu lassen. Nein, auch das kam definitiv nicht infrage.

Es reichte schon, dass er regelmäßig vor Sorge umkam, wenn Nina sich auf Fotostreifzug befand.

Ninas Lippen streichelten seinen Hals und ihre zarten Finger seine Brust, was ihm das Denken nicht unbedingt leichter machte.

Er versuchte sich wieder auf das Problem zu konzentrieren. Sie wollte ein Kind und er wollte nicht, dass sie jemals wieder schwanger war. Ein echtes Problem.

Genau wie ihre Lippen, die ihn so ablenkten.

Verdammt!

"Nina, lass das, ich denke nach."

Sie lächelte an seinem Hals, dann spürte er das Kitzeln ihrer Zunge.

Er stöhnte auf, halb vor Lust, halb vor Frustration. Sie quälte ihn absichtlich, um ihn mürbe zu machen, das wusste er nur zu genau!

Dann zwickten ihre kleinen Zähne ihn in den Hals. Automatisch packte er sie fester an den Hüften und zog sie an seinen härter werdenden Schwanz.

Auch sie stöhnte, als ihre Mitte sich gegen ihn presste. Er liebte dieses Geräusch, das in ihm den Wunsch beschwor, sie so lange zu vögeln bis sie nichts anders mehr von sich gab.

Zurück zum Problem, Ty! Zurück zum Problem!

"Wir könnten ein Kind adoptieren", schlug er das erste halbwegs sinnvolle vor, das ihm in den Sinn kam.

Sie richtete sich so abrupt auf, dass er die Augen öffnete. Mit weit aufgerissenen Augen und offenem Mund starrte sie ihn an.

"Warum?"

Seufzend rieb er sich über die Augen. "Ich kann das nicht nochmal, Querida. Ich kann dich nicht so leiden sehen."

Als er die Hand senkte, sah er, dass sie ihn zärtlich betrachtete.

"Aber es war schön", sagte sie dann leise. Sie lächelte dabei, deshalb wusste er, dass sie es ernst meinte. Sie hob eine ihrer kleinen Hände an seine Wange und streichelte ihn sanft.

"Es war furchtbar und ich … ich hatte Angst um dich", gestand er. Nina beugte sich zu ihm und küsste ihn auf die ihr eigene Art. So sanft und liebevoll, vorsichtig fragend, als könnte sie es noch immer nicht glauben, dass sie ihn immer und überall küssen durfte.

Meine Nina.

"Ich habe es geliebt", murmelte sie, die Lippen dicht an seinen, dann küsste sie ihn erneut. "Ich liebe Bella." Noch ein Kuss. "Und ich liebe dich."

Der Kuss, der darauf folgte, war leidenschaftlicher, als wollte sie ihm genau zeigen, wie sehr sie ihn liebte.

"Ich will mehr von dir … einen kleinen Ty."

Er schloss gequält die Augen. "Bitte, Querida, tu mir das nicht an."

Statt einer Antwort spürte er wieder ihre Lippen auf den seinen. Dann ihre Zunge, die sanft gegen seinen Mund stupste.

Er öffnete ihn und genoss ihren Geschmack und das Gefühl, sie so nah bei sich zu haben. Ihre Hände fuhren unter sein Shirt, streichelten erst über seinen Bauch, dann über seinen Rücken bis sie ihm das Shirt über den Kopf zog. Ihr eigenes folgte sofort.

Sie trug keinen BH, was sehr selten vorkam, und er genoss den Anblick ihrer großen Brüste und das Gefühl sie an seiner Haut zu spüren.

Ninas Lippen wanderten über seinen Hals und immer wieder biss sie sanft hinein, während sie damit begann, ihre Hüften leicht auf ihm zu kreisen.

Ty stöhnte, so gut fühlte sie sich an. So perfekt, wie für ihn geschaffen.

Er schloss seine Arme fester um sie und lehnte sie zurück bis sie auf dem Rücken lag und er über ihr abgestützt zwischen ihren Beinen ruhte.

"Ich hab kein Mitspracherecht, oder?", fragte er, nur halb im Scherz. Er wusste es und sie wusste es. Wenn sie sich etwas wirklich wünschte, würde er alles in Bewegung setzen, um es ihr zu ermöglichen.

Sie lächelte sanft, griff in seinen Nacken und zog ihn zurück an ihre Lippen.

Ty küsste sie heftiger, genoss es, wie sich ihre kleinen, scharfen Fingernägel in seinen Rücken gruben und sie ihr Becken seinem Schwanz entgegenhob bis sie die Beine um seine Mitte schlang.

Er löste seinen Mund von ihr, glitt tiefer und sog an ihren empfindlichen Brustspitzen, während er erst Nina und dann sich selbst von ihren Hosen befreite.

Seine Lippen wanderten über ihren wunderschönen Körper.

Er war ein wenig runder geworden, weiblicher, fast noch schöner als er ohnehin schon gewesen war.

Er hätte sich noch stundenlang damit beschäftigen können, jeden Zentimeter von ihr zu liebkosen, aber Nina schlang ihm bereits ungeduldig die Beine um die Hüften.

Er küsste sie wieder auf ihre weichen Lippen, während er die Spitze seines Schwanzes in ihre heiße Nässe schob.

Laut aufstöhnend schob er sich tiefer in sie, langsam, mit gleichmäßigem Druck und ohne innezuhalten bis er vollkommen in ihr steckte.

Sie hatte die Augen geschlossen, wimmerte leise und bog sich ihm entgegen. Es war atemberaubend, aber er wollte mehr von ihr, wollte sie stöhnen hören und sie so lange reizen bis sie sich unter ihm wand.

Er zog sich weit zurück und stieß dann hart in sie. Nina keuchte, stöhnte aber nicht. Zweifel, dass das noch kommen würde, hatte er nicht.

Er griff in ihr Haar, um ihren Kopf zurückzubiegen, während er sich mit immer schneller werdenden Stößen in ihr bewegte.

Eine Hand unter ihrem Rücken hob er sie seinen Stößen entgegen, während er an der zarten Haut ihres Halses knabberte.

Stoß um Stoß mit dem er sich klatschend in ihr versenkte, wurde sie heißer und ungezügelter. Sie krallte sich in seinen Rücken und presste ihn an sich.

Schweiß bildete sich auf seiner Haut. Sein Orgasmus kam rasend schnell näher.

Keuchend presste er sich noch tiefer in sie, als das erste Stöhnen über ihre Lippen kam, das ihn so unglaublich anmachte.

Er biss fester zu und beschleunigte das Tempo seiner Bewegungen nochmal.

Dann begann sie um ihn herum zu zucken und stöhnte laut auf, ehe sie ihre Zähne in seiner Schulter vergrub.

Ty folgte ihr augenblicklich über die Schwelle zu seinem Orgasmus, ergoss sich in langen, erlösenden Schüben in ihr bis er zitternd über ihr zusammen brach.

Er rollte sich auf den Rücken und zog Nina mit sich, sodass sie auf seiner Brust zum Liegen kam.

Noch immer zuckte sein Schwanz in ihr und ihrer beider Atem ging keuchend, während ihre Herzen im Einklang rasten.

"Ich liebe dich", flüsterte sie, noch immer außer Atem.

"Te amo, Querida … du bist mein Leben."

-- ENDE 2.0 --

LESEPROBE

DIVIDED LIKE DESTINY

1 ONE FRIEND

DESTINY

"Komm schon, De. Wir könnten zusammen lernen", sagte Candy, während sie den Tresen in *Netti's Diner* abwischte.

Sie mochte Candy. Einer der wenigen Kommilitonen an der University of Applied Science in Boston, bei der es ihr so ging.

Seit Jahren war sie Einzelgängerin. Lebte für sich. Lernte für sich. Blieb für sich. Nach einem Zusammenstoß auf dem Schulflur, hatte sie sich nach und nach mit Candy angefreundet und war erstaunt, wie gut sie sich mit der blonden Schönheit verstand.

Die meisten Frauen mieden sie.

Oft war Neid der Grund dafür. Dass sie schön war, wusste sie. Nichts anderes hatte man ihr von klein auf eingebläut.

Mit 21 Jahren hatte sie sich natürlich weiter entwickelt, die Reaktionen der Menschen, vor allem Männer, waren aber die gleichen geblieben.

Mit knapp 1,65 m Körpergröße, war sie eigentlich zu klein, zumindest für den Geschmack ihrer Mutter, aber für alles was Destiny erreichen wollte, reichte die Größe auf jeden Fall.

Sie war sehr schlank, hatte an den richtigen Stellen dennoch Kurven. Diese Figur verdankte sie mitunter dem Training für ihren Job. Das Hobby zum Beruf zu machen, hörte sich schöner an als es war, aber für sie war es eine gute Gelegenheit ihr Studium zu finanzieren, also sollte es so sein.

Ihre langen blonden Locken hatte sie wie immer zu einem unordentlichen Knoten hochgebunden. Alles andere wäre einfach zu zeitintensiv. Es musste praktisch sein und schnell gehen wie alles in ihrem Leben.

Sie machte sich auch wenig daraus, was andere Leute über sie dachten. Im Gegenteil. Je weniger der Rest der Welt mit ihr zu tun haben wollte, desto besser für sie. Umso mehr Zeit blieb ihr, sich den Sachen zu widmen, die sie wirklich tun wollte. Studium und Uni zum Beispiel.

Streber? Definitiv! Nach ihrem Abschluss wollte sie in die Marketingbranche. Bevorzugt in ihrer eigenen kleinen Traumwelt, würde sie eine Trainee Stelle in der Marketing Abteilung bei JB-Industrials antreten. Der Konzern wäre für sie das Nonplusultra und das Karrieresprungbrett schlechthin.

"Könntest du deine Bambiaugen für zwei Minuten von deinem Blatt losreißen und mir antworten?", fragte Candy und sie hörte, wie belustigt diese klang.

Bambiaugen. Sie hasste diesen Ausdruck. Zu oft hatte sie ihn von den falschen Menschen gehört. Ihre Augen waren dunkelbraun, groß und ausdrucksstark. Dichte, lange, schwarze Wimpern umrahmten sie. Ihre Nase war zierlich und ihre Lippen voll.

Leider verschaffte ihr ein schönes Gesicht nicht immer Vorteile. Gerade bei Professoren wurde man leicht als schönes Dummchen abgestempelt. Das war auch der Grund, warum sie sich selten schminkte.

Diesen Effekt wollte sie nicht noch provozieren.

"Ich weiß nicht …"

"Bitte. Ich könnte deine Hilfe wirklich brauchen. Bei mir hätten wir unsere Ruhe."

"Kommt dein Freund dich nicht abholen?", fragte sie, weil sie schon öfter beobachtete hatte, das Candy einen Nachhauseservice hatte.

"Doch, aber er bringt uns dann nur nach Hause. Mittwochs gehen die Jungs immer zusammen aus, damit sie ein bisschen Zeit für sich haben", lächelte Candy. Sie wirkte alles andere als unglücklich darüber, mal einen Tag ihre Ruhe zu haben.

"Okay", gab sie sich schließlich geschlagen und schob ihre Hände in die Ärmel des riesigen braunen Strickpullovers. Diese unförmigen Zelte waren die bequemsten Kleidungsstücke, die sie besaß. Dazu Leggins und Chucks – optimales Lernoutfit!

Kurz vor Candys Schichtende öffnete sich die Tür zum Diner und ihr Freund kam herein. Das Lächeln, das die beiden tauschten immer wenn er sie abholen kam, war sehr liebevoll. Für romantische Menschen sicherlich ein Grund zum Seufzen.

"Hey Baby, Destiny fährt mit zu uns. Wir lernen noch", sagte Candy strahlend und zog bereits ihre Schürze aus.

"Wer ist Destiny?", fragte Justin und setzte sich auf den Hocker neben ihr.

"Meine Freundin. Neben dir, J", sagte sie lachend und lief dann nach hinten, um sich umzuziehen.

Justin drehte den Kopf in ihre Richtung und reichte ihr dann mit einem charmanten Lächeln die Hand. Kein Wunder, dass Candy und die halbe Uni ihm zu Füßen lagen. Dieses Lächeln war wirklich atemberaubend.

"Hey, kennen wir uns? Ich kann mich nicht erinnern, sorry. Ich bin Justin."

Am liebsten hätte sie ‚Ja' gesagt, weil er schließlich fast jeden Tag neben ihr im Diner saß, aber offiziell vorgestellt waren sie einander nicht worden.

"Nein, hi, ich bin Destiny."

"Wow, fast so abgedreht wie Candy", lachte er.

"Jup, hatten wahrscheinlich die gleiche seltsame Mom", gab sie zurück. Das Lächeln auf ihren Lippen strengte sie nicht mehr an. Egal was um sie herum passierte, die Fassade hatte sie immer im Griff.

"Wir können los!", sagte Candy und runzelte die Stirn, als sie zwischen ihnen beiden hin und her sah.

Sie mochte Candys feinfühlige, fast schon empathische Art. Wahrscheinlich war das auch der Grund dafür, dass sie sich überhaupt mit ihr angefreundet hatte. Ihre Gegenwart war einfach sehr angenehm und man musste ihr nie erklären, wenn man seine Ruhe brauchte.

"Er findet meinen Namen komisch", sagte sie und drehte das Lächeln noch eine Stufe höher. Kurz zogen sich Candys Augenbrauen zusammen, dann wandte sie sich aber augenrollend an Justin.

"Du wirst es nie lernen, oder? Wenn man schon einen beschissenen Namen hat, ist es total ungünstig, wenn man auch noch damit genervt wird!"

Justin gab ihr einen Klaps auf den Hintern und lachte: "Sei nicht so frech, Weib!"

Candys Quieken war für sie absolut untypisch mädchenhaft.

Die beiden kabbelten sich die ganze Fahrt bis zu dem Wohnblock. Sie stiegen aus und Justin begleitete sie noch bis zur Wohnungstür.

"Bis später, Babe", sagte er leise und küsste Candy sanft

auf ihre Lippen. Als er sich lösen wollte, stellte sie sich auf die Zehenspitzen, um den Kontakt ihrer Lippen nicht abzubrechen.

Justin lächelte an ihrem Mund, küsste sie noch einmal und richtete sich dann auf.

"Bis später. Viel Spaß euch beiden!" Dann wandte er sich ab und joggte die Treppe hinunter.

"So, dass ist unser Reich", sagte Candy, schlüpfe aus ihren Schuhen und warf die Tasche auf die Couch.

"Setz dich, ich hol uns noch Wasser", sagte sie und verschwand durch eine Tür.

Okay. Jetzt wurde es ernst. Eine Freundin. Mal sehen, wie lange so etwas gut gehen konnte.

JULIEN

"Da bist du ja endlich!", rief er, als Justin durch die Tür des *Meets* trat.

"Hab Candy noch nach Hause gebracht."

Was auch sonst!

So gern er die beiden mittlerweile auch hatte. Sie waren gerade zu ekelhaft süß miteinander! Ja, er sah, wie sehr sein bester Freund dieses Mädchen liebte, aber oft einmal fühlte er sich einfach wie das fünfte Rad am Wagen.

Genau deshalb hatte er sich auch so sehr gewünscht, dass es mit Trish klappen würde. Aber so sehr er sich auch bemüht hatte, sie hatte nur Augen für Logan, den Freund seines Bruders.

"Wir müssen dringend wieder in den Chase Club. Ich brauche eine Frau."

"Warum?"

"Weil es mich ankotzt wenn ihr beiden die ganze Zeit am Turteln seid und ich alleine dasitze!"

"Du sitzt nicht allein da. Joey ist auch oft mit von der Partie!"

"Und was sollen wir dann machen? Synchronwichsen, während ihr uns einen Trockenporno bietet?"

Justin verzog angewidert das Gesicht.

"Okay, du hast recht!", sagte er ehe die Bedienung ihre Burger brachte.

"Und was stellst du dir vor?", fragte Justin, nachdem er seine ersten Bissen herunter geschluckt hatte.

"Trish!"

"Du weißt, dass sie vergeben ist. Du hast lediglich einen Narren an ihr gefressen, weil dir die Vorstellung von ihr gefällt. Ich glaube nicht, dass dieses Tussi-Kicher-Ding alles ist, was hinter ihr steckt."

"Sie ist perfekt!"

"Julien!"

"Doch! Ich würde meinen rechten Arm für sie geben!", rief er im Brustton seiner Überzeugung.

"Du bist Linkshänder", sagte Justin, ohne auch nur von seinem Burger aufzusehen.

Verdammt!

Plötzlich stockte er. Er hob seinen Blick und musterte Julien, wie er es immer tat kurz bevor irgendeine hirnverbrannte Idee aus seinem Mund kam.

"Ich hab die perfekte Frau für dich!", rief er dann aus und bestätigte Juliens schlimmste Befürchtungen.

"Trish?"

"Nein! Candys neue Freundin!"

"Candy hat eine Freundin?"

Auf Justins wütenden Blick hin hob er beschwichtigend die Hände.

"Ich mein ja nur. Wann soll sie denn eine Freundin kennenlernen, wenn du dauernd an ihrem Rockzipfel hängst!"

Okay … falsche Antwort. Sein Blick wurde eher noch finsterer.

"Willst du jetzt was von ihr erfahren oder nicht?"

"Klar, ein Versuch ist es wert", gab er lächelnd zurück.

Justins vage Beschreibung ihres Äußeren klang für ihn sehr ansprechend. Mehr hatte er über sie leider nicht zu sagen, da er sie heute zum ersten Mal gesehen hatte.

"Noch ein Bier, bitte", rief er der Kellnerin zu. "Willst du heute keins?", wandte er sich dann an Julien.

"Nein, danke, bin mit der Honda da." Justin nickte. Er wusste genau, dass Julien keinen Tropfen trank, wenn er sein Baby fuhr.

"Und wo kann ich sie treffen?"

Justins lächeln wurde breit. "Bei uns zu Hause! Sie lernen heute Abend zusammen!"

"Vorzeitiger Abbruch?", schlug er vor.

Die Aussicht auf eine solche Frau war besser, als einen ganzen Abend lang Justins Gejammer darüber anzuhören, was er jetzt alles mit Candy machen könnte. Noch schlimmer, die ständigen Spekulationen, was sie wohl gerade machte.

"Klar!"

In Rekordgeschwindigkeit trank er sein gerade erst bestelltes Bier. Dann machten sie sich auf den Weg zurück zu ihrer WG.

Vor der Wohnungstür angekommen, hielt Justin plötzlich inne und rieb sich nervös über den Nacken.

"Hey, hör mal, wenn du dir nicht zu hundert Prozent sicher bist, was du willst, lass es. Eigentlich will ich Candy das nicht versauen."

"Da kommst du aber früh drauf, Kumpel", sagte Julien lachend.

"Meine Gedanken sind bei: 'Wir fahren zu Candy', hängengeblieben." Justin zuckte entschuldigend mit den Schultern.

"Ich habe schon immer gesagt, dass dich diese Vernarrtheit noch einmal umbringt."

"Julien!"

"Ja, ja, du liebst sie wirklich. Ich weiß!"

Mann Gottes, dieser Text hing ihm langsam zum Hals heraus!

"Also dann, reiß dich zusammen!"

DESTINY

Mit Candy zu lernen war effektiver, als sie sich hätte vorstellen können. Eigentlich machte sie alles allein und kam damit auch bestens klar. Indem sie die Sachen erläuterte, prägte sie sich aber alles noch viel besser und schneller ein.

Und sie hatte Spaß. Wirklich. Nicht jene aufgesetzte Art, sondern von Herzen.

Sie konnte sich nicht daran erinnern, jemals einen angenehmeren Menschen kennen gelernt zu haben. Candy war unkompliziert, intelligent und hatte eine sehr schnelle Auffassungsgabe.

Die Zeit, die verging, bemerkte sie kaum.

Dann hörte sie, wie ein Schlüssel sich im Schloss drehte.

"Warum sind sie schon zurück?", murmelte Candy und sah auf ihre Uhr.

"Hey Babe!", rief Justin vom Flur aus, ehe er zu ihr kam und sie auf die Wange küsste.

Der Mann, der hinter ihm erschien, verschlug ihr die Sprache.

Dunkelblonde verstrubbelte Haare. Blaugrüne, hellwache Augen. Seine Lippen waren nicht allzu voll, sahen dafür aber umso weicher aus.

Das schwarze T-Shirt spannte verdammt eng um seinen sehr muskulösen Oberkörper.

Wenn man genau hinsah, konnte man sogar die einzelnen Päckchen seines Waschbrettbauches sehen. Seine Taille war schmal und wurde durch die tief sitzende Jeans betont.

Alles in allem eindeutig ein Prachtexemplar von einem Mann.

Lecker!

Dann bemerkte sie seinen Blick. Abschätzend. Musternd. Er versuchte herauszufinden, ob sich die Mühe lohnte, sie anzubaggern.

Sie hasste es! Nichts mehr als dieses Bewerten … doch. Noch schlimmer war es, wenn die Blicke lüstern wurden. Und immerhin das wurden sie nicht. Eher nachdenklich … oder was auch immer. Den Finger konnte sie nicht darauf legen.

"Hey Kleine", grüßte er Candy und gab ihr einen Kuss auf die Wange, ehe er zu ihr kam.

Er streckte ihr eine Hand entgegen und sagte: "Hallo, ich bin Julien."

"Destiny", sagte sie leise, ignorierte aber seine Hand. Auch wenn es unhöflich war, so ging ihr dieses gezwungene Berühren eindeutig auf die Nerven.

Auch wenn ihr Gegenüber noch so gepflegt aussah, wer garantierte ihr denn, dass er sich tatsächlich die Hände gewaschen hatte, nachdem er das letzte Mal auf der Toilette gewesen war?

Niemand!

Also sah sie auch keinen Grund dazu, seine Hand in ihre zu nehmen. Auch wenn sie noch so gern gewusst hätte, ob sie weich oder rau war.

Langsam zog er seine Hand zurück und ließ sich neben ihr auf das Sofa sinken.

Schweigend saßen sie nebeneinander. Nah genug um seine Körperwärme zu spüren. Candy und Justin waren völlig in ihrer eigenen Welt gefangen, also begann sie ihre Unterlagen zusammen zu sammeln.

"Jep, und deshalb bin ich so genervt von den beiden", murmelte Julien.

Sie wandte ihm ihren Blick zu und lächelte mitfühlend.

"Oh ja, das kann ich nur allzu gut verstehen."

Auch er lächelte und seine Augen funkelten dabei vergnügt.

"Gott sei Dank! Ich bin nicht der Einzige, dem dieser Scheiß auf die Nerven geht!"

"Nein", lachte sie und wandte sich wieder ihrer Tasche zu.

"Wie kommst du nach Hause?", fragte er dann.

"Laufen", gab sie zurück und stand auf.

"Du gehst schon?", fragte Candy, die ihre Aufmerksamkeit dann doch einmal für einem Moment von ihrem Freund lösen konnte.

"Ja, muss morgen früh raus. Uni. War nett. Danke!"

"Fährst du sie, Justin?"

"Ich mach das schon, er hat getrunken", sagte Julien und stand auf.

JULIEN

"Ich fahr sie", wiederholte er dann. Drei Augenpaare sahen ihn musternd an.

"De muss nicht laufen und ich muss euch beiden nicht zusehen oder zuhören", schob er als Erklärung hinterher, bevor die Köpfe der drei zu rauchen beginnen konnten.

Justins Blick war immer noch zweifelnd. Candys zufrieden.

Destiny sah drein, als wäre er ein Hündchen, das einen neuen Trick gelernt hatte.

Mit gerunzelter Stirn ging er zur Haustür. Diese Frau war der Inbegriff von seltsam. Ein Lächeln wie die Geier im Club oder in Talin und trotzdem unhöflich genug, seine ausgestreckte Hand zu ignorieren. Sie hatte ein wunderschönes Gesicht und schlanke Beine, mehr von ihrem Körper konnte er bei diesem Monstrum an Pullover leider nicht sehen.

Sie könnte wirklich viel aus sich machen, ließ sich aber total gehen. Wahrscheinlich rasierte sie sich noch nicht einmal die Beine.

Bei dem Gedanken an lange Haare, die diese wohlgeformten Beine zierten, schüttelte es ihn.

"Du musst mich nicht fahren, wenn es dir sowieso schon kalt ist", sagte sie und musterte skeptisch seine Honda, vor der sie in diesem Moment ankamen.

Kalt, grinste er ins sich hinein.

"Passt alles. Steig auf, aber verkratz den Lack nicht ...

äh, Turnschuhe."

Klar, warum sollte Öko-De auch Highheels tragen? Bestimmt rochen ihre Haare nach Bier, weil sie keine gekauften Conditioner benutze.

Trishs Haare dufteten immer nach Blumen. Herrlich. Während seines inneren Monologs sah sie ihn unsicher an.

"Du wirst mich wohl oder übel anfassen müssen, wenn du mitfahren willst", sagte er und provozierte sie damit absichtlich.

Sie zog ihre perfekt gezupften Augenbrauen nach oben. Moment ... das passt nicht ins Bild. Vielleicht doch kein Berggorilla ... Ehe er weiter über ihre Körperbehaarung sinnieren konnte, griff sie mit beiden Händen seine Schultern. Ihre Krallen bohrten sich dabei schmerzhaft in seine Muskulatur.

Uff ... klares Statement und stark ist sie auch noch für diese kleinen Händchen.

Unauffällig ließ er seinen Blick zu ihren Nägeln wandern. French.

"Wolltest du fahren oder soll ich dir einen Termin bei meiner Freundin ausmachen? Sie lernt Nageldesign und sucht immer willige Opfer."

Ausrede. Ausrede!

"Ich wollte nur sehen, ob du dich gut festhältst. Nicht dass ich dich noch verliere!"

Ihr Griff wurde so fest, dass er sich gerade noch beherrschen konnte, nicht zischend die Luft auszustoßen.

"Besser?", fragte sie und er hörte das Lächeln in ihrer Stimme.

Na warte, du Biest!

"Nein", sagte er trocken, nahm ihre Hände und zog sie auf seinen Bauch. "Besser!", sagte er dann grinsend und konnte sich ihre Miene genau vorstellen.

Bevor sie etwas anderes sagen konnte, ließ er den Motor an und fuhr los. Ihr Griff wurde fester und ihre manikürten Nägel bohrten sich ziemlich weit unten in seinen Bauch.

Sexy!

Warum konnte der Rest dieser schönen Frau nicht genauso hübsch hergerichtet sein wie ihre Hände?

"Nächste Kreuzung rechts", sagte sie, wegen des Fahrtwindes nah am seinem Ohr.

Er konnte ihren Atem spüren und ihre rauchige Stimme sorgte für die passenden Bilder in seinem Kopf. Die Jeans die er trug war zu eng, um irgendein Anzeichen einer Latte verbergen zu können.

"Die nächste links", raunte sie wieder.

Denk an was anderes!! Berggorilla Berggorilla Berggorilla! Funktionierte. Puh. Öko-Destiny setzte ihn ganz schön unter Strom.

"Der vierte Wohnblock links."

BERGGORILLA!

Vor dem Gebäude angekommen sprang sie sofort von seiner Maschine.

Gut so!

Lächelnd wandte er sich ihr zu.

Wahh! Kräuterhexe!

Ihre Haare standen wild in alle Richtungen und passten noch besser als zuvor ins Gesamtbild.

"Ähm ... also danke fürs Fahren", stammelte sie und versuchte ihre Haare zu sortieren.

Chancenlos, Babe!, grinste er in sich hinein.

"Kein Ding. Bis die Tage!", sagte er lachend, weil sie so verdutzt drein sah. Was hatte sie denn erwartet? Das er mit zu ihr wollte?

Immer noch lachend, wendete er die Maschine und fuhr zurück in seine Wohnung.

Auf zur nächsten Horrorshow!

Ende der Leseprobe.
Lesen Sie weiter in Divided like Destiny.

Für meine Mama

Weil ich es ohne dich nicht schaffen würde.

Ich liebe dich!

Rechtliches, oder was keiner lesen will und trotzdem drin stehen muss ...

Es handelt sich bei dem Buch um ein fiktives Werk. Ähnlichkeiten mit lebenden oder verstorbenen Personen, Orten oder Ereignissen sind rein zufällig. Markennamen die genannt werden, sind Eigentum ihrer rechtmäßigen Eigentümer.

Impressum: Herausgeberin Allie Kinsley, allie.kinsley@web.de. Ladungsfähige Adresse für Deutschland: Marant Business, c/o Allie Kinsley, Studio Delta, Haus B, Angerstr. 40-42, 04177 Leipzig.

14295377R00148

Printed in Poland
by Amazon Fulfillment
Poland Sp. z o.o., Wrocław